Joseph Hansen

Totengeld

Dave Brandstetters zweiter Fall

Aus dem Amerikanischen von
Friedrich A. Hofschuster und Robert Schekulin

Pink Plot 2062
Argument Verlag
ariadne

Pink Plot
Herausgegeben von Tjark Kunstreich und Else Laudan
www.pinkplot.de

Titel der amerikanischen Originalausgabe: Death Claims

Die Übersetzung von Friedrich A. Hofschuster (*Keine Prämie für Mord*, Goldmann 1984) wurde von Robert Schekulin nach der 1996 bei No Exit Press (GB) erschienenen Ausgabe vollständig überarbeitet und ergänzt.

Von Joseph Hansen bereits erschienen
Fade Out – Dave Branstetters erster Fall *(Pink Plot 2051)*
Totengeld – Dave Branstetters zweiter Fall *(Pink Plot 2062)*

Überarbeitete und vervollständigte Neuausgabe

Eppendorfer Weg 95a, 20259 Hamburg
Telefon 040/4018000 – Fax 040/40180020
www.argument.de
Redaktion: Tjark Kunstreich
Lektorat: Hannes Riffel
Die deutsche Erstausgabe erschien beim
Wilhelm Goldmann Verlag, München

Für die vorliegende Ausgabe wurde die deutsche Übersetzung von Robert Schekulin überarbeitet
Texterfassung: Ronald Hoppe [www.epilog.de]
Umschlaggestaltung und Satz: Martin Grundmann
Druck: Alfa Druck, Göttingen
Gedruckt auf säure- und chlorfreiem Papier
ISBN 3-88619-962-2
Erste Auflage 2000

1

Arena Blanca war der passende Name. Der Strand, der die kleine Bucht einrahmte, war so weiß, dass es den Augen wehtat. Dort, wo er endete, standen ein paar alte Holzhäuser, schmal, auf hohen Sockeln, mit flachen Dächern. Es half nicht viel, dass sie frisch und bunt getüncht waren – gelb, blau, lavendel. In der Wintersonne wirkten sie trostlos. Der Himmel, den die Möwen durchschnitten, strahlte so fröhlich blau wie neuer Jeansstoff. Die Bucht funkelte wie blau gekachelt. Das kleine Motorboot, das dort vor Anker lag, hätte von Raoul Dufy hingetupft sein können. Dennoch wirkte es trostlos. So wie die vom Regen grünen Hügel, die die Bucht begrenzten und aus denen er heruntergefahren kam.

Die Trostlosigkeit war in ihm. Nach nur drei Monaten standen er und Doug bereits vor der Trennung. Die Toten waren schuld daran: Dougs Toter, ein junger Franzose, der sich auf der Rennstrecke von Le Mans in einer sonnengleißenden Kurve den Schädel zerschmettert hatte; sein eigener Toter, ein ergrauender junger Innenausstatter, der in einem alptraumhaften, weißen Krankenhaus vom Krebs zerfressen worden war. Er und Doug klammerten sich aneinander, doch die Toten drängten sich kalt zwischen sie. Weder er noch Doug wusste, wie man sie begraben konnte, und in ihrer ständigen Anwesenheit behandelten sie einander mit jener schrecklichen, schalen Behutsamkeit, die Leute bei Beerdigungen anstelle von Liebe zeigen. So konnten sie nicht leben, und sie lebten auch nicht.

Wo die Straße den Strand erreichte, lehnten sich ein paar Briefkästen aneinander, plumpe Blechblüten, jede in einer anderen Farbe, die Pfosten von hartem Dünengras umwuchert. Der Briefkasten mit dem Namen STANNARD war rosa, was vermutlich bedeutete, dass er zu dem Haus links draußen auf der Landspitze gehörte. Er holte eine Zigarette aus seinem Jackett, drückte auf den Anzünder am Armaturenbrett und drehte am Lenkrad. Die Straße war länger nicht mehr geteert worden. Flugsand und Gras waren dabei, sie zurückzuerobern. Kurz vor der Landspitze bestand sie nur noch aus Furchen. Hier hatten Wind, Gischt und manchmal sogar die Brandung am Asphalt genagt, Muscheln und Treibholzsplitter knirschten unter den Reifen.

Das untere Stockwerk des rosafarbenen Hauses war Autoabstellplätzen vorbehalten. Das windschiefe Garagentor stand offen. Drinnen harrte ein Ford-Kombi aus den Fünfzigerjahren aus und setzte dabei langsam Schorf auf seinem rosa Lack an. Der Zigarettenanzünder klickte, er zündete die Zigarette an und ließ das Auto auf der Straße stehen. Es würde den Verkehr nicht aufhalten. Über eine hölzerne Außentreppe erreichte er eine Veranda und eine Tür. Der Klingelknopf war salzverkrustet, funktionierte aber. Er hörte ein Summen. Ein Topf klapperte. Rasche Schritte ließen den Holzboden erzittern. Die Tür wurde aufgerissen. Ein Mädchen sagte in schrillem Tonfall: »Wo warst du? Hättest du nicht anrufen können? Ich –«

Sie brach ab. Er hatte sich getäuscht – sie war kein Mädchen. Vielleicht letztes Jahr noch. Jetzt war sie eine Frau. Sie versuchte ein Lächeln, aber die Falten auf beiden Seiten ihres Mundes zeugten von Anspannung, nicht von Fröhlichkeit. Etwas hatte das Blau ihrer Augen bis zur Farbe des ausgeblichenen Männerhemds verblassen lassen, das sie sich in den Bund ihres Kattunrocks gesteckt hatte. Keine Strümpfe, Turnschuhe mit losen Nähten. Ihre Hände waren nass und seifig. Sie wischte sie an ihrem Rock ab und strich sich das blonde Haar aus der Stirn.

»Entschuldigen Sie«, sagte sie. »Ich habe jemand anders erwartet. Wer sind Sie?«

»Mein Name ist David Brandstetter. Ich bin Ermittler bei der Medallion-Lebensversicherungsgesellschaft.« Er reichte ihr eine Karte. Sie warf nicht einen Blick darauf. Ihre Augen hingen ängstlich an seinem Gesicht. Er sagte: »Ich suche Peter Oats. Wohnt er hier?«

»Ermittler?« Es klang gereizt. »O nein. Sagen Sie bloß nicht, dass mit Johns Versicherung etwas nicht stimmt. Das war das Einzige, was er –«

»Mit der Versicherung ist alles in Ordnung«, sagte Dave. »Kann ich bitte mit Peter Oats sprechen?«

»Er ist nicht hier.« Sie ließ die Schultern sinken. »Ich wollte, er wäre hier. Ich kann ihn nirgends finden. Er weiß noch nicht mal, dass sein Vater tot ist.« Es schmerzte sie, das Wort auszusprechen. Sie biss sich auf die Lippe und blinzelte, um Tränen zurückzuhalten. »Hören Sie, Mr. Brand –« Der Name war ihr entfallen. Das passierte den meisten Leuten beim ersten Mal.

Er wiederholte ihn. »Und Sie heißen Stannard?«

»April.« Sie nickte. »Aber kommen Sie doch rein. Vielleicht kann ich Ihnen helfen.« Ihr Lachen klang trostlos. »Vielleicht können Sie mir helfen. Der Polizei scheint es gleichgültig zu sein.« Sie wandte sich von der Tür ab. »Entschuldigen Sie, wie es hier aussieht.«

Nach der grellen Sonne draußen konnte er gar nichts erkennen. Dann hörte er das Quietschen kleiner Rollen. Vorhänge teilten sich, geblümte Vorhänge, an den Falten ausgeblichen. Die vordere Wand war verglast und gab den Blick auf die Bucht frei. Salz trübte die Scheiben, doch sie ließen genügend Licht in den Raum. Vernachlässigt. Staub bedeckte die polierten Oberflächen alter Ahornholzmöbel, die bessere Pflege gewohnt waren. Die ausgebleichten Chintzbezüge mussten geglättet werden. Spinnweben umgarnten die Lampenschirme. Und auf einem Couchtisch standen Teller mit angeschimmelten Essensresten – Haschee aus der Dose mit Ketchup –, Tassen mit eingetrocknetem Kaffeesatz, ein halbes Glas mit einer toten lackähnlichen Flüssigkeit, ein für immer stehen gelassener Drink.

»Setzen Sie sich«, sagte sie. »Ich mache uns Kaffee.«

Er ließ sich auf die Couch sinken, und sein Knie stieß dabei gegen drei Bücher, die auf einer Ecke des Couchtischs gestapelt waren. Schwere zusammenpassende Folianten, schön in glattes Kalbsleder gebunden, die Deckel unverzogen und die Narben sehr sorgfältig erhalten, mit jener Patina, die bei alten Geigen den Preis hochtreibt. Achtzehntes Jahrhundert, oder siebzehntes? Er langte danach, aber sie war schneller.

»Lassen Sie mich die erst mal aus dem Weg räumen.« Zwei Wände waren von Regalen bedeckt, vom Boden bis zur Decke, übervoll. Sie konnte keine Lücke für die drei Bände finden. »Seltsam. An die kann ich mich gar nicht erinnern.« Sie stellte zwei davon so auf den Boden, dass sie gegen die unteren Regalbretter lehnten, schlug den dritten auf und stieß einen leisen Pfiff aus. »*Cooks Entdeckungsfahrten*. Eine Erstausgabe.« Sie runzelte kurz die Stirn, zuckte dann mit den Schultern, stellte den Band ab und beugte sich über Dave hinweg, um Teller, Tassen und das Glas abzuräumen. Und einen zerknitterten Umschlag – britische Briefmarke, eleganter eingravierter Briefkopf. »Ich habe noch gar nichts angerührt«, sagte sie. »Das ist mir – unangenehm. Es ist noch alles so, wie er es hinterlassen hat.« Sie ging hinaus, hob jedoch die Stimme, während sie drüben in der Küche mit dem Porzellan klapperte. »Wenn Peter hier gewesen wäre, hätte ich mich zusammengerissen. Aber so hab ich es einfach nicht ausgehalten. Ich habe mich hängen lassen. Bis heute. Heute habe ich versucht, ein bisschen aufzuräumen.« Sie brachte Kaffee in Tassen, die zum Raum passten: geblümt, zerbrechlich, feminin. Ganz anders als dieses Mädchen, dachte er. Sie setzte sich in einen Ohrensessel. »Mit der Küche hab ich angefangen. Ich bin noch nicht so weit, dass ich mich in diesem Zimmer aufhalten kann. Nicht, solange niemand bei mir ist.«

»Das verstehe ich.« Ich kenne das, wollte er sagen.

»Bei der gerichtlichen Untersuchung ging's mir ganz gut. Die Leute. Allein ging's mir nicht mehr so gut. Überhaupt nicht gut.« Sie blies in den Dampf, der sich über ihrem Kaffee kräuselte. »Letzten Winter hab ich meine Mutter verloren. Und jetzt John. Ich war nicht darauf vorbereitet.«

»War er mit Ihnen verwandt?«

Sie lächelte matt, ein winziges Lächeln. »Wir waren ein Liebespaar. Wir wollten heiraten, sobald seine Scheidung durch war. Was wollten Sie Peter fragen?«

»Wie alt sind Sie, Miss Stannard?«

»Vierundzwanzig, und John war neunundvierzig.« Ihr Kinn hob sich, und ihre Augen wurden klar. »Und sein armer Körper bestand fast nur noch aus Narben. Und er hatte alles verloren, wofür er ein Leben lang gearbeitet hatte, sein Geschäft, sein Haus, sein Geld. Aber ich habe ihn geliebt. Er war der beste Mensch, den ich jemals kennen gelernt habe. Und noch kennen lernen werde.« Sie war wieder den Tränen nahe und blinzelte, während sie einen Schluck Kaffee trank. Als sie sich wieder gefangen hatte, schüttelte sie den Kopf und runzelte die Stirn. »Es müssen die Schmerzen gewesen sein. Bei der Voruntersuchung hieß es, er hätte Morphium genommen. Davon hat er mir nie etwas gesagt. Sehen Sie, so war er.«

»Glauben Sie etwa,« – Dave stellte die mit Gänseblümchen bemalte Tasse auf die mit Gänseblümchen bemalte Untertasse –, »dass er sich umgebracht hat?«

»Nein, eigentlich nicht. Wir waren so glücklich. Es ist nur so« – ihre Schultern zuckten –, »dass ich mir überhaupt nicht erklären kann, was passiert ist. Bei Regen würde er nie schwimmen gehen. Das passt einfach nicht zusammen. Sicher, er ist nachts schwimmen gegangen. Er wollte nicht gesehen werden. Er hat befürchtet, seine Narben würden die Leute erschrecken, Anstoß und Ekel erregen. Er ist immer nachts geschwommen. Aber nie im Regen.«

Zwei Sittiche aus Porzellan schnäbelten am geschwungenen Rand eines Aschenbechers, der mit staubigen Zigarettenkippen angefüllt war, drei verschiedene Filtersorten – Kent, Marlboro, Tareyton. Dave drückte seine Zigarette zwischen ihnen aus. »Waren Sie nicht hier?«

Sie schüttelte rasch den Kopf. »Es war einer von diesen Glückstagen, dachte ich jedenfalls – Tage, an denen ich zur Arbeit gerufen werde. Seit Wochen suche ich ziemlich verzweifelt nach einer Stelle. Aber es gab nur diesen Job auf Abruf, bei *Bancroft*. Ich verstehe nur was von Büchern. Ich hab's mit Büchern, seit ich, na ja, vier war. Während dem College hätte ich eigentlich keinen Job gebraucht, aber ich war so oft in der Buchhandlung, dass sie mich schließlich irgendwann auch dafür bezahlt haben.« Ein schwaches Lächeln. »Später hab ich dann für John gearbeitet. So haben wir uns – kennen gelernt.« Ihr Gesicht erstarrte, einen Moment lang in Erinnerungen versunken. »Jedenfalls, bei *Bancroft* war jemand ausgefallen, wegen Grippe, und ob ich nicht am Nachmittag und

Abend aushelfen könnte? Wir hatten nur noch ein halbes Glas Erdnussbutter im Haus. Ich bin hingefahren.«

»Zu der Filiale in El Molino?«

»Nein, schlimmer. Zum Hauptgeschäft, das große in Hollywood, in der Vine Street. Nicht unbedingt in der Nachbarschaft.« Sie stieß ein kurzes, bedauerndes Lachen aus. »Und der Wagen ist nicht unbedingt neu. Er hat Mutter gehört. Eine alte Kiste.«

»Er bräuchte mal ein bisschen frische Farbe«, sagte Dave.

»Er bräuchte alles Mögliche. Mutter hat ihn nur hier benutzt, im Sommer. Meinen eigenen hab ich verkauft. Um Johns Arztrechnungen zu bezahlen. Seinen hatte er schon lange verkauft, aus demselben Grund. Also fahre ich jedes Mal, wenn überhaupt, mit einem Stoßgebet los. Ich bin gut dort angekommen, aber auf dem Heimweg ist mir der Keilriemen gerissen. Auf der Küstenstraße, weit von der nächsten Tankstelle entfernt. Als ich zurückkam, war es schon spät. Und John war nicht hier. Ich wusste nicht, was ich davon halten sollte. Er ging nie von hier fort – außer, wenn er mit mir zum Einkaufszentrum oben an der Schnellstraße gefahren ist. Zu Fuß wäre es ein schrecklich weiter Weg gewesen.«

»Sie haben ihn an dem Abend nicht mehr gefunden«, sagte Dave.

Sie senkte den Kopf. »Sie wissen es bereits. Woher?«

»Ich habe das Protokoll der Voruntersuchung gelesen.«

Ihre Stirn legte sich in Falten. »Warum?«

Er zeigte ihr ein halbes Lächeln und sagte ihr die halbe Wahrheit. »Routine. Dafür werde ich bezahlt.«

»Aber nun sind Sie hier.« Sie saß reglos da, reserviert.

»Ich bin hier, weil Lebensversicherungen mit der Gerichtsentscheidung ›Tod durch Unglücksfall‹ nicht viel anfangen können. Sie haben ihn am nächsten Morgen gefunden?«

»Nachts hab ich nach ihm gesucht. Hab mir einen Regenmantel übergezogen, bin zum Strand hinuntergegangen und hab nach ihm gerufen. Meine Taschenlampe ist alt und schwach, aber ich hätte ihn finden können. Ich bin nicht ganz bis zur Landspitze gegangen. Ich hab's wohl einfach nicht glauben wollen, dass er dort draußen ertrunken sein könnte. Zu melodramatisch. Solche Dinge passieren nicht.«

»Haben Sie nicht daran gedacht, die Polizei zu verständigen?«

»Das ist auch ziemlich melodramatisch, oder?«

»Vielleicht. Was ist mit seinen Freunden?«

Sie lachte spöttisch. »Er hatte keine Freunde. Viele Leute kannten ihn. Er kannte viele Leute. Er hielt sie für seine Freunde. Er war auch ihr Freund. Aber sie waren nur Kunden. Er verschwendete all seine Wärme, seinen Charme, seinen Humor an sie. Ich wollte, Sie hätten ihn gekannt. Ein netter Mann, ein wunderbarer Mensch, durch und durch. Er konnte sich an jeden von ihnen erinnern, an ihre Namen, an ihre Interessengebiete, an Titel und Autoren. Er war ein guter Buchhändler, aber noch mehr als das, er war einfach ein guter Mensch –, Punkt. Alle persönlichen Dinge, die ihm jemand erzählt hatte – Fehlschläge, Erfolge, Krankheiten, Frauen, Kinder, Hunde, Katzen – er erinnerte sich daran. Es hat ihn wirklich interessiert. Nur eine Hand voll haben sich überhaupt im Krankenhaus blicken lassen. Und die meisten nur ein Mal.« Es machte sie immer noch wütend. »Das hat ihm gezeigt, wie Menschen sind, aber diese Lektion hatte er nicht verdient.« Auch sie schien dafür noch zu jung, schmal und blass vor dem ausgebleichten Blümchenmuster des Ohrensessels. »Danach hab ich ihn hierher gebracht. Falls je einer von ihnen sich gefragt haben sollte, wo er abgeblieben war, haben wir jedenfalls nichts davon bemerkt. Zum Glück war es ihm da bereits egal. Wir hatten uns. Mehr wollten wir beide nicht.«

»Und sein Geschäftspartner? Ist er nie gekommen?«

»Charles?« Sie schüttelte den Kopf und lächelte matt. »Ich fürchte, er ist eifersüchtig. Auf mich. Armer Charles.«

»Aus welchem Grund haben Sie am Morgen nach John gesucht?«

»Hab ich gar nicht.« Ihr Gesicht rötete sich. »Ich bin wieder am Strand entlanggegangen, aber nicht, um ihn zu suchen. Verstehen Sie, bis dahin hatte ich mir eine Geschichte zurechtgelegt, während ich hier gesessen und auf ihn gewartet hatte. Ich sagte mir, dass Peter da gewesen sein musste, und dass sie gemeinsam weggefahren waren. Um sich anzuschauen, wo auch immer Peter wohnte.«

»Besitzt Peter ein Auto?«

»Nein. Aber noch etwas hat auf Peter hingedeutet. Zwei Teller waren für das Abendessen gedeckt, zwei Tassen, aber nur ein Glas. Peter trinkt nicht, er ist gerade erst einundzwanzig geworden. Außerdem hat er seine Gitarre hier gelassen, als er ausgezogen ist. Und die war aus seinem Zimmer verschwunden. Und wer außer Peter hätte es denn gewesen sein sollen? An das Auto hab ich gar nicht gedacht. Junge Leute borgen sich Autos. Natürlich hatte meine Geschichte einen Haken: John hätte eine Nachricht für mich hinterlassen, und es war keine da. Aber irgendetwas musste ich ja annehmen.«

»Etwas, das nicht melodramatisch war«, sagte Dave.

Sie nickte. »Am Morgen war ich dann fest von meiner Theorie überzeugt. Ich fühlte mich verletzt. Wenn John angerufen hatte, bevor ich nach Hause kam, um mir zu sagen, dass er wegen des Regens bei Peter übernachten würde, dann hätte er es so lange weiter versuchen können, bis er mich erreicht hätte. Oder Peter hätte anrufen können, wenn John zu müde war – er wurde oft sehr schnell müde. Also hab ich mir selber Leid getan. Kam mir missachtet vor, ausgenützt. Und als es hell wurde und das Telefon immer noch stumm blieb und ich seinen Anblick nicht mehr ertragen konnte und die Leere hier ohne ihn nicht mehr ertragen konnte, bin ich wieder hinuntergegangen und am Strand entlanggelaufen. Es hat immer noch geregnet, nicht stark, ein leichter, feiner Regen. Grau, verstehen Sie? Trostlos?« Sie stieß ein trockenes Lachen aus. »Wie eine Filmszene. Junges Mädchen, allein am leeren Strand, zitternd, verlassen, zutiefst verletzt. Im Regen, und von den Klageschreien der Möwen begleitet. Romantisch.« Ihr Mund verzerrte sich zu einem grimmigen Lächeln. »Bis ich ihn gefunden hab.« Sie sprach mit rauer Stimme, und ihre Hand zitterte, als sie versuchte, aus ihrer Tasse zu trinken. »Die Toten sind schrecklich«, sagte sie. »Sie helfen dir kein bisschen. Auch wenn du sie noch so sehr geliebt hast. Wie sehr du sie auch geliebt haben magst.«

Sie hatte Recht und er wollte nicht darüber nachdenken. Er sagte: »War Peter nicht im Weg?«

2

Sie erstarrte. »Ich verstehe Sie nicht.«

»Der Liebe, von der Sie die ganze Zeit sprechen. Der Liebe zwischen Ihnen und John Oats. Das Haus ist nicht groß. War Ihnen ein Collegestudent nicht gelegentlich im Weg?«

Sie stellte die Tasse ab. Zu schnell. Kaffee schwappte auf die Untertasse. Sie stand auf. »Ich glaube nicht, dass Sie mir helfen wollen«, sagte sie kalt.

Dave erhob sich ebenfalls. »Ich werde ihn finden. Das wollen Sie doch, oder?«

Sie schaute ihn misstrauisch an. »Ich wollte es. Aber will ich es noch? Weshalb wollen Sie ihn finden?«

»Am Tag, nachdem sein Vater ertrunken ist, kam ein Schreiben meiner Gesellschaft hier an. Adressiert an John Oats. Haben Sie es geöffnet?«

Sie schüttelte den Kopf. »Ich hab die Post nicht mal aus dem Briefkasten geholt – tagelang nicht. Dann dachte ich, vielleicht ist eine Nachricht von Peter dabei, und ich hab mich aufgerafft und nachgesehen. Es war nichts von Peter dabei. Die anderen Briefe habe ich nicht aufgemacht.«

»Liegen sie hier irgendwo?«

Sie ging durch eine Tür in der Regalwand hinaus und kam mit einer Hand voll Briefumschläge zurück, die sie ihm gab. Sie fühlten sich staubig an. Er sah sie durch. Die Telefonrechnung. Ein Buchauktionskatalog. Da war er – das goldene Medaillon in der Ecke. Er reichte ihr den Umschlag. Sie riss ihn stirnrunzelnd auf und nahm die zusammengefalteten Blätter heraus. Sie schaute verwirrt auf und blinzelte ihn an.

»Es ist irgend so ein Formular«, sagte sie. »In dem Brief steht, man soll es ausgefüllt zurückschicken.«

»Er hat am Vormittag des Tages, an dem er ertrunken ist, bei

Medaillon angerufen. Er sagte, er wolle den Begünstigten seiner Lebensversicherung ändern. Ein einfacher Vorgang. Unser Büro hat ihm die nötigen Unterlagen zugeschickt.«

Sie starrte ihn einen Moment lang verständnislos an. Dann weiteten sich ihre Augen. Sie ließ sich in den Sessel fallen. Ihre Zunge berührte ihre Lippen. Ihre Worte waren nur ein Flüstern. »Peter war der Begünstigte.«

»Beantwortet das Ihre Frage?«

»Nein.« Sie bewegte den Kopf von der einen zur anderen Seite. Langsam. Wie vom Donner gerührt. »Oh, nein. Sie können nicht glauben, dass Peter seinen Vater umbringen würde. Sie kennen ihn überhaupt nicht. Sie haben John nicht gekannt. Sie wissen nicht, wie viel sie einander bedeutet haben. Sie wissen nicht –«

»Ich weiß, dass er einen Schlag auf den Kopf bekommen hat.«

»Von den Felsen!« Sie schrie es. »Bei Sturm schlägt die Brandung mit großer Wucht gegen die Felsen. Er ist von einer Welle erfasst worden und – es steht doch im Bericht des Coroners …« Sie hatte die Hände zu Fäusten geballt, die Knöchel so weiß wie das Papier, das sie zerknüllte. »Warum wollen Sie dem Coroner nicht glauben? Er hat mehr Ertrunkene gesehen als Sie. Johns Lungen waren voll Wasser.«

»Ich behaupte nicht, dass er durch den Schlag auf den Kopf getötet wurde. Er ist ertrunken. Ich glaube dem Coroner.« Er schenkte ihr ein dünnes Lächeln. »Ich glaube ihm – und genau wie Ihnen ist mir die Sache nicht ganz geheuer. Sie können sich schließlich auch nicht vorstellen, dass John Oats bei Regen schwimmen gegangen ist.«

»Die Polizei glaubt ihm«, wandte sie ein.

»Sie haben selbst gesagt, dass es der Polizei gleichgültig ist. Dieser Tatbestand nimmt ihr jegliche weitere Arbeit ab. Es ist nicht mehr ihr Problem. Aber es ist immer noch mein Problem.« Er zündete sich eine Zigarette an. »Er könnte hier in diesem Zimmer bewusstlos geschlagen und ausgezogen worden sein. Dann ist er zum Strand geschleift und ins Wasser gestoßen worden.«

»Nicht von Peter«, beharrte sie störrisch. »Er könnte es nicht, und er würde es nicht tun. Warum sollte er?«

»Für zwanzigtausend Dollar.« Dave ging zu der beschlagenen Glaswand. Am fernen blauen Horizont kroch ein Fischkutter dahin. »Sie sagen, er hat mit seinem Vater zu Abend gegessen. Vielleicht hat ihm sein Vater mitgeteilt, dass er den Begünstigten seiner Lebensversicherung ändern würde. Brauchte Peter zwanzigtausend Dollar?«

»Nein. Wozu denn?«

»Das möchte ich ihn gern fragen.« Dave drehte sich um. »Warum wissen Sie nicht, wo er sich aufhält? Haben Sie nicht miteinander gesprochen?«

Sie errötete. »Ich habe Peter eingeladen, hier zu wohnen. Sogar vor seinem Vater. Er tat mir Leid. Mit seiner Mutter hat er sich nicht vertragen. Besonders nachdem sie –« Ihre Stimme wurde leiser. »Nachdem sie getan hat, was sie getan hat. Aber sie sind noch nie gut miteinander ausgekommen. Als John noch im Haus war, ja, da ging es einigermaßen. Als John dann ins Krankenhaus kam, hielt er es nicht mehr aus. Hier war Platz. Also hab ich gesagt: Zieh doch ins Strandhaus. Damals hab ich noch im Haus meiner Familie gewohnt. Das hab ich inzwischen verkauft. Ich musste. Es kamen so viele Rechnungen, immens hohe Rechnungen.«

»Aber nicht an Sie. An John Oats, nicht wahr?«

Sie nickte. »Eine Operation nach der anderen. Spezialisten. Hauttransplantationen. Schrecklich. Wie oft dachte er, er könnte es nicht mehr aushalten, er würde aufgeben. Er wollte nur noch, dass man ihn sterben ließ und er alles hinter sich hatte.«

»Also ist Peter hierher gezogen?« Dave bückte sich am Tisch, um den Sittich-Aschenbecher zu erreichen. »Und dann Sie. Schließlich haben Sie John Oats hierher gebracht, als er aus dem Krankenhaus entlassen wurde. Und Peter ist wieder ausgezogen.«

»Nein. John wurde kurz vor Weihnachten entlassen. Peter ist erst vor – wann eigentlich? – vor zwei, drei Wochen ausgezogen. Er hatte gerade Geburtstag gehabt und sein Examen am El Molino State College abgelegt.«

»Sie wissen nicht, wohin er gegangen ist. Wissen Sie, warum?«

»Bestimmt nicht, weil er uns im Weg war. Wenn er sich nicht im College aufhielt, dann bei der El Molino Bühne. Das ist das kleine Theater der Gemeinde. Aber auch wenn er hier gewesen wäre, er war nicht kindisch. Er war glücklich über John und mich. Ja, es ist ein kleines Haus. Ja, John und ich haben miteinander geschlafen. Wir leben nicht mehr im neunzehnten Jahrhundert, Mr. Brandstetter. Besonders Leute unter einundzwanzig nicht.«

»Ich werde meinen Kalender austauschen müssen«, sagte Dave. »Den mit den Kätzchen und den Satinschleifen.« Er nahm seine Tasse und trank einen Schluck Kaffee. »Wenn Sie gut mit ihm ausgekommen sind, warum hat er Ihnen dann nicht gesagt, weshalb er auszieht? Er muss doch irgendetwas gesagt haben.«

»Ich war nicht hier, also konnte er mir nichts sagen. Ich habe mal wieder gearbeitet. Am Abend davor war er nicht nach Hause gekommen. Als ich am nächsten Abend heimkam, war er bereits ausgezogen.«

»Einfach so. Was hat sein Vater gesagt?«

Sie atmete tief durch. »Hören Sie, Mr. Brandstetter, es ist besser, wenn Sie jetzt gehen. Ich glaube wirklich nicht, dass ich Ihre Fragen beantworten muss. Ich habe der Polizei alles erzählt. Captain Campos. Wenn Sie wirklich meinen, dass Sie das alles wissen müssen, dann können Sie ja seine Akten einsehen, genauso wie das Protokoll der Voruntersuchung.« Sie stand auf.

»Sie wollen mich nicht zur Polizei schicken, Miss Stannard.« Er sah sie hart und direkt an. »Es sei denn, Sie möchten Peter aus irgendeinem Grund in Schwierigkeiten bringen. Denn, sehen Sie, sie weiß noch nicht, dass John Oats Peter aus seiner Lebensversicherung streichen wollte.«

Eine Minute lang blieb ihr Mund eine schmale, gerade Linie. Dann ging sie ans Fenster. Ihre Stimme hallte ausdruckslos von der Scheibe wider. »John hat gar nichts gesagt. Ich möchte nicht darüber sprechen, das war alles. An dem Abend hat er mehr als gewöhnlich getrunken. Ich dachte, ich könnte ihm eine Erklärung entlocken. Es ist mir nicht gelungen.«

»War er wütend?«

Sie drehte sich um. »Nicht wütend. Deprimiert. Zutiefst. Er liebte Peter. Sie hatten so viel miteinander durchgemacht. Diese Frau war eine solche Hexe. Ich glaube nicht, dass es einer von beiden alleine geschafft hätte. Sie waren ein Team. Und jetzt waren sie auf einmal kein Team mehr.«

»Er hatte eine andere Frau.« Dave lächelte sie an. »Eine, die keine Hexe war.«

Sie erwiderte sein Lächeln, aber nur schwach. »Möglich. Ich hasste ihn, weil er so unglücklich war. Ich hasste Peter, weil er ihm das angetan hatte. Ich war wohl auch eifersüchtig. Es war das erste Mal, dass er mich so ausgeschlossen hatte. Wir waren immer offen zueinander gewesen. Aber er hatte so viel gelitten, dass ich ihm nicht böse sein konnte. Stattdessen bin ich über Peter hergezogen. John ist kaum darauf eingegangen. Er hat mich nur traurig angestarrt. Unendlich traurig.« Sie fröstelte, schlang die Arme um sich und wandte sich wieder dem Fenster zu.

»Vielleicht grübelte er über den Jungen nach.« Dave drückte seine Zigarette aus. »Vielleicht ist er im Regen einfach in die Brandung gelaufen und wollte nie wieder herauskommen.«

Sie drehte sich ruckartig um. »Aber er hatte doch mich.«

»Nicht an diesem Tag. Vielleicht war er ihm zu lang. Solche Tage gibt es.«

»Nein. Das hätte er nie getan. Nicht, nachdem er so gekämpft hatte, um am Leben zu bleiben. Nicht, nachdem ich so um sein Leben gekämpft hatte. Niemals. Er würde mir das niemals antun.«

Dave ging zu der Regalwand und nahm die Lesebrille aus der Tasche seines Jacketts. Neunzig Prozent der Bücher waren alt. Manche waren in Ehren alt geworden, andere eher schäbig. Aber alle sahen sie ausgesucht aus. Er setzte die Brille auf. »Ich weiß nicht, was ihn ins Krankenhaus gebracht hat.«

»Verbrennungen. Sie hatten sich ein neues Haus gekauft. Nicht neu, aber teuer. Es war nicht seine Idee gewesen. Evas. So war sie, niemals zufrieden. Sie wollte immer mehr und mehr von ihm.«

»Manche Männer brauchen das«, sagte Dave, »oder glauben das zumindest.« Er nahm einen dunkelblauen Leinenband aus dem Regal, der am Rücken breite, etwas abgeblätterte Goldstreifen aufwies. *Schau heimwärts, Engel!* von Thomas Wolfe. Scribner, 1929. Das ›A‹ unter dem Copyright zeigte, dass es sich um eine Erstausgabe handelte. »Immerhin ist er bei ihr geblieben.«

Sie ging nicht darauf ein. »Es war ein Haus in Hanglage, mit einem Lagerraum hangabwärts, auf der Rückseite. Er wollte seine Bücher darin unterbringen. Es gab immer mehr, als im Geschäft Platz hatten. So geht es jedem Buchhändler. Das Auto verrostet auf der Straße, weil die Garage voller Bücher ist.«

Er stellte das Buch von Thomas Wolfe zurück. Daneben standen noch weitere: *Von Zeit und Strom,* grün mit schwarzen Stockflecken, und *Vom Tod zum Morgen* in weichem Kaffeebraun.

»Auf dem Zementboden waren Ölflecken, und John wollte die Bücher dort abstellen können, während er sie in die Regale räumte, die er noch bauen wollte. Also –« Der raue Stoff ihres Rocks raschelte auf dem Chintzbezug, als sie sich wieder setzte. »Er nahm einen Benzinkanister und wollte die Flecken abschrubben. Draußen war es kalt. Tür und Fenster waren geschlossen. In der Ecke stand der Gasboiler für Heißwasser. Als er mit dem Zeug herumspritzte, kam entweder das Benzin an die Zündflamme, oder vielleicht auch nur die Dämpfe. Jedenfalls verwandelte sich der Boden in Sekundenschnelle in ein Flammenmeer, und er brannte. Bei Feuer geht alles furchtbar schnell. Man hat keine Chance. Menschen sind so –«

»Verletzlich.« Dave warf einen Blick in die beiden anderen Bücher von Thomas Wolfe. Auch sie wiesen das ›A‹ auf. 1935. Drei Jahre später hatte der große Schriftsteller auf dem Dampfschiff von Victoria nach Vancouver seine Whiskeyflasche mit einem kranken Mann geteilt und sich dabei den Virus eingefangen, der ihn im Alter von achtunddreißig Jahren tötete. Elf Jahre jünger als John Oats bei seinem Tod. »Es hat lange gedauert, ihn wieder zusammenzuflicken. Und Sie haben sich die ganze Zeit um ihn gekümmert, haben Ihr Haus und Ihr Auto verkauft, um die Rechnungen zu bezahlen.« Er drehte sich um und sah sie nur als einen verschwommenen Fleck, wie immer, wenn er durch die Lesebrille etwas betrachtete, das weiter weg war. Er nahm sie ab, klappte sie zusammen und steckte sie weg. »Er hatte eine Lebensversicherung abgeschlossen. Sonst keine?«

Sie schloss die Augen und schüttelte kurz den Kopf. »Nur die üblichen Autoversicherungen. Keine Krankenversicherung. Ich meine« – sie hob die Hände und ließ sie wieder sinken –; »er war so jung, hielt sich für so jung, bewegte sich wie ein junger Mann. Sein Körper war nicht der eines fast Fünfzigjährigen. Schlank und fest, wissen Sie. Von Natur aus. Er hat kaum Sport getrieben und brauchte keine Schlankheitskur. Andernfalls wäre er vielleicht auf den Gedanken gekommen, sich um eine Versicherung zu kümmern. Er hat es nicht getan. Er machte sich über seinen Körper keine Gedanken. Er hatte immer funktioniert, war immer gesund gewesen und würde es immer bleiben.«

»Bis auf einmal alles vorbei war«, sagte Dave. »Eine Lebensversicherung hatte er immerhin. Und zwar eine überdurchschnittlich hohe.«

»Das war für andere«, sagte sie. »Wissen Sie, es ging nicht nur um mein Haus und mein Auto. Sondern auch um seins und das Geschäft, das Antiquariat, seinen Anteil daran. Charles Norwood, sein Teilhaber, hat ihn ausbezahlt. Es ging um alles. Sogar um Eva. Das war das Schlimmste. Solange es aufwärts ging und er erfolgreich war, hat sie zu ihm gehalten. Aber als das dann passiert ist und die Ärzte sagten, er würde womöglich sterben, zumindest aber nicht mehr leben und arbeiten können wie bisher, da hat sie sich von ihm scheiden lassen.«

»Nette Frau«, sagte Dave.

»Können Sie jetzt verstehen, warum Peter von dort wegwollte?«

»Ja, das kann ich verstehen. Und auch, warum er hierher kam. Sie sind etwas Besonderes, Miss Stannard.«

»Ist das eine Umschreibung für ›verrückt‹?«, fragte sie. »Die meisten halten mich für verrückt – die Freunde meiner Mutter, die Leute hier in Arena Blanca, die Ärzte. Was wollte ich mit einem Mann, der vom Feuer halb aufgefressen war? Nun, er war nicht irgendein Mann. Er war John Oats. Und ich habe ihn geliebt. Bevor es passiert ist, und danach, und für immer.« Tränen zeichneten silberne Linien über ihr Gesicht. Sie verschmierte sie mit dünnen Kleinmädchenfingern, die Nägel kurz geschnitten und unlackiert. »Entschuldigen Sie.«

»Hat sich an Peters Liebe zu seinem Vater etwas geändert?«

»Das glaube ich nicht, nein. Peter hat sich verändert, aber das ist normal in seinem Alter. Er war anders als im vorigen Sommer, als er hierher gezogen ist. Aber nicht John gegenüber. Sie kamen immer noch gut miteinander aus. Freundschaftlich und ungezwungen, sie hatten viel Spaß miteinander. Doch Peter war viel weg. Bei der Bühne, dem kleinen Theater. Die Schauspielerei war etwas Neues für ihn. Bis dahin waren Bücher fast seine ganze Welt gewesen. Und seine Gitarre. Jetzt war es nur noch die Schauspielerei. John und ich haben uns die letzte Aufführung angesehen. Ein Kostümstück. Peter war sehr gut, sehr natürlich. Mr. Whittington hat hinterher gesagt, er hätte eine große Zukunft, wenn er weiter an sich arbeiten würde.«

3

Das Wasserrad war doppelt so hoch wie ein Mensch und breiter als die ausgestreckten Arme eines Mannes. Die hölzernen Schaufeln, mit rostigem Eisen beschlagen und vernietet, waren klobig, handbehauen und von der Nässe eines Jahrhunderts aufgequollen. Moos hing wie Bärte an den Schaufeln, die tropften, sobald sie nach oben kamen. Ein angenehmes Geräusch – hölzernes Stampfen, wie Kinder, die nach Schulschluss einen Korridor entlangtrampeln. Tiefes, grollendes Pochen der Achse, wie der Herzschlag eines kräftigen, alten Mannes.

Unterhalb des Schaufelrads überquerte eine hölzerne Brücke das Wasser. Der rasch dahinfließende Bach sah kalt aus. Die Tropfen, die auf die Planken fielen, spielten eine kühle Melodie. Das Fundament der Mühle war dort, wo es an das Wasser reichte, mit schleimig-grünen Flechten überzogen. Weiter oben sah man grobe Ziegelsteine. Das Gebäude selbst war groß, wuchtig und fensterlos wie ein Fort. Alte Eukalyptusbäume neigten sich darüber; ihre braune Rinde blätterte ab, ihre Schatten bildeten eine scharfe, bläuliche Linie auf den weiß getünchten Mauern.

Vorne an der Mühle befand sich ein Scheunentor. Plakate waren mit Reißzwecken daran geheftet, die Fotos darauf rollten sich, Schauspieler mit breitem Lächeln oder finsterer Miene. In das große Scheunentor war eine kleinere Tür gezimmert worden, die obere und untere Hälfte an separaten Angeln wie bei einer Pferdebox. Darüber blätterten Goldbuchstaben von einem hölzernen, schwarzen Schild ab: EL MOLINO BÜHNE. Weihevoll. Der schwarze Eisenfinger eines Riegels krümmte sich durch eine Lücke in der Tür. Dave hob ihn an und ging hinein.

Der Eingangsbereich war kühl und schummerig. Drei Schritte hinter der Tür stand ein langer Tisch auf spindeligen Aluminiumbeinen, mit einer weißen Papierdecke voller Kaffeeflecken.

Darauf stand eine große Kaffeemaschine, ihre Chromteile ebenso von Fingerabdrücken verschmiert wie die Serviettenspender und die Schraubverschlüsse der Zuckerdosen. Plastikrohre, in denen Pappbecher gewesen waren, lagen herum, zerknittert wie leere Ärmel. Zigarettenstummel und abgerissene Eintrittskarten übersäten den Fußboden. Die hohe, falsche Wand aus weißem Gips hinter dem Tisch war ebenfalls mit einem Plakat und mit Fotos beklebt. Der Junge auf dem Foto mit der Unterschrift PETER OATS hatte das Gesicht eines jungen, spanischen Christus.

Dave ging durch eine Tür in der falschen Wand, und in der Dunkelheit ertastete er mit den Schuhen eine teppichgedämpfte Treppe. Er stieg sie hinauf und stand hinter hölzernen Theatersitzen, sechs oder acht Reihen im Halbdunkel. Weitere Sitzreihen standen im rechten Winkel dazu. Sie rahmten ein leeres Rechteck ein, über dem hoch oben im Dunkel auf dünnen Metallstativen schwarze Scheinwerfer thronten wie Eulen aus Blech. Am anderen Ende der Bühne schimmerte Tageslicht um die Ränder einer schwarzen Trennwand.

Dahinter entdeckte Dave eine halb offene Tür, und hinter der Tür einen großen Raum mit zwei schmalen, hohen Fenstern. Auf der einen Seite hingen Kostüme an einem Gestell aus Eisenrohren, funkelnde Goldtressen, schimmernder Satin, weicher, dunkler Samt. Der Rest des Raums war in einzelne Kabinen aufgeteilt, aus Holzbalken und kopfhohen Pressspanplatten. An den Zwischenwänden hingen leere Kleiderbügel. Wiener Stühle standen vor Kiefertresen, die mit zusammengeknüllten Papiertaschentüchern, Abschminktuben und leeren Getränkedosen überhäuft waren, unter billigen Spiegeln, die von nackten Glühbirnen umgeben und mit Puder beschmiert waren.

In einer der Ecken des großen Raums führten halb offene Türen mit den Aufschriften HERREN und DAMEN in die Dunkelheit. Ein Wasserhahn tropfte. In einer anderen Ecke wand sich eine eiserne Wendeltreppe nach oben. Die verschraubten Stufen dröhnten unter seinen Schritten. Oben angekommen, klopfte er an eine schwarze Tür. Nichts rührte sich. Er drehte den Türknopf, und die Tür ging auf. Er wusste nicht, was er erwartet hatte – ein Büro, einen Lagerraum? Es war von beidem etwas, aber es war auch eine Wohnung. Dicke, weiß getünchte Mauern und schräge Decken mit geschwärzten Balken. Kleine Dachfenster. Möbel aus einem Dutzend verschiedener Stilepochen.

»Hallo?«, rief er. »Jemand hier?«

Keine Antwort. Die Teppiche lagen übereinander, zwei und drei Lagen tief, so dass man sich nur völlig geräuschlos darauf bewegen konnte. Er duckte sich unter den Dachbalken der kleinen Essecke. In der Küche hing eine Menge Kupfergeschirr an der unverputzten Ziegelwand der Mühle. Nichts wies auf vergangene oder künftige Mahlzeiten hin. Die starke Neigung der Decke, die niedrigen Balken stellten im Schlafzimmer eine echte Gefahr dar. In diesem Bett durfte man sich nicht rasch aufsetzen. Doch der nackte junge Mann im Bett würde sich ohnehin nicht rasch aufsetzen. Er lag auf dem Bauch, das Laken zwischen den Beinen, und atmete schale Alkoholdünste aus. Eine Hand hing über den Rand des Bettes. Auf dem Boden darunter lag ein umgedrehter Bilderrahmen im Postkartenformat. Dave hob ihn auf, drehte ihn um – geschnitztes Holz, vergoldet. Doch er enthielt kein Bild, nur das Glas und den Papprücken. Stirnrunzelnd betrachtete er den schlafenden Jungen. Er hatte dunkles Haar, aber das Gesicht war nicht zu sehen. Dave streckte die Hand nach der Schulter des Jungen aus und hörte Schritte auf der Eisentreppe. Er stellte den Bilderrahmen auf den Nachttisch und verließ das Zimmer.

Der Knauf der schwarzen Tür rasselte, und ein fetter Mann kam herein, braune Papiertüten mit Lebensmitteln unter den Armen. Er wog sicherlich fast drei Zentner, hatte eine fast weiße Haut und blaue Augen. Rötliches Haar lag dünn über seinem rosigen Schädel. Er schnaufte und drehte sich um, um der Tür einen Stoß zu versetzen. Seine Stimme klang melodisch, fast glockenhell. »Da wären wir. Endlich was zu essen. Steh auf und singe! Die Dusche ist ein bisschen kompliziert. Wenn du –« Er beendete seine Anweisungen nicht. Er sah Dave. Jetzt klang die Stimme überhaupt nicht mehr melodisch, als hätte jemand einen Schraubenzieher in eine Musikbox gesteckt. Er versuchte, empört auszusehen. Aber es wirkte eher verängstigt. »Wer sind Sie? Was soll das?«

»Heißen Sie Whittington?«

»Ich glaube, ich bin derjenige, der hier die Fragen stellt.« Sein Blick wanderte immer wieder zur Schlafzimmertür. Schweiß perlte auf seiner Oberlippe, auf seiner Stirn. »Dies ist meine Wohnung. Ich bin es nicht gewohnt –«

»Dies ist ein öffentliches Gebäude«, sagte Dave. »Ein Theater, ein städtisches Theater. Die Türen waren unversperrt. Also bin ich hereingekommen. Ich suche Peter Oats.« Er wies mit einer Kopfbewegung zur Schlafzimmertür. »Ist das Peter Oats?«

»Ganz eindeutig nicht. Das ist mein Neffe. Er ist beim Militär. Auf Urlaub. Er hat hier übernachtet.« Whittington ging mit hochnäsiger Pose an Dave vorbei und die wenigen Stufen zur Essecke hinauf. Er trampelte hinein, wich den Balken aus, betrat die Küche und stellte seine Einkäufe so nachdrücklich auf eine Anrichte, dass die Getränkedosen verärgert klapperten. »Ich kann mir allerdings nicht vorstellen, dass es Sie etwas anginge.«

»Es geht mich sehr wohl etwas an.« Dave folgte ihm in die Küche. Nicht vorsichtig genug – er stieß sich den Kopf an einem der Balken, rieb sich die schmerzende Stelle, lehnte sich dann an den Türrahmen und sah zu, wie der fette Mann auspackte und seine Sachen in den Schränken und im Kühlschrank verstaute. »Peter Oats' Vater ist letzte Woche ertrunken. Er hatte eine Lebensversicherung bei einer Gesellschaft abgeschlossen, für die ich arbeite. Medallion. Peter ist der Begünstigte der Versicherung. Die junge Frau, bei der er früher wohnte, weiß nicht, wo er steckt. Ich dachte, Sie könnten es mir vielleicht sagen. Sie meinte, er hätte hier früher viel Zeit verbracht.«

»Früher?« Whittingtons Lachen klang nicht humorvoll. »Da hat sie Recht. Sehr viel Zeit. Aber nun nicht mehr.« Er schlug Eier in eine Schüssel, als würde er hässliche kleine Totenschädel zertrümmern. »Wenn Sie mich jetzt entschuldigen wollen …« Er bückte sich und öffnete eine Tür unter der Spüle. Dahinter stand ein Abfalleimer wie ein Zwergenprinz in einem Verlies – purpurrotes Plastik, mit goldenen Lilien bedruckt. Whittington verzog das Gesicht und seine Hand mit den Eierschalen zögerte einen Augenblick, als bereite es ihm Schmerzen, das elegante Stück zu benützen. Mit einem Zucken seiner Mundwinkel warf er die Schalen hinein und schloss die Tür. »Ich muss das Frühstück machen, den Jungen füttern, baden, rasieren und anziehen, damit er wieder zu sich kommt. Dann muss ich ihn zum Busbahnhof in der Stadt fahren und um eins wieder zur Probe hier sein. Ich habe wirklich keinen Augenblick übrig. Und selbst wenn ich Zeit hätte, könnte ich Ihnen nichts sagen, was Ihnen weiterhelfen würde.«

»Peter Oats engagierte sich ziemlich beim Theater.« Dave zündete sich eine Zigarette an. »Warum hat er plötzlich das Interesse daran verloren?«

Mit der scharfen Spitze eines Schälmessers schlitzte Whittington die Zellophanverpackung eines Käsestücks auf. Dann ließ er das Messer in die Schublade zurückfallen, nahm ein Reibeisen und rieb den Käse in die Schüssel mit den Eiern. »Sie sind offenbar vollkommen rücksichtslos«, sagte er.

»Ich habe einen Job zu erledigen«, erwiderte Dave.

»Wenn Sie es unbedingt wissen wollen – Peter ist der Erfolg zu Kopf gestiegen.«

»Wie das?« Vier eiserne, weiß lackierte gusseiserne Stühle standen um einen weiß lackierten gusseisernen Tisch mit Glasplatte, darauf zwei weiße Kerzenleuchter aus Keramik neben einer weißen Steingutschale mit künstlichen Pfirsichen, Äpfeln, Nüssen und Herbstblättern. Dave tippte die Asche seiner Zigarette in eine große Keramikmuschel mit schmutzigen Rändern und setzte sich auf einen der Stühle. »Ich hab gedacht, er sei ein netter, unverdorbener Bursche.«

»Ich auch.« Whittington wickelte den Rest des Käses wieder ein und legte ihn in den Kühlschrank. »Die Bühne von El Molino hat einen guten Ruf.« Er spülte das Reibeisen mit heißem Wasser ab und stellte es dann zum Trocknen neben die Spüle. »Entsprechend kommen die Leute aus Hollywood – aus den Fernsehgesellschaften, Filmstudios und Talentagenturen – hierher, um sich nach neuem Material umzusehen. Eine Situation, die ich zutiefst missbillige. Aber sie zahlen für ihre Plätze. Ich kann es ihnen nicht verbieten.«

»Und einer von ihnen hat Peter Oats eingekauft?«, fragte Dave.

Whittington kippte kleine, rosafarbene Würstchen aus rosafarbenem Pergamentpapier in eine Eisenpfanne. In eine zweite Pfanne gab er Butter. Er drehte an den Schaltknöpfen, und unter den Pfannen flammte das Gas auf. »Entschuldigen Sie mich«, sagte er und ging hinaus.

Dave hörte, wie er in die Hände klatschte und drüben im Schlafzimmer seine Glockenstimme ertönen ließ. Er erhob sich vom Stuhl und bückte sich, um das Türchen unter der Spüle zu öffnen. Im Abfalleimer lagen Farbdias, Dutzende davon, in ordentlichen weißen Papprähmchen. Er hielt eines gegen das schräg einfallende Licht des Fensters über der Spüle. Peter Oats, sonnengebräunt, in Badehose, am Bug eines Segelboots, grinsend, wehendes Haar, blaues Wasser, blauer Himmel. Ein weiteres. Peter Oats, vom Blitzlicht an einem Kaffeetisch überrascht, die Gabel halb erhoben vor dem geöffneten Mund. Ein drittes. Peter Oats in einer Renaissance-Strumpfhose, kurzer Samtjacke und geschlitzten Puffärmeln, das Schwert halb gezückt, mit finsterem Gesichtsausdruck. Dann knarrten die Dielen, als Whittington um die Balken trampelte, und es blieb keine Zeit mehr. Dave ließ die Dias fallen, schloss das Türchen und schaute zum Fenster hinaus, als der fette Mann hereinkam.

»Ich hätte es besser wissen müssen, ich hätte Peter nicht die Hauptrolle in *Lorenzaccio* geben dürfen, aber sie passte so genau auf ihn, dass ich nicht widerstehen konnte, unerfahren wie er war. Und die Strafe folgte auf dem Fuß. Wade Cochran hat ihn in der Rolle gesehen, ausgerechnet.«

Dave drehte sich um und schaute Whittington ungläubig an. »Der Himmelspilot?«

Whittington nickte säuerlich. »Der Ölgötze aus dem Fernsehen. Er war Abend für Abend hier. Angeblich, um sich ein Bild von meinen Fähigkeiten zu machen. Aber eines Abends, sehr spät, habe ich unten ein Geräusch gehört und traf Peter, der zurückgekommen war, weil er etwas vergessen hatte, seine Armbanduhr, glaube ich. Als er wegfuhr, saß er in Cochrans Wagen. Ein Wagen, den man kaum verwechseln kann – ein zitronengelber Lotus.«

»Vielleicht hat er Peter einen Vertrag angeboten.«

»Mir hat er nichts davon gesagt, und ich habe nicht nachgefragt.«

»Haben Sie etwas dagegen? Was können Ihre Leute denn mehr erreichen?«

»Theater. Das Fernsehen ist im Vergleich zum Theater« – Whittington drehte die brutzelnden Würstchen mit der Gabel um – »wie eine Reklametafel im Vergleich zu einer Landschaft von Cézanne. Nein, ich halte das, was mit Peter geschehen ist, wenn es denn wirklich geschehen ist, für tragisch.«

»Wissen Sie, wo er sich aufhält?«

Der fette Mann steckte zwei Scheiben Weißbrot in einen Toaster, der sie knurrend verschluckte wie ein chromglänzendes Tier. »Ich weiß nicht, wo er sich aufhält.«

»Sie meinen, er ist nicht bei Cochran geblieben?«

»Ich meine, Leute wie Cochran sind entsetzlich berechenbar. Sie locken unschuldige junge Leute mit Versprechen, die sie niemals halten wollen. Sie benützen sie und lassen sie danach fallen.«

»Cochran hat ein etwas anderes Image«, sagte Dave. »Er ist angeblich so sauber, wie er aussieht, wie die Rolle, die er spielt. Er lebt bei seiner alten Mutter und tut immer, was sie ihm sagt. Ein eifriger Kirchgänger, raucht nicht, trinkt nicht. Die sittlichen Werte der guten Bürger, als der Westen noch jung war. Tiefschwarz.«

»Alles Fassade«, sagte Whittington.

Da kam der Junge in die Küche, der Junge aus dem Bett unter den gefährlich niedrigen Balken. Er war immer noch nackt und hielt den leeren Bilderrahmen in der Hand. Sein Gesicht erinnerte an Peter Oats, aber er trug keinen Bart. Außerdem zeigten seine braunen Augen keineswegs den Blick eines Heiligen. Sie waren fast ausdruckslos. Sein hübscher Mund fragte Whittington: »Was für ein Foto war da drin? Du wolltest es mir doch sagen.«

»Geh unter die Dusche«, erwiderte Whittington. »Wenn du dich nicht beeilst, ist das Frühstück kalt. Aber fass den Duschkopf nicht an, sonst kommt nur ein dicker Strahl heraus.«

»War er dein Liebhaber?«, fragte der Junge. Dann sah er Dave und hielt sich den Bilderrahmen vor die Blöße.

»Er hieß Peter Oats«, sagte Dave. »Er ist hier früher aufgetreten.«

»Aufgetreten?«, wiederholte er verständnislos.

»Dies ist ein Theater«, erklärte Dave.

»Tatsächlich?« Der Junge lächelte entschuldigend. »Es war ganz schön spät, als wir hier angekommen sind. Und ich war ganz schön blau.« Er runzelte die Stirn, legte den Kopf zur Seite und blinzelte Dave an. »Sind Sie auch schwul?«

Whittington brüllte: »Geh. Unter. Die. Dusche.«

»Klar. Okay. Entschuldigung.« Der Junge floh.

Whittington funkelte Dave an. »Sie wissen nichts von dem Bild.«

»Ich weiß, dass sie einen Haufen anderer Fotos von Peter Oats weggeworfen haben.« Mit dem Absatz stupste Dave gegen das Türchen unter der Spüle. »Was die Frage des Jungen beantwortet. Er war Ihr Liebhaber.«

Whittington wurde rot. »Damit Sie es wissen – Peter Oats ist so hetero wie meine Großmutter. Also gut, ich habe Sie höflich gebeten, meine Wohnung zu verlassen, und es hat nicht funktioniert. Soll ich es Ihnen schriftlich geben? Oder« – er spielte mit Muskeln, die das Fett nicht verbarg – »soll ich Sie rauswerfen?«

Er hatte das nötige Gewicht. Dave ging.

4

Die Ranch erstreckte sich über ein ganzes Tal in den felsigen Hügeln, fünf Meilen hinter der Küstenstraße. Die Rinder waren reine Dekoration, vielleicht zwanzig Tiere, Zuchtvieh mit breiten Rücken, glatten Flanken, kurzen Beinen, rotbraun und weiß gefleckt. Sie grasten auf einer Weide, die fast zu grün war, um echt zu sein. Pferde standen in einer Koppel, ein halbes Dutzend Palominos, deren Kruppen in der Wintersonne glänzten. Dahinter besprühte ein Röhrensystem die von Nässe funkelnden Blätter eines Orangenhains. Die Stallungen, die Nebengebäude, das Ranchhaus selbst sahen aus wie eine Filmkulisse – schlicht, mit Bohlenwänden und niedrigen Dächern, von alten Eichen geschützt, mit roten Geranien in Blumenkästen unter den Fenstern.

Der Hof war mit Platten ausgelegt, und hier standen mehrere Wagen: ein großer, neuer Chrysler-Kombi; eine schwarze Lincoln-Limousine, die aussah, als ob sie häufig poliert würde, jetzt aber mit einer Lage Staub bedeckt war; und ein zitronengelber Lotus, der aussah wie das, was er war, ein tödliches Spielzeug. Als Dave aus seinem Wagen stieg, erhob sich ein hagerer, rotbrauner Setter von den langen, grün gestrichenen Dielen der Veranda und starrte ihn an. Eine Hündin, die irgendwo Junge hatte. Er ging zu ihr, redete mit ihr, bückte sich und hielt ihr den Handrücken hin. Sie berührte ihn mit einer kalten Schnauze und wedelte freundlich mit der Rute. Er kraulte ihr die Ohren.

Neben der Tür hing eine bunte Girlande aus Zierkürbissen und Paprikaschoten. Darunter war der Klingelknopf. Dave drückte darauf, und drinnen spielte ein Türgong vier Töne einer Melodie, die Dave seit dem Zweiten Weltkrieg nicht mehr gehört hatte. Ein Gospelsong: *Love Lifted Me*. Er erinnerte sich an eine trostlose Kaserne und an das einsame Jammern einer billigen Mundharmonika. Und plötzlich hatten alle angefangen zu singen. Alle – bis auf ihn. Er kannte den Text nicht. Aber er lernte ihn. Er kam gar nicht umhin. Dazu eine Reihe obszöner Variationen. Er musste grinsen, und im gleichen Augenblick öffnete ein knochiges, sommersprossiges Mädchen in einem gestärkten, grünen Hemdblusenkleid die Tür. Kein Make-up, das gekräuselte rote Haar nach hinten gekämmt und zu einem Knoten gebunden. In dem Haarknoten steckte ein Bleistift. Hornbrille. In einem Film aus den Fünfzigerjahren hätte sie sich ganz am Schluss als Schönheit entpuppt.

»Ja?«, sagte sie knapp. »Kann ich Ihnen helfen?«

»Ich möchte gerne Mr. Wade Cochran sprechen.«

Sie lächelte müde. »Ein paar Millionen anderer Leute auch. Wie haben Sie die Ranch gefunden?«

»Ich musste ein wenig herumtelefonieren. Ungefähr eine Stunde lang. Ich und ein Team von Sekretärinnen in meinem Büro. Wir haben die Schauspieler-Vereinigung angerufen, den Amerikanischen Fernseh- und Radio-Verband, zwei Agenturen, einen Filmmanager, ein Fernsehstudio, ein Schallplattenstudio, drei Polizeireviere, Polizeiposten in zwei verschiedenen Countys, die bundesstaatliche Straßenwacht, das Grundbuchamt in Sacramento, das Landwirtschaftsministerium, die Viehzüchtervereinigung, und vermutlich habe ich noch ein paar vergessen. Eigentlich habe ich allein für meine Hartnäckigkeit eine Belohnung verdient.«

Sie verstand keinen Spaß. »Haben Sie eine Visitenkarte?«

Er reichte ihr eine Karten, sie las sie und sagte: »Sie haben doch angerufen, und ich habe Ihnen schon gesagt, dass er Sie nicht sprechen kann.«

»Das war Ihr Fehler«, erwiderte Dave. »Sie hätten mir sagen sollen, er ist nicht hier.«

»Mr. Cochran gestattet uns nicht zu lügen.« Sie schloss die Tür bis auf einen Spalt, öffnete sie dann wieder und sagte: »Wenn Sie bitte warten wollen«, und schloss die Tür endgültig.

Er ging neben der Setter-Hündin in die Hocke, die ihre Schnauze zwischen den ausgestreckten Vorderbeinen auf die grünen Dielen gelegt hatte, und kraulte sie wieder hinter den Ohren. Sie schloss die Augen und knurrte zufrieden. Daves Blick schweifte über die weiten, leeren Hügel. Nein, nicht leer. Ein einsamer Reiter trabte über den Hügelkamm. Hoch über ihm segelte ein Falke im schwachen Wind, und die Sonne umgab seine Schwingen mit einem Lichtkranz. Hinter Dave ging die Tür auf, und die Stimme des rothaarigen Mädchens sagte: »Wenn Sie bitte hereinkommen wollen.«

Drinnen musste ein Bühnenbildner am Werk gewesen sein. Der Raum war von 1880. Tapeten mit Krönchen und Patentknöpfen. Die Möbel maschinell geschnitztes Nussbaumholz und auf Hochglanz polierte Eiche, die Polsterung schwarzes Leder mit Quasten. Tische mit Marmorplatten, darauf Petroleumlampen und rote Fransendeckchen. Das Mädchen führte ihn über auf Hochglanz geschrubbte Kiefernholzdielen und handgeknüpfte, ovale Teppiche. Sie ging rasch, daher konnte Dave nur einen kurzen Blick auf den Kamin aus Feldsteinen und auf die weißhaarige Frau mit dunkler Brille werfen, die in einem Rollstuhl davor saß. Hager, grobknochig, ledern. Frau Pionierin. Ein Mann mit einer strohblonden Mähne und einem Gesicht wie eine Pflugschar beugte sich von einem Schaukelstuhl zu ihr hinunter und sprach mit ihr. Herr Prediger.

Das rothaarige Mädchen öffnete eine Doppeltür mit schmalen Milchglasscheiben, in die Blattarabesken eingeätzt waren. Durch diese Tür kehrten sie in die zweite Hälfte des zwanzigsten Jahrhunderts zurück. Ein großer Swimmingpool glitzerte blau in einem gefliesten Patio, der von den Hauswänden begrenzt wurde. Ein Schwimmer tauchte auf den Boden des Beckens. Daves Herz setzte einen Schlag lang aus: Dort lag, Gesicht nach unten, ein Mann. Vollständig angezogen, reglos, seine Glieder wurden nur von der Strömung hin und her bewegt. Der Schwimmer erreichte ihn, legte ihm von hinten einen Arm unters Kinn, stieß sich rückwärts nach oben, immer der Spur seiner Luftblasen nach. Er brach durch die Wasseroberfläche, schnappte nach Luft, schüttelte sein blondes Haar zurück, drehte sich, noch immer den leblosen Mann in der Armbeuge, zum Rand des Beckens um und schwamm mit der freien Hand darauf zu.

Als er den Rand erreicht hatte, verzog er das Gesicht, als er versuchte, den Bewusstlosen hochzuhieven. Dave eilte ihm zu Hilfe, ging in die Hocke, packte den Bewusstlosen unter den triefenden Armen und zog ihn zu sich herauf. Er taumelte rückwärts und wäre beinahe hingefallen. Denn er war nicht schwer. Er hatte so gut wie kein Gewicht. Ein paar Sekunden lang blieb Dave stehen und hielt den Körper fest, während die Nässe seine Kleider durchtränkte. Das Ding trug ein Flanellhemd, Jeans und Cowboystiefel, aber es war kein Mensch. Es war eine Puppe. Er hörte ein Kichern. Der Schwimmer grinste ihn an. Mit zwei geübten Bewegungen war er aus dem Wasser. »Danke«, sagte er. »Aber ich fürchte, den können Sie nicht mehr wiederbeleben. Also machen Sie sich keine Mühe. Legen Sie ihn nur vorsichtig hin.« Er nahm ein Handtuch von einer Gartenliege aus Redwood und trocknete sich das Haar.

»Was soll das?«, fragte Dave.

»In meinem nächsten Film muss ich einen Jungen retten, der dabei ist, in einem Fluss zu ertrinken.« Auf einem Stuhl lag ein Frotteebademantel, den er jetzt überzog. »Das wird natürlich nicht so einfach wie hier, aber ich versuche immer, an die Strömung und so weiter zu denken.« Wenn er grinste, entstanden hübsche Grübchen in seinem Gesicht. »Und das muss ich dann eben spielen.«

»So, wie Sie gerade mit ihm gerungen haben, um ihn aus dem Wasser zu wuchten?«

»So ähnlich. Im Fluss müssen sie ihn etwas schwerer machen. Aber höchstens fünfzig, sechzig Pfund, schätze ich.« Er sprach einen abgeschliffenen Akzent aus dem Südwesten. Ansonsten war nichts an ihm abgeschliffen. Er war einsachtzig groß und perfekt gebaut. Es gab vermutlich noch besser aussehende Männer auf dieser Erde, aber Dave hatte noch keinen gesehen. Der Schauspieler streckte ihm eine Hand entgegen. »Ich bin Wade Cochran. Sie sind Brandstetter. Katy hat mir erzählt, dass Sie sich große Mühe gemacht haben, um mich aufzuspüren. Was kann ich für Sie tun?«

»Ich suche jemanden. Einen jungen Mann. Sein Vater ist letzte Woche ertrunken. Er hatte bei meiner Firma eine Lebensversicherung. Der Junge ist der Begünstigte. Er heißt Peter Oats.«

Cochran reagierte nicht. »Ich kenne ihn nicht.«

»Er wurde vor ein paar Tagen spät abends in Ihrem Wagen gesehen, beim Theater in der alten Mühle, im Canyon hinter El Molino. Erinnern Sie sich? Er spielte die Hauptrolle in einem Stück, das *Lorenzaccio* hieß. Sie saßen jeden Abend im Publikum.«

»Ach!« Cochran schlug sich vor die Stirn. »Den meinen Sie. Natürlich. Klar.« Er schaute an Dave vorbei, der sich umdrehte. Das rothaarige Mädchen stand noch immer am Ende des Beckens neben einem schwarzen Aufbau von Videogeräten. Cochran rief ihr zu: »Katy, kannst du uns etwas von dem Preiselbeersaft bringen?«

Forsch und steif ging sie am anderen Ende des Pools entlang ins Haus. Eine Tür schloss sich.

Cochran sagte: »Ich hab ihn an einem Abend zum Theater zurückgefahren. Wir hatten in einem Fischrestaurant im Ort gegessen. *Las Gaviotas*. Er wollte unbedingt mit mir sprechen.« Cochran ließ sich auf die Liege sinken. Ein Redwoodtisch stand daneben, auf dem ein aufgeschlagenes Drehbuch lag. Mit einer Kopfbewegung deutete er auf einen anderen Stuhl. Dave setzte sich. »Die Leute lassen einem keine Ruhe. Aber er hatte Talent, und ich versuche fair zu sein.« Die Tür am anderen Ende fiel wieder ins Schloss. Cochran drehte sich um und beobachtete Katy, die einen dicken Glaskrug mit einer roten Flüssigkeit servierte, dazu hohe Bechergläser mit Eis auf einem mexikanischen Tablett aus gehämmertem Zinn. Sie stellte alles auf den Tisch.

»Gehen Sie heute Abend zur Hütte?«

»Das habe ich vor. Wer will das wissen?«

»Ihre Mutter.« Katy schraubte den Deckel des Glaskrugs ab und füllte die beiden Gläser. »Sie hat den Reverend gebeten, hier zu bleiben. Und er bleibt nur, wenn Sie hier sind.«

»Na schön«, sagte Cochran. »Ich fahre erst nach dem Abendessen und bin zum Frühstück wieder hier. Sie können es ihr sagen.«

Katy schraubte den Deckel auf den Krug. »Es wäre ihr lieber, wenn Sie über Nacht hier wären. Sie hat es den Leuten vom Sender gesagt. Sie wollen Filmaufnahmen von Ihnen allen machen. Heute Abend.«

Cochrans Mund wurde schmal. Er war nicht glücklich darüber, sagte jedoch: »Okay. Wenn der Reverend nichts dagegen hat.«

Katy lächelte. »Oh, sie hat es bereits mit ihm abgesprochen. Vielen Dank. Sie wird sich sehr freuen.« Dann ging sie wieder.

»Als wir beim Essen waren«, sagte Cochran zu Dave, »hat der Junge seine Armbanduhr gesucht. Er wollte sie nicht im Theater lassen, hatte Angst, jemand würde sie einstecken. Klauen, wie er sich ausgedrückt hat. Er hatte kein Auto. Zu Fuß ist es zu weit. Also habe ich ihn hingefahren.«

»Nach der letzten Aufführung des Stücks ist er dem Theater ferngeblieben«, sagte Dave. »Whittington, der Leiter, hat den Eindruck, dass Sie dem Jungen irgendein Angebot gemacht haben.«

Cochran schüttelte den Kopf und trank einen Schluck aus seinem Glas. »In unseren Filmen konnte ich ihn nicht unterbringen. Er ist zu mager und spricht zu gepflegt. Ich habe auch nicht damit gerechnet, dort jemanden zu finden – nicht für Western.« Mit einem Kopfnicken deutete er auf das Glas. »Probieren Sie. Es schmeckt gut und ist gesund. Es heißt, wenn man genug Preiselbeersaft trinkt, bekommt man nie Krebs.«

Dave kostete und fragte sich, wie viel davon wohl genug sein mochte. »Sehr gut«, sagte er. »Danke. Warum sind Sie immer wieder hingegangen? Warum haben Sie aufgehört, als Peter Oats aufgehört hat? Warum ist er etwa zu dieser Zeit daheim ausgezogen und hat niemandem – niemandem, der noch lebt – gesagt, wohin er geht?«

Cochran zuckte mit den Schultern. »Sie fragen den falschen Mann.«

Dave lächelte ihn kalt an. »Nicht, wenn ich frage, warum Sie sich das Stück immer wieder angeschaut haben.«

»Ich will einen Film über das Leben des Heiligen Paulus drehen. Es heißt, Whittington ist ein Genie. Wissen Sie, am Broadway war er mal wirklich groß, aber als man dort anfing, nur noch Schrott zu spielen, ist er weggegangen. Danach hat er ein paar Filme gedreht – und aus denselben Gründen wieder aufgehört. Er ist integer. Ich will nicht irgendeinen Hollywood-Schreiberling. Die sind alle korrupt. Der Regisseur, den ich engagiere, muss Geist und Geschmack haben.«

»Und Ehrfurcht?«, fragte Dave.

»Dafür sorgen mein Team und ich.« Cochran trank noch einen großen Schluck Saft. »Jedenfalls, man hat mir von Whittington erzählt, und ich wollte ihn mir selbst ansehen. Er war wirklich so gut, wie man sagt, aber ich wollte keine übereilte Entscheidungen treffen. Dieser Film wird einige Millionen kosten, überwiegend mein Geld. Ich beschäftige mich schon seit längerer Zeit mit dem Projekt.«

»Haben Sie ihn gefragt? Wird er es machen?«

»Ich habe ihn gefragt«, sagte Cochran. »Er hat abgelehnt.«

»Er mag die Massenmedien nicht«, sagte Dave.

Cochran nickte. »Lieber verhungert er in diesem Kaff und macht, was ihm gefällt, was er für wichtig hält. Das kann man nur bewundern.«

»Er sieht so aus, als ob er genug essen würde«, sagte Dave.

»Er steckt seine gesamten Ersparnisse in dieses Theater«, sagte Cochran. »Mein Manager hat sich erkundigt. Die Stadtverwaltung hat ihm dieses Jahr die Mittel gekürzt. Es waren sowieso nur ein paar Tausend, jetzt bekommt er nur noch Kleingeld.« Er stieß ein kurzes Lachen aus. »Wissen Sie, warum er Sie zu mir geschickt hat? Um mich zu ärgern. Ich habe ihm einen Scheck gegeben, und das hat ihm nicht gepasst. Natürlich hat er ihn behalten, aber er hasst mich dafür, dass ich mir das leisten kann.«

»Und Sie wissen nicht, was mit Peter Oats geschehen ist?«

»Junge Leute nehmen solche Dinge sehr ernst. Vielleicht dachte er, es sei sinnlos, mit der Schauspielerei weiterzumachen, nachdem ich ihn abgelehnt hatte. Vielleicht hat er sich einfach geschämt und ist deshalb davongelaufen. Wollte wohl nicht hören, wie seine Eltern zu ihm sagen: Hättest du auf uns gehört. Viele Eltern versuchen, ihren Kindern die Schauspielerei auszureden. Ich habe dem lieben Gott jeden Tag gedankt für die Mutter, die er mir gegeben hat.« Wieder schaute Cochran an Dave vorbei, und wieder drehte Dave sich um.

Die Doppeltür mit den gemusterten Glasfenstern stand weit offen. Die weißhaarige Frau saß dort in ihrem Rollstuhl, der Prediger stand hinter ihr. »Kannst du nicht aufhören und reinkommen?« Dabei drehte sie den Kopf in eine Richtung, wo niemand war. Dave erkannte, dass sie blind war. Aber ihre Stimme war kräftig genug, um Farmarbeitern gegen den Wind Befehle zu erteilen. »Der Reverend wird denken, ich hätte dir nie Manieren beigebracht.«

»Bin gleich da.« Cochran erhob sich von seiner Liege. »Tut mir Leid, dass ich Ihnen nicht helfen kann. Wenn er seine Wunden geleckt hat, wird er schon wieder auftauchen. So lange müssen Sie ihm das Geld eben aufheben.«

Dave stand ebenfalls auf. »Vielleicht kann es gar nicht ausgezahlt werden.«

Cochran blinzelte. »Was soll das heißen?«

Dave erklärte ihm, was das heißen sollte.

»Nein.« Cochran runzelte die Stirn. »Nein, Sie kennen den Jungen nicht. Er wäre nie und nimmer dazu im Stande. Er ist so sanft wie –«

»Zwanzigtausend Dollar«, unterbrach ihn Dave, »wären eine gute Starthilfe für seine Karriere.« Er streckte Cochran die Hand entgegen, und der Schauspieler schüttelte sie. Nachdenklich, mit sorgenvoll gefurchter Stirn. Dave sagte: »Ihr Mädchen, Katy, hat meine Nummer. Bitte benachrichtigen Sie mich, wenn er mit Ihnen Kontakt aufnimmt.«

»Klar.« Cochran lächelte nicht. »Aber das wird er nicht.«

Auf der Veranda kraulte Dave den Setter noch einmal hinterm Ohr. Ein Reiter trabte in den Hof. Derselbe Reiter, den er auf dem Hügelkamm gesehen hatte. Schlank und dunkelhaarig. Doch als er näher kam, sah Dave, dass es ein Mann um die vierzig war, mit brauner, wettergegerbter Haut und einem knochigen Gesicht. Nicht Peter Oats.

5

Auf die Ellbogen des Jacketts von Charles Norwood waren ovale Lederflecken genäht. Es war aus grobem schottischem Tweed und war einmal ziemlich teuer gewesen. Weiches graues Haar ragte in seinem Nacken aus dem ausgefransten Hemdkragen. Eine Schraube seines Brillengestells war durch eine Stecknadel oder eine Büroklammer ersetzt worden. Doch sein Schnauzbart war sorgfältig getrimmt, sein Gesicht glatt rasiert, und die Hände, die bereits geordnete Bücher auf einem Tisch mit dem Schild PREISSENKUNG neu ordneten, waren gepflegt. Seine Sprechweise war gedämpft, die Stimme tief, aber ein wenig altjüngferlich. Er lächelte bedauernd.

»Peter? Er war schon seit Monaten nicht mehr hier.«

Mit »hier« war OATS & NORWOOD – ANTIQUARISCHE BÜCHER gemeint, in einer der Ladenarkaden, wie es sie in El Molino häufig gab. Große, schmiedeeiserne Gitter öffneten sich auf einen Innenhof mit Terrakotta-Fliesen, umschlossen von rohen, weißen Mauern und Dächern mit roten Schindeln. Olivenbäume, staubig grün und grau. Ein Brunnen, der von einer Statue des Heiligen Franziskus, der steinerne Tauben segnete, in ein algengrünes Becken weinte. Darüber trauerten echte Tauben. Der Lärm des Nachmittagsverkehrs drang nur gedämpft herein.

Im Laden war es schummerig und still. Aber vermutlich war es hier auch zur Mittagszeit schummrig und still. Im Mittelpunkt des Geschäfts stand ein großer Globus aus dem achtzehnten Jahrhundert, in gedämpften Grün- und Brauntönen, von einer geschwungenen Aufhängung aus nachgedunkeltem Holz gehalten. Gedankenverloren drehte Dave ihn um seine Messingachse. Danach waren seine Finger staubig.

»Seit sich sein Vater die Verbrennung zugezogen hatte?«

Norwood nickte. »Ungefähr zur selben Zeit ist er von zu Hause weggezogen. Er wohnte bei einem Mädchen in Arena Blanca. John ist auch zu ihr gezogen, nachdem er aus dem Krankenhaus entlassen wurde.«

»Sie wissen, wie sie heißt. Sie hat hier gearbeitet.«

Norwood lächelte schmerzlich. »April Stannard. Ich habe es mir zur Gewohnheit gemacht, nicht an sie zu denken.«

»Und warum nicht? Ich habe den Eindruck, dass sie die Einzige war, Peter einmal ausgenommen, die sich um John Oats gekümmert hat. Seine Frau hat ihn verlassen.«

»Hat April es so dargestellt?«

»So hat sie es mir erzählt. Stimmt es denn nicht?«

Norwood gab keine Antwort. Seine Hände hörten auf, sich mit den Büchern zu beschäftigen, und er rückte seine Brille zurecht. Dann hob er den Blick. Eine Frau stand in der Tür. Dunkle Sonnenbrille, blonde Perücke, ein Lederbolero über einem dünnen, weißen Rollkragenpullover, eine lederne Schultertasche mit Fransen auf der Hüfte ihrer weißen Sporthose.

»Eva«, sagte Norwood, »dieser Mann kommt von der Firma, bei der John seine Lebensversicherung abgeschlossen hat. Er sucht Peter.«

Sie stand im Gegenlicht. Dave konnte ihren Gesichtsausdruck nicht erkennen, doch sie blieb ein paar Sekunden lang reglos stehen. Dann kam sie auf ihn zu, vom Quietschen der flachen Absätze ihrer Strohsandalen begleitet. Sie blieb dicht vor ihm stehen, nahm die Sonnenbrille ab und runzelte die Stirn. Sie war äußerst blond. Aber die Jahre hatten ihrer weißen Haut nicht gut getan, sie war von Falten überzogen wie ein Fenster an einem verschneiten Wintermorgen. Für eine Frau war sie groß und kräftig, aber nicht plump. »Warum Peter?«, fragte sie. »Die Police war zu meinen Gunsten ausgestellt.«

»Ich fürchte, da irren Sie sich, Mrs. Oats. Er muss das geändert haben, als Sie sich trennten.«

»Aber –« Sie sprach nicht weiter, presste die Lippen aufeinander, wandte sich abrupt um und ging durch einen Durchgang in einer Bücherwand im hinteren Bereich der Buchhandlung. Norwood zog scharf die Luft ein. Er wollte ihr folgen, ihr etwas nachrufen, beherrschte sich dann aber, ließ seine Hand wieder sinken. Er sah elend aus. Als er Dave anschaute, zuckte sein Mundwinkel. Seine Stimme glich einem Krächzen.

»Das muss ein Irrtum sein.« Er rannte förmlich zur Theke, wo neben einer schönen, alten, gusseisernen Registrierkasse ein Telefon stand. »Ich rufe an.« Er nahm den Hörer ab. »Sagen Sie mir die Nummer.«

Dave schaute auf seine Armbanduhr: 17.25 Uhr. »Unsere Telefonzentrale ist nicht mehr besetzt«, sagte er. »Aber Sie können mir glauben, es liegt kein Irrtum vor.« Er legte eine Visitenkarte auf die Theke. »Rufen Sie morgen an. Man wird es Ihnen bestätigen.«

Wie betäubt legte Norwood den Hörer auf die Gabel. Hinter der Bücherwand brannte jetzt ein schwaches Licht, und ein Flaschenhals klirrte gegen ein Glas. Auch Norwood hörte es. Er leckte sich die Lippen, lächelte gequält. »Nun, vermutlich haben Sie Recht. Aber es ist wirklich ein Schock. Entschuldigen Sie meine Aufregung.« Er warf einen Blick zur Tür, die nach hinten führte. Aus dem Schatten über der Tür ragte der geisterhaft bleiche Kopf einer Antinous-Büste. »Würden Sie uns jetzt bitte entschuldigen?«

»Nehmen Sie einen Drink?«, fragte Dave. »Ich würde Ihnen sogar Gesellschaft leisten, wenn Sie mich dazu einladen.«

Norwood zuckte überrascht zusammen. »Warum, ich –« Er lächelte, wurde wieder ernst, lächelte erneut. »Na-natürlich. Gern. Eva?« Er drehte sich um, rieb sich nervös die Hände. »Mr.« – er nahm die Karte und legte seinen Kopf in den Nacken, um durch seine Bifokalbrille lesen zu können – »Mr. Brandstetter leistet uns auf einen Martini Gesellschaft.«

»Ach?« Sie stand unter der Tür, in jeder Hand ein großes Glas. Die Oliven bewegten sich, die Eiswürfel klimperten. »Warum?«

»Ich muss Peter finden. Vielleicht können Sie mir einen Hinweis geben.«

Ihre eisblauen Augen beobachteten ihn eine Viertelminute lang, dann zuckte sie mit den Schultern und wandte sich ab. »Das glaube ich kaum. Aber kommen Sie rein.«

Unter freundlicheren Umständen wäre »gemütlich« das richtige Wort für das Hinterzimmer gewesen. Armsessel aus rotem Leder standen um einen niedrigen Tisch aus golden schimmerndem Eichenholz, wo eine Tiffanylampe ihr Licht auf Bücher, Kataloge und einen Stapel Briefe warf. Der oberste Brief sah nach einer Buchliste aus. Dave runzelte die Stirn. Wo hatte er diesen eleganten, eingravierten Briefkopf schon einmal gesehen? Er schüttelte den Kopf, er konnte sich nicht erinnern.

Auf einem Schreibtisch unter einem Milchglasfenster stand eine alte Smith-Schreibmaschine zwischen Stapeln von Büchern, in denen Zettel steckten, und einem Karteikasten aus marmorierter Pappe. Der Schreibtisch diente zugleich als Bar. Flaschen funkelten, und rundum ragten dunkle Regale empor, alle mit Büchern und Büromaterial gefüllt. Eva Oats reichte Dave einen Martini in einem Glas wie die andern beiden, nur dass der Rand schon ein wenig angeschlagen war. Norwood, noch immer leichenblass, wies auf einen Stuhl.

»Danke.« Dave setzte sich und wartete, bis die beiden ebenfalls Platz genommen hatten, dann sah er Eva an. »War Peter bei Ihnen? Ist er nach Hause gekommen?«

»Wozu?« Sie zündete sich mit unsicheren Händen eine Zigarette an. Die Flamme des Streichholzes flackerte. Sie wedelte sie aus und sagte tonlos: »Als er von zu Hause fortging, hat er alles mitgenommen, was er besaß.« Sie stieß den Rauch aus, als ob er ihr unangenehm war, und kippte ein Drittel ihres Drinks. »Er war in seiner kindlichen Weisheit zu der Überzeugung gelangt, dass ich seinem geliebten Vater Unrecht getan hatte, und dafür hasste er mich so sehr, dass er keinen Augenblick mehr mit mir unter einem Dach leben konnte.«

Sie verzog ihre Mundwinkel zu einem verbitterten Lächeln.

»Na schön, hab ich zu ihm gesagt. Wenn du unbedingt möchtest, dann geh. Ich glaube, das hat ihn ziemlich erschüttert. Er hatte damit gerechnet, dass ich mütterliche Tränen weinen und ihn anflehen würde, zu bleiben. Die Jugend lebt nach Klischees. Aber er ist grimmig entschlossen gegangen. Nein. Seitdem habe ich ihn nicht mehr gesehen.« Wieder nahm sie einen großen Schluck aus ihrem Glas. Auf der anderen Seite des Tischs trank Norwood in regelmäßigen Abständen, als müsste er einen Zeitplan einhalten. »Ich habe auch gar nicht damit gerechnet. Er war schon immer ziemlich stur. Ich werde nie vergessen, wie es war, als er sich als Baby allmählich an feste Nahrung gewöhnen sollte. Wissen Sie« – ihr Lachen klang wie splitterndes Glas –, »das war eine richtige Machtprobe. Und beinahe hätte ich sie verloren. Er war entschlossen, eher zu verhungern als diesen widerlichen Brei zu essen.«

Sie trank aus und griff durch den Lichtkegel nach Norwoods übrig gebliebenem Eiswürfel. Über Daves Glas hielt ihre Hand inne. Fragend hob sie eine Augenbraue. Aber er hatte kaum daran genippt und schüttelte den Kopf. Sie stand auf und klapperte im Schatten am Schreibtisch erneut mit Gläsern und Flaschen. »Ich könnte Ihnen eine ganze Reihe langweiliger Anekdoten über die Sturheit dieses Kindes erzählen.«

»Irrte er sich, was das Verhältnis zwischen Ihnen und John Oats betraf?«

»Er hatte keine Ahnung, wie die Dinge wirklich standen.« Sie kam zurück, stellte Norwood einen frischen Drink auf den Tisch und ließ sich dann in ihren Sessel sinken. »Er war viel zu jung. Wenn ihre Arme und Beine länger werden und sie plötzlich genauso groß sind wie ihre Eltern, halten sie sich schon für erwachsen. Natürlich irrte er sich.« Sie nahm eine weitere Zigarette aus der Packung. Marlboro.

»Haben Sie Peters Vater nicht verlassen, als er um sein Leben rang?«

Die Hand mit der Zigarette hielt auf halbem Weg zum Mund inne. Ihre Augen wurden schmal und glitzerten gefährlich.

»Er hat mit April gesprochen«, sagte Charles Norwood.

»Ach. Hat er das.« Es war keine Frage, sondern eine Feststellung. »Nun –« Sie steckte sich die Zigarette zwischen die Lippen, zündete ein Streichholz an und sagte dann zu Norwood: »Eigentlich wollte ich ihm gerade sagen, dass er sich mit seiner Schnüffelei zum Teufel scheren soll.« Das Streichholz war schon zur Hälfte abgebrannt. Sie hielt die Flamme an ihre Zigarette, ließ das

Streichholz in den Aschenbecher fallen und wandte sich mit hartem Blick Dave zu. »Aber ich möchte doch noch ein paar Dinge richtig stellen. Kurz nachdem Miss April angefangen hatte, hier zu arbeiten, erwischte ich sie mit John in einer – drücken wir es höflich aus – kompromittierenden Situation. Hier, in diesem Zimmer. Ich hatte Verständnis dafür. John war ein Mann wie alle anderen. Und töricht, wie die meisten Männer in ihren Vierzigern. Sie war sehr hübsch, sehr jung und – worauf es eigentlich ankam – sehr willig. Auch das ist verständlich. John konnte sehr charmant sein.«

»Das hat sie mir gesagt«, erklärte Dave.

»Ja, das kann ich mir denken. Also, ich hab ihm keine Szene gemacht. Wir haben vernünftig darüber gesprochen, John und ich, wie zwei Erwachsene. John hat meinen Standpunkt eingesehen, und April musste gehen. So weit, so gut. Bis zu seinem Unfall. Dann war sie plötzlich wieder da. Im Krankenhaus. Ich konnte nicht ständig dort sein. Um dieses Geschäft in Gang zu halten, braucht man mindestens zwei Leute. Sie dagegen musste sich um kein Geschäft kümmern. Sie hat einiges Geld im Rücken, die Stannards sind eine alteingesessene Familie in El Molino. Tag und Nacht war sie bei ihm, haben mir die Schwestern erzählt. John hat gar nichts davon mitbekommen. Er stand unter dem Einfluss starker Beruhigungsmittel. Aber sie saß bei ihm, wie in einem Kitschroman.«

Eva nahm ihr Glas und trank hastig. Der zweite Drink ging schneller zur Neige als der erste. Geräuschvoll stellte sie das Glas ab. Ihre Stimme klang wie eine verrostete Feile.

»Natürlich, als John dann allmählich seine Umgebung wieder wahrnahm, hat er stets die treue April gesehen. Ich war für ihn nur ein vages Gesicht, das kam und ging. Er dachte nicht darüber nach. Ein Mann, der solche Schmerzen erleidet, kann natürlich nicht vernünftig nachdenken. Das weiß ich. Aber John war ein besonderer Fall. Wissen Sie, Mr. – Brandstetter, richtig?« Sie hob eine Augenbraue.

»Der Name?«, fragte Dave. »Ja, der ist richtig.«

»Skandinavisch. Er bedeutet Brands Tochter, nicht wahr? Ja.

Komisch.« Ihr Lächeln wirkte dünn und hungrig. »Sie sehen ganz und gar nicht aus wie eine Tochter.«

»Die äußere Erscheinung kann täuschen«, sagte Dave.

»Ha.« Sie warf Norwood einen finsteren Blick zu. »Trotz mangelnder Gelegenheiten kann ich immer noch einen Mann erkennen, wenn ich einen vor mir sehe.«

»John«, erinnerte Dave sie, »war ein besonderer Fall.«

»Ja. Er war nie zuvor krank gewesen. Nie. Er wusste nicht, wie er damit fertig werden sollte. Sicher, das Leben ist nicht gerade gnädig mit ihm umgesprungen. Er hatte bereits einige Katastrophen hinter sich. Aber, sehen Sie, ich war immer für ihn da, immer bei ihm, an seiner Seite, wenn es galt, eine Sache durchzustehen. Er hat sich immer sehr auf mich verlassen. Wenn er Dummheiten machte, war ich es, die alles wieder in Ordnung brachte. Aber das war eine Sache, bei der ich ihm nicht helfen konnte. Hier waren die Ärzte gefordert, die Krankenschwestern. Und das konnte er nicht begreifen. Immer war ich ihm zu Hilfe gekommen, fast dreißig Jahre lang. Diesmal war ich genauso hilflos wie er. Und dafür hasste er mich, er hasste mich wirklich.« Wieder trank sie einen Schluck.

»April Stannard konnte ihm auch nicht helfen.«

»Sie haben ja so Recht.« Ihre Lippen verzogen sich zu einem traurigen, ironischen Lächeln. »So vollkommen Recht. Aber hat er das eingesehen? Nein. Irgendwie half es ihm, dass sie stets bei ihm war.« Sie hob die Hände und ließ sie fallen wie abgeschossene Vögel. »Gott allein weiß, was in romantischen Seelen vor sich geht. Es ist mir immer ein Rätsel gewesen. Er sagte, sie liebe ihn« – Eva spuckte das Wort aus wie verdorbenes Essen – »und ich nicht. Großer Gott! Was soll man da noch sagen.«

»Nun, da man sonst nichts für ihn tun konnte und sie es eben tat, genügte ihm das vielleicht.« Dave stand auf. »Könnten Sie mir einen Tipp geben, wo Peter sich aufhalten könnte?«

»Ihre Eile überrascht mich.« Sie hielt eine Hand über die Augen, um sie vor dem Lampenlicht abzuschirmen, und blinzelte zu ihm hoch. »Versicherungen sind nicht gerade bekannt dafür, dass sie verzweifelt nach denjenigen suchen, denen sie Geld auszahlen müssen.«

»Stimmt. Aber an der Sache ist noch mehr dran.« Er erzählte es ihr.

»Nein, wirklich?« Sie lachte, schüttelte den Kopf, nahm ihr Glas und trank es aus. »Sie überraschen mich. Ich dachte, Sie wären raffinierter. Wie durchsichtig! Wenn er seinen Vater ermordet hat, braucht Ihre Firma nicht zu bezahlen. Das ist nicht nur ziemlich durchsichtig, sondern geradezu erbärmlich. Dabei kamen Sie mir kein bisschen schmutzig und gemein vor. Das zeigt, wie sehr die äußere Erscheinung täuschen kann. Ich bin enttäuscht.«

»Das ist das Verrückteste, was ich je gehört habe.« Norwood erhob sich und schritt mit seinem Glas in die Dunkelheit am Schreibtisch. »Peter und sein Vater waren Freunde.«

»Freunde streiten sich«, sagte Dave. »Mrs. Oats und ihr Mann beispielsweise.«

»Ach«, sagte sie, »John und ich waren niemals Freunde. Wir waren voneinander abhängig. Er hing von mir ab, weil ich Vernunft und Rückgrat besitze. Und ich von ihm – nun ja, er sah gut aus und war charmant. Ziehen Sie Ihre eigenen Schlüsse.« Sie beugte sich vor, nahm ihr Glas und reichte es Norwood. »Aber Peter und John hätten eineiige Zwillinge sein können. Sie dachten gleich, bewegten sich gleich, sprachen gleich, sahen gleich aus. Sie interessierten sich für die gleichen Sachen. Sie waren – ich glaube, ich finde nicht das richtige Wort dafür – wie zwei Menschen, die völlig ineinander aufgehen. Sie sind die einzigen Menschen, die ich kenne, die zwanzig Jahre lang zusammengelebt und wirklich jeden Augenblick genossen haben.«

»Und die sich gegen Sie verschworen haben, wie ich gehört habe«, sagte Dave.

Sie ließ sich von Norwood einen frischen Drink reichen und wandte sich Dave mit einem süffisanten Lächeln zu. »Und entsprechend doppelt schwach waren. Sehen Sie, die beiden hatten nicht nur dieselben Tugenden, sondern auch dieselben Schwächen. Gerade das macht Ihr Hirngespinst so absurd. Keiner der beiden hätte den Mut aufgebracht, einen Menschen zu töten.« Sie runzelte nachdenklich die Stirn. »Außer natürlich sich selbst. John war längst dabei. Mit Morphium. Es kam bei der medizinischen Voruntersuchung heraus. Er war süchtig.«

»Wegen der Schmerzen«, sagte Dave.

Sie schüttelte den Kopf. »Die Schmerzen waren längst vorbei. Fragen Sie Dr. De Kalb.«

Norwood kam zurück und setzte sich. »Vielleicht hat er sich selbst ertränkt. Er hatte schreckliche Narben am ganzen Körper und war immer stolz auf sein Aussehen gewesen. Außerdem hatte er kein Geld mehr, keine Zukunft.«

»April störten die Narben nicht«, sagte Dave. »Sie hat gearbeitet. Es gab genug zu essen. Sie hatten ein Dach über dem Kopf. April war seine Zukunft.«

»Peter«, beharrte Eva Oats.

»Am Schluss nicht mehr. Das beweist seine Absicht, seine Police zu ändern. Peter hatte ihn verlassen. Nein, ich kenne den Grund nicht. Aber sie müssen sich gestritten haben.«

»Undenkbar.« Sie hielt wieder ihre Hand gegen das Licht, und der Schatten verbarg ihre Augen. »Ihr Eifer, Ihrer Firma Geld zu sparen, trübt Ihren Verstand. Wenn Peter seinen Vater wegen der Versicherungssumme umgebracht hat, warum ist er dann nicht hier und kassiert?«

»Das Entsetzen über seine Tat treibt ihn um«, sagte Dave. »Es gibt Leute, die mit einem Mord nicht ohne weiteres fertig werden. Die Tat ist eine Sache. Damit zu leben eine andere. Danke für den Drink.«

Er ging durch den dämmrigen Laden hinaus.

6

Im Innenhof war es schon fast dunkel. Dave schob einen Ärmel zurück. 18.10 Uhr. Er hätte schon früher anrufen sollen. Er musste jetzt anrufen. Gab es hier eine Telefonzelle? Ja, dort wartete eine in einer dunklen Ecke, wie ein Kind, das nach einem Versteckspiel in der Dämmerung zurückgelassen worden war. Nur eine alte Holzkabine mit drahtverstärkten Glasscheiben, von Efeu überwuchert. Als er hineintrat und die Tür zuziehen wollte, damit das Licht anging, drängten sich Efeuranken durch den Spalt wie Wurzeln in einen Sarg. Hier würde niemand lange telefonieren, wenn er wieder hinauskommen wollte. Dave hörte den Vierteldollar in den Apparat rasseln. Dann wählte er.

»Allo?« Es hatte nur einmal geklingelt. Das war schlecht. Hinter der Stimme hörte man die Stereoanlage. Edith Piaf, Juliette Greco, Yves Montand? Er konnte es nicht erkennen. Es kam nicht darauf an. Sie alle erzeugten in ihm ein ungutes Gefühl. Genau wie der Anblick der Ausgaben von *Paris-Match*, die überall im Wohnzimmer herumlagen, genau wie jeder neue Genet-Brief im *New Yorker*. Für Doug hielten all diese Dinge Jean-Paul am Leben, den verunglückten Autorennfahrer, mit dem er geschlafen hatte, ein Junge und ein Mann, während der zwei Jahrzehnte, die er in Frankreich für die NATO gearbeitet hatte. Daves Magen krampfte sich zusammen. Er wollte brüllen: *Schalt das ab!* Aber er brüllte nicht. Sie brüllten sich niemals an. So gingen sie nicht miteinander um. Vielleicht war auch das nicht gut. Er sagte: »Das Telefon in der Küche. Du kochst. Also zählt dieser Anruf nicht. Ich bin gleich bei dir.«

»Es ist das Telefon im Schlafzimmer. Ich koche nicht. Ich komme gerade aus der Dusche.« Dave sah ihn in Gedanken vor sich, klein, schlank, blass und nackt – seinem eigenen Toten so ähnlich, Rod, der nicht sterben wollte –, sah buchstäblich, wie er sich den

Hörer mit der Schulter ans Ohr klemmte, während er sich das grau melierte Haar mit einem von Rods roten Handtüchern abtrocknete und Wassertropfen auf Rods weißen Teppich fielen. »Ich war seit heute früh im Laden.« Er meinte damit Sawyers Tierhandlung, die seine kluge, spitznasige Mutter führte, in einer jener grauen, verlassenen Gegenden, die man in den Vororten von Los Angeles als Geschäftsstraßen bezeichnete. »Ein Notfall, die vordere Scheibe des großen Aquariums ist zerbrochen. Wir haben eine Menge Verluste zu beklagen. Teure Verluste. Und ich hab mich in die Hand geschnitten. Aber jetzt ist das Aquarium wieder in Ordnung, und ich auch. Und in der Dusche ist *beaucoup* Sand.«

»Du brauchst nicht zu kochen«, sagte Dave. »Ich bin fünfundsiebzig Meilen entfernt und muss hier noch jemanden treffen. Könntest du herkommen? El Molino. Es gibt hier sicher ein gutes Restaurant. Ich rufe Madge an, die weiß bestimmt eines.«

»Frag sie, ob sie mit dir essen geht«, entgegnete Doug. »Sie wohnt nicht so weit weg. Von hier ist es eine verdammte Fahrerei, Dave, und der Verkehr ist um diese Tageszeit am schlimmsten.« Der Verkehr machte ihm normalerweise nichts aus. Er liebte seinen roten Ferrari und fuhr damit so, wie Szeryng auf seiner Geige spielte. »Außerdem bin ich müde, und meine Hand tut weh.«

»Tut mir Leid«, sagte Dave. »Warst du beim Arzt?«

»Ja. Er hat sie geschickt genäht. Aber es tut immer noch weh. Wir sehen uns, wenn du nach Hause kommst. In Ordnung?«

»Morgen«, sagte Dave. »Ich ruf dich am Vormittag an.« Er hängte ein. Er hatte nicht gewusst, dass er das sagen würde. Oder doch? Er fühlte sich leer. Seit dem vergangenen November, als sie sich nach dem plötzlichen Tod eines Versicherten im billigen Pensionszimmer eines heruntergekommenen Badeorts kennen gelernt hatten, hatten sie keine Nacht mehr getrennt geschlafen. Dies würde die erste Nacht sein. Fühlte er sich deswegen so schlecht? Wenn ja, warum? Er wartete ein paar Sekunden auf eine Antwort. Es kam keine. Dennoch wollte die Leere nicht weichen. Sie begann wehzutun.

Er steckte ein Zehncentstück in den Apparat und rief Madge an.

Das Lokal hieß *Zum Jagdhund und Falken*. Weiße Mauern, Strohdach, außen Fachwerk, innen dunkle Balken und Holzvertäfelung. Bleiglasfenster. Das Licht brennender Holzscheite im riesigen offenen Kamin glitzerte auf dem Silber, dem Kristall und den weißen Leinentischdecken der noch unbesetzten Tische. Es spiegelte sich rötlich im gebohnerten Parkettboden, über den er bis zu der ein paar Stufen höher gelegenen Tür mit der Aufschrift SCHANKSTUBE ging. Fackeln mit elektrischen Flackerbirnen, Reihen von Zinnbechern, Zapfhähne in abgeschnittenen Eichenfassenden, und eine Bardame wie von Holbein, mit Spitzenhäubchen, ausladendem Dekolleté und rosigen Wangen. Berieselung mit Moriskentanzmusik: Laute, Oboe und Tamburin. Er hoffte, Madge würde sich beeilen. Er konnte Heuchelei nur schwer ertragen.

Er bestellte sich Glenlivet mit einem Glas Wasser dazu und kippte ihn rasch hinunter, um den Gedanken an Doug aus dem Weg zu gehen. Trank einen zweiten. Und war beim dritten angelangt, als sie neben ihm stand, sich die Handschuhe von den Fingern zupfte, ihren Duffle aufknöpfte und ihr kurz geschnittenes, graues Haar nach hinten schüttelte. Während sie ihre langen, feinen Glieder auf den Barhocker neben ihm hob, roch er frische Meeresluft. Sie schenkte ihm ein fröhliches Lächeln. Seit gut zwanzig Jahren kannte und liebte er dieses Lächeln. Zuverlässig und echt. Er wünschte, dieses Lächeln wäre alles, was er brauchte. Er erwiderte es matt.

Sie steckte die Handschuhe in eine Tasche des Duffle, sagte »Margarita. Danke« zu dem Mädchen, und legte ihre schmale, sommersprossige Hand auf Daves Arm. »Du siehst müde aus.«

»Wenn man immer wieder ganz normalen, netten, gewöhnlichen Leuten begegnet, die sich gegenseitig wegen Geld umbringen«, meinte er, »dann kann einen das im Lauf der Jahrzehnte schon fertig machen.«

Sie verzog mitfühlend das Gesicht. »Schon wieder. Wer ist es diesmal?«

»Ein liebender Sohn, eine nicht allzu liebende Gattin, eine hübsche, junge Geliebte, ein Geschäftspartner« – er nahm zwei Zigaretten aus dem Päckchen, zündete eine für sie und eine für sich an – »oder keiner der Genannten.« Durch den Rauch blinzelnd beobachtete er seine Finger, die das gedrungene Glas in einem nassen Kreise auf der Theke drehten. »Wenn ich es wüsste, würde ich meine sieben Sachen packen und nach Hause fahren.«

»Nach Hause?« Sie zog eine Augenbraue hoch. »Du hast mich doch am Telefon gebeten, bei mir übernachten zu dürfen? Weil du heute durch ganz Südkalifornien gefahren und völlig erschöpft bist?«

Der Aschenbecher war ein Zinnpokal mit einem Wappen. Jagdhund und Falke. Dave tippte die Asche am Rand ab.

Sie sagte: »Es ist dir sicher bewusst, dass so etwas noch nie vorgekommen ist.«

Er zuckte mit den Schultern. »Ich werde auch nicht jünger.«

»Das ist es nicht. Du wärst sogar von Feuerland nach Hause gefahren, um bei Rod zu übernachten. Und du bist auch nicht von der Arbeit so müde. Wenn du mir eine begründete Vermutung gestattest: Es ist wegen Doug. Oder täusche ich mich?«

Er trank einen Schluck und warf einen skeptischen Blick in den von künstlichen Flammen erhellten Raum. »Ich weiß ja, dass du mir noch nie einen schlechten Tipp gegeben hast, aber ist das Essen hier wirklich genießbar?«

»Vertrau mir.« Ihr Cocktail kam, eine sahnige Flüssigkeit, der Rand des Stielglases salzverkrustet. Sie nippte, nickte zustimmend, stellte das Glas mit einem sanften Klicken ab und berührte wieder seine Hand. »Sprich darüber, Davey.«

Er schaute sie an und wandte sich rasch wieder ab. »Sprich *du* doch darüber.«

»Ach? Du willst also meine Meinung hören, wie?«

Sein Lachen war kurz und humorlos. »Du hast dir doch schon längst eine gebildet, oder?«

»Seit dem Augenblick, als ich ihn kennen gelernt habe. Ich dachte, ich hätte es meisterhaft verborgen. Wann bist du draufgekommen?«

»An dem Tag beim Rennen. Als ihr beide die Köpfe zusammengesteckt habt. Der Ferraribesitzer, die Porschebesitzerin. All das

Gerede über Formel A gegen Formel Eins, Dreiliter- gegen Fünflitermotoren, V-Acht gegen Zwölfzylinder …«

Es war am Neujahrstag gewesen. Klarer, blauer Himmel. Eine zwei Meilen lange, weiße Zuschauertribüne. Eine pechschwarze Beschleunigungsstrecke. Wagen wie kleine Haie aus dem Spielzeugladen, Hammerhaie, auf überbreiten Reifen. Dann das heisere Brüllen der Motoren. Die Piste eine gezackte Schneise durch neu angelegte Grünflächen. McLarens, Lolas, BRMs kreischend, fauchend, schleudernd. Für die Experten, fürs Publikum, für Geld. Durchschnittsgeschwindigkeit hundertfünfzig. Höchstgeschwindigkeit vielleicht das Doppelte. Und im Norden, gleichgültig, die braunen Berge. Nach dem Rennen dann Doug mit glänzenden Augen unten an den Boxen, wo die Mannschaft Frankreichs trank und lachte. Madge an seiner Seite, sehr ausgelassen. Dave außen vor, ein nachdenklicher Beobachter, oben auf der Tribüne, die Hände in den Taschen seines Mantels vergraben, die Schultern gegen den Wind gestemmt, der ihm zerfetzte Programmzettel um die Beine wirbelte.

»Es war ein bisschen zu echt. Klar, es hat dir Spaß gemacht. Aber so sehr auch wieder nicht. Das war nicht deine Art, Spaß zu haben. Doug hat das nicht gewusst, aber ich.«

»Mmm.« Sie hatte eine Mischung aus Tequila, Zitronensaft und Salz im Mund. Jetzt schüttelte sie den Kopf und schluckte. »Nein, nein. Du darfst nicht denken, dass ich ihn nicht mag. Ich mag ihn. Das macht es noch trauriger.«

»Als was?«

Eine Hand berührte seine Schulter. Er wandte sich um. Ein Mann mit silbergrauem Haar lächelte ihn ehrerbietig an. Er trug ein braunes Samtgewand, knöchellang, vorne offen, mit Goldtressen und weiten Revers.

Bin ein untergeordneter Lord, erinnerte sich Dave an das *Liebeslied des J. Alfred Prufrock* von T.S. Eliot, *einer, der ausreicht, um den Hofstaat aufzubauschen …*

»Der Speisesaal füllt sich, Sir. Darf ich einen Tisch für Sie und die Dame reservieren?«

»Ja, danke.« Dave nahm einen Geldschein aus seiner Brieftasche, faltete ihn und drückte ihn dem Mann in die Hand. »Nicht zu nah am Feuer, bitte. Und können Sie uns eine Speisekarte bringen?«

Er konnte. Sie war im Folioformat, auf dem Pergamentumschlag prangte in Golddruck das Wappen des Hauses, Jagdhund und Falke. Dave nahm seine Lesebrille heraus, setzte sie auf, öffnete die Speisekarte und drehte sie so, dass das flackernde Licht darauf fiel. Altertümliche Schrift. Urige Rechtschreibung.

»Kein Doppeldutzend Nachtigallenzungen?«, fragte Dave.

»Steak-and-kidney pie.« Madge zeigte darauf. Der hinzugezogene Gelehrte hatte *Steke & Kydney Pye* daraus gemacht. »Es ist unglaublich.«

»Wie das ganze Lokal.« Dave ließ die Speisekarte sinken und steckte die Brille ein. »Hungrig?« Als sie nickte, drückte er seine Zigarette aus, legte ein paar Scheine auf die Theke, stand auf und half Madge von ihrem Hocker. »Schicken Sie bitte noch einen Margarita an unseren Tisch.«

»Und noch einen Glenlivet für Sie, Sir?« Die Barfrau sprach Hollywood-Cockney.

»Danke.« Er nickte und ging mit Madge die ausgetretenen Stufen hinunter in den Speisesaal, wo die Flammen des Kaminfeuers nun menschliche Gesichter röteten. Die Kellner glichen Spielkartenfiguren aus *Alice im Wunderland.* Gegürtet, an den Seiten offene Wämse, grüner Samt, Jagdhund und Falke in Gold auf den Rücken gestickt. Gelbe Strumpfhosen, ein Bändchen am Knie. Pluderhemden mit weißen Puffärmeln. Sie wirkten so, als wäre es ihnen selbst peinlich. Dave fragte sich, ob sie von ihren Frauen ausgelacht wurden. Von ihren Kindern bestimmt nicht – so wie die Kinder heutzutage waren. Eher würden sie Mühe haben, die Sachen vor den Kindern zu retten. Besonders die gelben Schlappmützen aus Samt. Ihr Kellner hatte seine bereits verloren. Dave wettete, dass sie jetzt in einem Autokino getragen wurde, bei einem Basketballspiel oder an einem Imbissstand. Nachdem die Drinks gekommen waren, bestellte Dave das Essen und besprach sich mit dem Kellermeister, der natürlich weinrot gewandet war. Danach zündete er sich und Madge Zigaretten an und fragte sie: »Warum hast du bis heute gewartet?«

»Weil normalerweise du derjenige bist, der weise Ratschläge gibt. Erinnerst du dich? Zwanzig Missgriffe in ebenso vielen Jahren. Ich hatte immer nur Fragen. Du hattest Antworten.«

»Die sind mir inzwischen ausgegangen. Jetzt bist du dran.«

»Er sieht aus wie Rod. Das ist eigentlich alles, was ich dazu sagen kann. Ich war erschüttert, dass du es dir so einfach machst.«

»Er ist ein guter Mensch. Und erwachsen.«

»Das war immer deine Empfehlung für mich.« Sie lächelte und schüttelte reuevoll den Kopf. »Ich habe sie nie befolgt.«

»Bis Sylvia kam.« Sylvia Levy war nicht besonders hübsch und fünfunddreißig, eine College-Bibliothekarin, ganz anders als die hübschen, fohlenhaften Knabenmädchen, die Madge – eine kluge und erfolgreiche Designerin, nicht ihres Lebens, aber von Textilien und Tapeten – von einer Katastrophe in die andere geführt hatten, durch eine Reihe katastrophaler Jahre. Keine von ihnen war die Zeit wert gewesen, und auf keinen Falle den Kummer. Die meisten hatten sie nur ausgenützt. Es hatte Dave wehgetan, es mit ansehen zu müssen. »Wie geht's Sylvia?«

»Wunderbar.« Madge glühte. »Das war ein guter Rat, Davey, auch wenn ich zwanzig furchtbare Jahre gebraucht habe, bis ich ihn akzeptieren konnte. Ich bin dir dankbar.«

Er zuckte mit den Schultern. »Anderer Leute Probleme sind meistens einfacher zu lösen.«

»Na schön. Lass es mich mit deinen versuchen.« Sie nippte an ihrem Margarita, stellte ihn hin und schaute ihn ernst an. »Ja, er ist ein guter Mensch. Ja, er ist erwachsen. Genau wie du. Aber als ihr euch kennen gelernt habt, da habt ihr beide tief in Problemen gesteckt. Ihr wart nicht an Einsamkeit gewöhnt. Wart nicht bereit, euch damit auseinander zu setzen. Du hattest Rod gehabt, seit du erwachsen bist. Und er Jean-Paul. Er hat mir Fotos von Jean-Paul gezeigt.« Aus Zeitschriften, Zeitungen und Rennprogrammen, auf Französisch, Englisch und Italienisch, mit vergilbten Rändern. Dave kannte sie. Sie lagen in einem Pappkarton im Kleiderschrank. Mehr als einmal war er versucht gewesen, sie wegzuwerfen. Madge sagte: »Er hatte Untergewicht und schöne, breite Schultern. Genau wie du.« Sie langte über den Tisch, um ihm das Haar aus der Stirn zu streichen. Die Berührung ihrer Hand war ihm angenehm – kühl und trocken. »Blond und blauäugig wie du.« Sie nahm die Hand zurück, und ihr Lächeln drückte Bedauern aus. »Es hätte keinen traurigeren Zufall geben können.«

»Alle Leute sehen wie jemand anders aus«, sagte er.

Sie runzelte die Stirn, nahm ihr Glas und betrachtete ihn über den Salzrand hinweg. »Warum willst du heute Abend nicht nach Hause fahren und bei ihm schlafen?«

»Aus dem gleichen Grund, aus dem er nicht hierher fahren und mit mir Essen gehen wollte.«

Sie nickte, trank wieder einen Schluck und stellte das Glas hin. »Weil er nicht Rod sein kann. Weil du nicht Jean-Paul sein kannst.«

»Ich glaube, wir sind beide zur gleichen Zeit darauf gekommen.« Mit dem Finger drehte er den kleinen Eiswürfel in seinem Glas und sah zu, wie sich der strohgelbe Whisky bewegte. »Nicht besonders schnell. Nicht besonders schlau.«

»Ihr könntet versuchen, euch zu lieben. Als die, die ihr wirklich seid. Ihr seid es beide wert, geliebt zu werden.«

»Schön, nun hast du es mir gesagt. Und wer sagt es ihm?«

»Du. Heute Nacht. Wenn du nach Hause kommst.«

»Nach Hause?«, sagte er. »Wo ist das?«

7

Ein ziemlich kleines Mädchen öffnete die Tür. Es war eine schwere Tür, und sie stolperte ein paar Schritte zurück, bevor sie daran dachte, den Türknopf loszulassen. Ihr gelber Flanellschlafanzug war mit Cartoons von Snoopy bedruckt. Ihr seidiges Haar war mit einem Gummiband zu einem kleinen Knoten zusammengebunden, aber ein paar feuchte Strähnen hatten sich selbstständig gemacht. Ihr Gesicht war vom Schrubben rosig. Sie hielt eine Plastikente in der Hand.

»Ich habe gebadet«, sagte sie. »Und jetzt liest mir Daddy was über Schlangen vor.«

»Das klingt spannend«, sagte Dave.

Hinter ihr, in einem großen, tiefer liegenden Wohnraum, wo weiches Licht auf schimmernde, neue Möbel fiel, saßen zwei ältere Kinder, etwa sechs und acht, auf dem goldgelben Teppichboden und sahen fern. Winchester krachten. Orangefarbene Indianer stürzten von purpurroten Pferden. Eine junge Frau trat zwischen Dave und das Fernsehgerät. Sie trug Jeans, doch sie war gestärktes Leinen gewöhnt und bewegte sich wie eine Kinderschwester. Sie war blond wie das Kind, und ihre Augen hatten das gleiche Blau von Delfter Kacheln, waren jedoch nicht kindlich, sondern abweisend.

»Dr. De Kalb«, sagte Dave.

»Er empfängt zu Hause keine Patienten.« Mit der einen Hand zog sie die Kleine zurück, mit der anderen begann sie die Tür zu schließen. »Rufen Sie doch morgen in der Praxis an und vereinbaren Sie einen Termin –«

»Ich bin kein Patient. Ich komme von der Medallion-Lebensversicherung.«

»Danke.« Ihr Lächeln wurde ein- und wieder ausgeschaltet. »Wir haben alle Versicherungen, die wir brauchen.«

»Abteilung Auszahlungen bei Todesfällen«, sagte Dave. »Es

geht um einen ehemaligen Patienten des Doktors. Ein Mann, der ertrunken ist.«

»Ach.« Sie runzelte die Stirn, hielt jedoch die Tür halb offen. Dann drehte sie sich um und rief ins Wohnzimmer hinein: »Phil?«

Der Sessel, aus dem sich De Kalb erhob, stand vor dem Fernseher, aber er hatte nicht zugesehen, sondern gelesen. Er hatte das Buch noch in der Hand. Grau und schwer, eine medizinische Abhandlung. Er steckte einen Finger zwischen die Seiten, während er an die Tür kam. Er sah jung aus, bewegte sich jedoch wie ein alter Mann, mit gebeugter Haltung. Er war groß und schlank, mit einer blonden Mähne wie seine Frau und seine Kinder. Seine Augen glichen ebenfalls Delfter Kacheln, wurden aber von knochigen Brauen verborgen. Er hatte abstehende Ohren. Man konnte sie sich nur schwer mit einem Stethoskop vorstellen.

»Danke«, sagte er zu seiner Frau, und sie lächelte ihn kurz, aber aufrichtig an und führte die Kleine weg. Der Arzt fragte Dave: »Worum geht's?«

Dave reichte ihm seine Visitenkarte. »Um John Oats.«

»Aha.« De Kalb zuckte ein wenig zusammen und schüttelte den Kopf. »Das war eine tragische Sache, verdammt noch mal.« Er trat zurück. »Kommen Sie rein.«

Der Raum, in den er Dave führte, lag ein paar Stufen tiefer und außerhalb der Reichweite des Fernsehgeballers. Schreibtisch und Couchtisch waren aus Kiefernholz, der Sessel und die Couch mit dickem, dunkelbraunem Kord bezogen. Die Wände waren mit astreichen Kieferpaneelen getäfelt und mit funkelnden Sporttrophäen geschmückt. Dazwischen hingen gerahmte Fotos von Baseball- und Basketballmannschaften. Aber auf den meisten war De Kalb alleine zu sehen. Jünger, aber unverkennbar. Den Kopf nach hinten geworfen, die Muskeln wie Seile gespannt, das Gesicht vor Anstrengung verzerrt, während seine Brust die Zielschnur durchbrach. Im Sprung, in der Luft ausgestreckt wie ein lebendes Ausrufezeichen, auf dem Tennisplatz beim Zurückschlagen eines hohen Balles, die Tribünen voll belegt. Mitten in der Luft zusammengeklappt wie ein Taschenmesser, zwischen Sprungturm und Wasseroberfläche. Kein Wunder, dass er heute die Schultern hängen ließ. Er legte das Buch auf den Schreibtisch, ließ sich in den Lehnsessel sinken und wies auf die Couch.

»Ich verstehe das nicht«, sagte er. »John hatte sich gut erholt. Angesichts des Ausmaßes und der Schwere seiner Verbrennungen ging es ihm vergleichsweise gut. Kein Anzeichen für ein Leberversagen, was man bei einem solchen Fall stets befürchten muss. Als ich ihn zuletzt gesehen habe, war er ein glücklicher Mensch. Warum sollte er sich das Leben nehmen?«

»Hat er das?« Dave setzte sich und zündete sich eine Zigarette an. »Die Untersuchungskommission des Coroners hat auf Unfall entschieden.«

»Ha. Die sind nie mit ihm schwimmen gewesen.« De Kalb streckte einen langen Arm aus, zog klappernd eine Schublade auf und brachte einen Aschenbecher zum Vorschein. »Trotz der Narben und so weiter hat er mich noch immer spielend abgehängt.«

Es war ein kleiner, viereckiger Behälter aus Glas, wie ihn Nichtraucher besitzen. Auf dem Boden befand sich der schwarzrote Aufdruck eines Arzneimittels mit unaussprechlichem Namen. Dave stellte den Aschenbecher auf die Armlehne der Couch. »Wo?«, fragte er.

»In Arena Blanca. Er hat mich zum Abendessen eingeladen, in der Woche nach Weihnacht. Nach Sonnenuntergang gingen wir schwimmen. Vorher waren wir segeln. Mit einem Freund von Peter. Ob es sein Boot war? Ich weiß es nicht. Ein Katamaran, sechs Meter lang. Hat Spaß gemacht. Die kleine Bucht dort liegt sehr hübsch und ruhig im Schutz der Hügel.«

»Erinnern Sie sich an den Namen dieses Freundes?«

»Nur weil ich ihm noch einmal über den Weg gelaufen bin. Jay McPhail. Er arbeitet abends und an den Wochenenden in dem Drugstore im neuen Einkaufszentrum. An der Küstenstraße. Nicht weit von der Abfahrt nach Arena Blanca. Ja, ja. Eines Tages werden die Grundstückshaie kommen und die ganze schöne Bucht schlucken, sobald die reichen alten Witwen, denen die Strandhäuser gehören, gestorben sind.«

»Eine von ihnen ist bereits gestorben. April Stannards Mutter.«

»Nettes Mädchen.« De Kalb zog die Augenbrauen hoch. »Das ist auch so eine Sache. Warum sollte er sich das Leben nehmen, wenn er so ein nettes Mädchen hatte? Er hat ihr wirklich viel bedeutet. Sie war im Krankenhaus –«

»Tag und Nacht«, ergänzte Dave. »Eva Oats hat es mir erzählt. Sie hat mir außerdem den Rat gegeben, Sie zu fragen, ob er noch Schmerzen hatte.«

De Kalb starrte ihn an. »Schmerzen? Bestimmt nicht.«

»Warum hat er dann Morphium genommen?«

De Kalb setzte sich abrupt auf. »Was?«

»Waren Sie nicht bei der Voruntersuchung anwesend?«

»Nein, ich war in New York. Zu einem Dermatologentreffen.« Ein verschmitztes Lächeln. »Und zur Leichtathletik-Hallenmeisterschaft. Ich bin an dem Abend, als John starb, von Los Angeles abgeflogen. Hab es erst erfahren, als ich zurückgekommen bin. Aber ich erinnere mich noch genau an das Wetter. Es hat zwar geregnet, aber es war nicht unbedingt stürmisch. Fast kein Wind. Also auch kaum Wellengang in der Bucht.«

»Man hat ihn bei den Felsen an der Landspitze gefunden.«

Kopfschütteln. »Er wäre niemals dort draußen geschwommen.«

»Das glaube ich auch. Na schön. Was ist mit dem Morphium? Bekam er es im Krankenhaus?«

»Oh ja, natürlich. Am Anfang. Es war indiziert. Aber nicht länger als unbedingt notwendig. Wir wissen durchaus, wie schnell es zur Abhängigkeit führt.«

»Sie haben es also abgesetzt?«

»Sobald wir konnten. Zu früh für ihn. Er flehte uns an. Das tun Patienten häufig, aus Furcht, die Schmerzen könnten zurückkommen. Sie kommen nicht zurück. Wir setzen das Mittel erst ab, wenn wir sicher sind. Aber die Patienten geraten manchmal in Panik. Damit wird man nicht so leicht fertig. Trotzdem – in einer solchen Situation muss man hart bleiben. Mit den Patienten und mit sich selbst.«

»Man hat es bei der Obduktion festgestellt«, sagte Dave. »Die üblichen Einstichnarben, und zwar viele. Er ist nicht wieder davon losgekommen.«

De Kalb stieß einen grimmigen Laut aus und stemmte sich hoch. Die Hände in den Hosentaschen, trat er ans Fenster. Es glich einem schwarzer Spiegel. Finster betrachtete er sein Spiegelbild, ohne es wirklich zu sehen. »Wir wechseln die Schlösser der Arzneischränke aus, aber das hilft nichts. Zu viele Leute müssen Schlüssel dafür haben. Die Vorschriften sind streng, aber es gibt Notfälle. Türen werden nicht ordentlich verschlossen, Schlüssel geraten in die falschen Hände.« Er drehte sich um, die Schultern gesenkt wie ein Sargträger. »Und wie Sie vermutlich wissen, ist die Zahl der drogenabhängigen Ärzte sehr hoch. Das erschwert die Sache für die zuständige Schwester, wenn Medikamente fehlen. Meistens wird die Polizei gar nicht verständigt. Es ist eine Schweinerei. Und es wird nicht besser. Es wird schlimmer.«

»Keine Ahnung, wer John Oats das Morphium gegeben haben könnte?«

»Vermutlich ein Krankenpfleger.« De Kalb seufzte, dann ließ er sich wieder in den Sessel sinken. »Sie kommen und gehen. Die Arbeit ist hart, manchmal grausam, die Bezahlung schlecht. Wir haben sie oft genug erwischt. Sie finden heraus, von was die Patienten abgesetzt werden. So machen sie ein paar Dollars nebenher.«

»Sie könnten viel mehr Geld damit machen, nachdem die Patienten aus dem Krankenhaus entlassen worden sind.«

De Kalb legte den Kopf schief, schaute ihn an und blinzelte verwirrt.

»Ich meine, im Krankenhaus weiß der Patient, der süchtig ist, dass man ihm die Droge, falls er entdeckt wird, allmählich entziehen wird. Aber draußen ist er auf sich selbst angewiesen. Ich habe mir sagen lassen, dass plötzlicher Entzug höchst unangenehm werden kann.«

»Es beginnt mit einem unkontrollierbaren Gähnen«, sagte De Kalb. »Manchmal wird dabei der Kiefer ausgerenkt. Schüttelfrost, der einen schier in Stücke reißt. Zugleich läuft der Schweiß in Strömen. Wer Glück hat, findet Schlaf. Aber nach dem Aufwachen fängt der Speichel an zu laufen. Man fürchtet, dass man im eigenen Speichel ertrinkt. Das kommt vor. Man friert, wird durch nichts wieder warm. Dann beginnen Erbrechen und Durchfall.

Die Muskeln spielen verrückt. Man versucht, sich zuzudecken, um sich zu wärmen, aber die Beine strampeln die Decke immer wieder weg. Also steht man auf und läuft herum. Vorausgesetzt, man hat noch die Kraft dazu. Es nützt nichts. Schließlich liegt man auf dem Boden und schreit.«

»Das dürfte die Preise in die Höhe treiben«, sagte Dave.

De Kalbs Hände umklammerten die Armlehnen des Sessels. »Ich krieg raus, wer ihm das Zeug gegeben hat.«

Dave schüttelte den Kopf. »Rufen Sie die Polizei an. Fragen Sie nach Captain Campos. Er hat das Urteil der Voruntersuchung geschluckt, aber nur, weil er überarbeitet war und sich damit Zeit gespart hat. Das wird ihn wachrütteln. Und er wird die Untersuchung richtig durchführen.« Dave war aufgestanden. »In meinem Beruf lerne ich viele Polizeibeamte kennen. Campos scheint einer der Intelligenteren zu sein.«

De Kalb erhob sich ebenfalls. »Ich rufe ihn gleich morgen früh an.«

»Verfügt Ihr Krankenhaus nicht über eine Nachtschicht?«, fragte Dave. »Rufen Sie ihn jetzt gleich an. Es war neun Uhr morgens, als ich heute mit ihm gesprochen habe, aber der Arbeitstag eines Polizisten ist lang. Vielleicht ist er noch auf dem Revier.« Ein marmoriertes Plastiktelefon stand auf dem Schreibtisch. Dave nahm den Apparat und reichte ihn De Kalb. »Wenn nicht, rufen Sie ihn zu Hause an. Wenn er hört, worum es geht, wird er nichts dagegen haben.«

Das kleine Mädchen kam die Holztreppe herunter. Seitwärts, Schritt für Schritt. »Daddy, Daddy!« Sie hatte ein offenes Buch in der Hand. Dave sah eine Klapperschlange mit bunt gezeichnetem Rücken zwischen Laub und Gras. »Lies mir vor! Mammi sagt, sie mag keine Schlangen.« Tränen standen in den blauen Augen. Die rosigen Lippen bebten. »Und du hast es mir versprochen.«

De Kalb stellte das Telefon ab und hob sie hoch. »Ich hab es dir versprochen«, sagte er, »und ich halte mein Versprechen. Sobald ich telefoniert habe.« Mit den Fingerkuppen wischte er ihr die Tränen ab.

»Ich gehe besser«, sagte Dave.

8

Das Einkaufszentrum war ein Aufschrei von Licht vor der schwerfälligen Dunkelheit der Hügel. Die schwungvoll beschrifteten Reklameschilder bestanden aus milchigen Kunststoffplatten, die Ladenfassaden aus nacktem Glas, die Innenräume aus eisig-weißem Licht. Tapfer, aber einsam. Ein Selbstbedienungsladen, eine Wäscherei, ein Kentucky Fried Chicken, ein Spirituosengeschäft, ein Newberry's, ein Friseur, ein Drugstore. Drei Autos standen auf einem Parkplatz für dreißig Autos. Dave hielt direkt vor dem Drugstore und ging hinein.

Eine Schreibmaschine hackte kleine Löcher in die Stille. Langsam. Im hinteren Bereich. Dave ging an Hecken von Zahnpasten, Deodorants und Abführmitteln vorbei. Die Theke war kinnhoch; darauf standen altmodische Glasgefäße, gefüllt mit getrockneten Gräsern und Kräutern, nicht zum Gebrauch, sondern weil es gut aussah. Sie waren mit altmodischen Lettern beschriftet. Auch das Schild darüber wies diese altmodischen Lettern auf: REZEPTPFLICHTIGE ARTIKEL. Ein junger Bursche schaute ihn zwischen den Glasbehältern hindurch an. Sein dichtes, lockiges schwarzes Haar war in der Mitte gescheitelt und über die Ohren gekämmt. Seine braunen Augen wirkten verträumt, der Mund glich einer dunklen Rose. Er hätte für ein Bild von Rossetti Modell stehen können. Er hätte Rossetti selbst sein können, in jungen Jahren, bevor er vom guten Leben aufgeschwemmt wurde.

»McPhail?«, fragte Dave.

»Bei der Arbeit«, antwortete der Junge. »Im Augenblick jedenfalls noch. Was ist passiert?«

»Muss denn etwas passiert sein?«

»Sie haben nicht Mr. McPhail gesagt, und auch nicht Jay McPhail. Sie haben nur McPhail gesagt. Das klingt irgendwie förmlich. Und Sie sehen förmlich aus. Habe ich irgendein Rezept falsch ausgegeben?«

»Sie sind mit Peter Oats befreundet. Ich suche ihn. Ich komme von der Firma, bei der sein Vater eine Lebensversicherung abgeschlossen hatte. Sein Vater ist tot. Peter soll die Versicherungssumme bekommen.«

»Einen Augenblick.« Die Schreibmaschine hackte noch ein paar Takte, dann rasselte die Walze. Der Junge kam ans Ende der Theke, wo sie nicht mehr so hoch war, blieb neben einer korallengelben Registrierkasse und einer Glasvitrine mit Rasiermessern und Taschenlampenbatterien stehen. Sein weißer Kittel war offen. Darunter trug er ein quer gestreiftes Hemd. Die Beine seiner dunkelroten Batikhose weiteten sich glockenförmig. In seiner Hand funkelte ein kleines Fläschchen. Er beleckte die Gummierung des Aufklebers, den er getippt hatte, und klebte ihn auf das Fläschchen, das Watte und graurote Kapseln enthielt. »Ich hab Peter schon eine Weile nicht gesehen. Ich mach mit dem Studium weiter, er nicht. Er möchte Schauspieler werden. Halten Sie das für möglich?«

»Wieso nicht?«

»Es ist der helle Wahnsinn, Mann. Ich meine, er ist ein so ruhiger Typ. Er hat sich selbst das Gitarrespielen beigebracht, er hat ne gute Stimme. Aber vor den andern singen? Nie im Leben! Er hat alles gemocht, was man allein tun kann: Klettern, Reiten, Schwimmen. Er sieht nicht stark aus, aber er ist es. Meistens hat er gelesen oder Platten gehört, klassische Musik. Und auf einmal wird er Schauspieler. Bei Whittington und den anderen Schwulen.«

»Ist er schwul?«, fragte Dave.

McPhails präraffaelitische Augen wurden hart. »Ich war sein bester Freund auf dem College. Seh ich aus wie ein Schwuler?«

»Ich weiß nicht, wie ein Schwuler aussieht«, sagte Dave. »Und sonst weiß das auch niemand. Sie sind in der Woche nach Weihnachten mit ihm segeln gegangen. Mit seinem Vater und Dr. De Kalb.«

»Im Boot meiner Eltern. Da hab ich ihn das letzte Mal gesehen. Außer in der Stadt, mit Whittington. Immer mit diesem Whittington. Meine Fresse!«

Er kritzelte einen Namen auf einen Umschlag, der mit einem

gelben Mörser samt Stößel bedruckt war, steckte das Fläschchen hinein und verstaute es unter der Theke. »Wirklich schlimm, das mit seinem Vater. Er war echt in Ordnung.«

»War das auch das letzte Mal, dass Sie *ihn* gesehen haben?«

Der Junge streckte sich, misstrauisch, drehte den Kopf, beobachtete Dave aus den Augenwinkeln. »Ich habe gesagt –«

»Ich habe gehört, was Sie gesagt haben. Aber John Oats war morphinabhängig. Und Morphium ist rezeptpflichtig.«

»Er hatte keine Rezepte. Er hat hier nur Rasierschaum und Zahnpasta gekauft.«

»Ich spreche nicht von dem, was er gekauft hat. Sie mochten ihn. Er war der Vater Ihres besten Freunds. Haben Sie ihm gegeben, was er brauchte?«

»Scheiße!« Der Junge schlug mit der Faust auf die Registrierkasse. Die Schublade sprang klingelnd auf. Er knallte sie wieder zu. »Okay, jetzt kann es ihm sowieso nichts mehr schaden. Nein, ich hab ihm nichts gegeben. Aber er hat mich darum gebeten. Als ich eines Morgens aufgemacht hab, war er schon hier, ist im Dunkeln rumgeschlichen, dort hinten. Es ging ihm wirklich dreckig, er hat total geschwitzt. Er war eingebrochen, wollte das Zeug klauen, konnte es aber nicht finden. Er hat mich angebettelt, ich soll ihm was geben. Traurig. Echt traurig.«

»Sie haben es nicht gemeldet.«

»Er war Peters Vater«, sagte der Junge. »Und ein feiner Kerl. Das konnte ich ihm nicht antun. Hätten Sie das fertig gebracht?«

»Was haben Sie gemacht?«

»Ich hab ihm angeboten, seinen Arzt anzurufen. De Kalb. Aber er wollte nicht. Ich weiß nicht warum. Ich bin aus ihm nicht so recht schlau geworden. Er war verängstigt und krank und hat sich geschämt. Schließlich hab ich ihn heimgefahren. War doch nett von mir, oder?« Seine Stimme troff vor Selbstverachtung.

»Die Antwort darauf kennen Sie«, sagte Dave.

»Nein, die kenne ich nicht. Jetzt ist er tot. Vielleicht, weil ich ihm nicht geholfen hab.«

»Jemand hat ihm geholfen«, sagte Dave. »Wenn das der richtige Ausdruck ist. Machen Sie sich keine Vorwürfe.«

»Ich hab's einfach nicht fertig gebracht, ihm was zu geben. Wenn sie ihn erwischt hätten, hätte man rauskriegen können, wo er es herhatte. Ich hab schwer gearbeitet, um Apotheker zu werden. Und ich arbeite schwer, um meinen Doktor zu machen. Ich wäre erledigt gewesen. Das war alles, woran ich denken konnte. An mich.« Sein Lächeln wirkte elend. »Jetzt gehör ich zu den Guten, was?«

»Haben Sie es Peter erzählt?«

»Himmel, nein. Wie hätte ich ihm das erzählen sollen?«

»Und Sie wissen nicht, wohin er verschwunden ist?«

»Manchmal, wenn es ihm schlecht gegangen ist – er und seine Mutter sind nicht besonders gut miteinander ausgekommen –, dann hat er einfach seinen Schlafsack genommen und ist allein davongefahren. Es ist schlimm, dass sein Vater ertrunken ist. Er hat seinen Vater wirklich geliebt.«

»Das habe ich auch schon gehört«, sagte Dave.

Er stieg aus dem Auto in kalten und feuchten Wind. Er zitterte, stellte den Kragen hoch und ging über den Sand auf das rosa Haus zu, das in der Nacht farblos aussah. Die windschiefe Garagentür war nicht zugezogen worden. Der alte Kombiwagen stand immer noch an seinem Platz, eine bleiches Wrack in der Dunkelheit. Dave ging die hohe Holztreppe hinauf, tastete nach dem salzverkrusteten Klingelknopf und drückte darauf. Das Summen kam ihm laut vor. Er tastete nach der Tür, griff ins Leere. Die Tür stand offen.

Und niemand kam. Er schaute auf die Uhr. Die Leuchtziffern zeigten 21.50 Uhr. Zwölf Stunden waren seit seinem ersten Besuch vergangen. War sie vom Hausputz müde und hatte sich früh zu Bett gelegt? Erneut drückte er auf die Klingel. Sie verhallte im leeren Raum. Doch dann hörte er Schritte von unten. Ihre Stimme klang dünn vor der Geräuschkulisse der nächtlichen Brandung.

»Peter? Bist du es?« Hastig setzte sie einen Fuß auf die Treppe. Dave fühlte, wie die leicht gebaute Veranda zitterte.

»Tut mir Leid, dass ich Sie ein zweites Mal enttäuschen muss.«

Sie hielt inne. Unten, wo sie stand, leuchtete eine helle kleine Scheibe auf. Schwach, aber noch hell genug, um ihn zu erreichen.

»Ach, Mr. Brandstetter.« Das Licht ging aus, aber sie kam nicht herauf. Er wartete einen Augenblick, dann ging er zu ihr hinunter. Sie trug eine Männerjacke aus Kord, die viel zu groß für sie war, und hatte die Manschetten ungeschickt zurückgeschlagen. John Oats' Jacke? Sie wandte sich ab, und ihre Stimme klang, als ob sie geweint hätte. »Ich bin am Strand entlanggegangen und habe Ihre Scheinwerfer gesehen. Ich hab gedacht, diesmal müsse es Peter sein.«

»Ich habe ihn nicht gefunden. Kommt sonst niemand zu Ihnen?«

Sie schüttelte den Kopf, trat wieder hinunter auf den Sand und ging langsam los. »Nein. Und das war gut so, als John noch hier war. Jetzt nicht mehr.«

Er ging mit ihr die sanfte Böschung aus weißem Sand hinunter auf das schwarze Flüstern der Bucht zu, ihrem kühlen Atem entgegen. Die beleuchteten Fenster der Häuser kräuselten sich gelblich auf dem Wasser. Dunkle Boote schaukelten schlafend an dunklen Anlegebrücken. Er sagte: »Dr. De Kalb hat Sie nach Weihnachten besucht. Und Jay McPhail.«

»Das war ein schöner Tag«, antwortete sie. »John war richtig glücklich.«

»Aber sonst niemand? Kein Besuch seither?«

»Jemand hat mit ihm zu Abend gegessen, an dem Abend, als er –« Aber sie konnte es nicht aussprechen. Sie ging schneller, die Schultern in ihrer zu großen Jacke hochgezogen, und er verlängerte seine Schritte. Sie beendete ihren Satz anders: »Am letzten Abend. Aber es muss Peter gewesen sein. Ich habe Ihnen doch gesagt, Johns Freunde haben ihn nie besucht.«

»Und irgendein Fremder?«

Sie blieb stehen, wandte sich um. »Ich dachte, Sie suchen Peter? Er hat seinen Vater umgebracht – haben Sie das nicht selbst gesagt? Für das großartige Geld, das Ihre Versicherung ihm nicht zahlen möchte. Jetzt reden Sie auf einmal von einem Fremden. Warum?«

»John Oats hat Morphium genommen. Das haben Sie bei der Voruntersuchung gehört. Was dort nicht zu hören war: Er hatte kein Rezept dafür. Ich habe mich heute Abend bei Dr. De Kalb erkundigt. Und bei Jay McPhail.«

»Im Drugstore? Oben im Einkaufszentrum?«

»Er hat John Oats eines Morgens dort entdeckt. Er war eingebrochen und suchte nach Morphium. Und er hat Jay darum angefleht.«

»Nein. Oh, nein!«

»Jay hat ihn hierher gebracht. Wo waren Sie damals?«

»Wahrscheinlich auf dem Weg zur Arbeit. Er ist sonst nie von hier weggegangen, nicht ohne mich, ohne den Wagen. Es ist so ein weiter Weg.«

»Weiter als er dachte.«

»Er hat niemals auch nur ein Wort zu mir gesagt. Und ich habe nie gesehen – ich meine, er wollte nicht, dass ich ihn anschaue. Wegen der Narben. Die Nadeln sticht man doch in die Arme, oder? Er hat sie immer bedeckt, mit langärmeligen Hemden, Pullovern, Pyjamas. Ich hab Ihnen bereits erzählt, dass er nur nachts schwimmen gegangen ist. Und am Strand hat er immer einen Bademantel angehabt. Wir durften nicht mit ihm schwimmen gehen, weder ich noch Peter. Mit Dr. De Kalb ist er einmal geschwommen, aber das war etwas anderes, er war Arzt.« Sie atmete tief durch. »Und wenn wir ... uns liebten, war es immer dunkel.«

»In mehr als einer Bedeutung des Wortes«, sagte Dave.

Sie schloss die Augen und nickte. »Ja.« Dann wandte sie sich ab. Die Hände in den Jackentaschen starrte sie hinaus auf den Ozean. Auf was? Dave kniff die Augen zusammen. Felsen. Zwanzig Meter vom Strand entfernt, schwarz und gezackt im schwachen Licht der Sterne, von einem Gürtel aus Schaum eingefasst. Die Stelle, wo sie John Oats gefunden hatte. »Es tut so weh«, sagte sie. »Sie bringen immer Schmerzen mit.«

»Wer hat ihm das Morphium gebracht, Miss Stannard?«

»Ich weiß es nicht.« Sie starrte noch eine Minute lang schweigend hinaus. Dann drehte sie sich zu ihm um und legte eine Hand auf seinen Arm. Ihre Augen flehten ihn an. »Kommen Sie hinauf ins Haus? Trinken Sie einen Schluck mit mir?«

»Danke«, sagte er. »Aber ich werde erwartet.«

Es war die dritte Tankstelle. Metall und Glasscheiben unter gelbem Flutlicht. Ein junger Schwarzer in einem gelben Overall hockte auf den Fersen und spritzte den makellos sauberen Asphalt mit einem Schlauch ab. Mit dem Daumen vor der Düse verengte er den Strahl. Es sah wichtig aus. Aber als Dave neben den funkelnden Zapfsäulen hielt, ließ er den Schlauch fallen und kam lächelnd herübergelaufen.

»So viel wie reingeht«, sagte Dave, während er ausstieg und zuschaute, wie der Bursche den Tankdeckel öffnete und den Stutzen hineinsteckte. Die Pumpe summte. Dave sagte: »Vor ein paar Tagen ist einem Mädchen in einem alten Fordkombi hier auf der Straße abends der Keilriemen gerissenen. Hat sie hier einen neuen bekommen? Es hat geregnet. Und es war nach neun Uhr.«

Das Lächeln erstarb. Die braunen Augen betrachteten ihn scharf. »Würden Sie auch fragen, wenn sie einen neuen Wagen gefahren hätte? Oder wenn sie über dreißig gewesen wäre?«

Dave gab keine Antwort. Der Junge drehte sich um und sah zu, wie die Zahlen hinter dem Glas der Zapfsäule sich wie die Augen eines Märtyrers nach oben verdrehten. Als sie aufhörten, nahm er die Zapfpistole aus dem Tank und verschloss ihn wieder. Dave reichte ihm eine Kreditkarte. Er ging damit zu einer gelben Kasse am Ende der Zapfsäulen, stellte die Rechnung aus, brachte sie Dave zum Unterschreiben, gab ihm seine Karte und eine Quittung und erwiderte Daves Blick. Dann atmete er tief ein, hielt die Luft an, atmete aus. Ihm war nicht ganz wohl. »Also gut. Ich hab ihn ihr aufgezogen. Hoffentlich kostet sie das nicht zwanzig Jahre bis lebenslänglich.«

Dave schüttelte den Kopf. »Nur das, was sie Ihnen bezahlt hat.«

An der Tankstelle gab es einen öffentlichen Münzfernsprecher unter einer blauen Plastikhaube, die wie ein übergroßer Sturzhelm aussah. Dave rief Madge an. Um ihr zu sagen, dass er nicht kommen würde.

9

Das Haus lag im Dunkeln. Er schaute auf die Uhr. Noch nicht Mitternacht. Und der Ferrari stand in der Garage. Sonderbar. Er schloss die Garagentür, ging durch die Seitentür in die Küche, strich mit der Hand über die sanft schimmernde Stelle, wo sich der wärmeempfindliche Schalter befand, und in der Küche wurde es hell. Auf der eingebauten Kochmulde funkelte eine Kaffeemaschine, der Glaskrug war halb leer; daneben standen eine große, gusseiserne, rot emaillierte Pfanne, mit Tomatensauce verklebt, und ein rot emaillierter, gusseiserner Kochtopf, in dem sich noch Reste von wildem Reis befanden. In der Spüle lagen Edelstahlmesser und große Löffel. Auf der Küchentheke schlummerte ein Paar langer, hölzerner Gabeln in einer Holzschüssel mit Salatresten und Zwiebelringen. Eine goldene Dose Olivenöl und eine schmalhalsige Flasche Estragonessig standen neben einer hölzernen Pfeffermühle Wache.

Er ging durch die Schwingtür hinüber zur Essecke und stellte fest, dass ein Zettel mit Klebeband am roten Wandtelefon befestigt war. CAMPOS stand darauf, mit Filzschreiber, in Dougs schwungvoller Handschrift. Unter dem Namen eine Nummer in El Molino. Dave nahm den Zettel vom Telefon, steckte ihn in die Tasche und stieß die Schwingtüren auf. Während sie hinter ihm einen hölzernen Schmetterling imitierten, schaltete er das Licht im Wohnraum an. Zwei Gedecke auf dem Tisch. Tomatenbefleckte Teller mit Bestecken darauf. Leere Tassen und Gläser, eine leere Weinflasche. Dünne Kerzen, halb heruntergebrannt. Hatte Doug seine Mutter zum Essen hergebracht? Seine Hand war bandagiert, aber wie er Mrs. Sawyer kannte, hätte sie es sich nicht nehmen lassen, noch abzuwaschen.

Eine Bewegung vor einem weiteren Schalter brachte unten im Wohnzimmer die Bauhauslampen aus Chrom zum Leuchten.

Sie warf ihr Licht auf niedrige Parsons-Tische in hochglänzendem Orange und Blau, auf lange, weiche mit bunten Kissen übersäte Couches, auf die Schneeprärie des weißen Teppichs und ein Durcheinander bunter Plattencover vor einem Plattenspieler mit rauchschwarzer Plexiglashaube. Er stieg die drei breiten Stufen hinab. Am anderen Ende des Raumes führten weiße Jalousientüren in eine kleine Diele, rechter Hand der Wäscheschrank, links das Bad, geradeaus das Schlafzimmer. Er ging auf die Türen zu und blieb unvermittelt stehen.

Über der Armlehne einer Couch lag eine Jacke, eine Art Anorak, aus glänzender, purpurner Satin-Kunstfaser. Stirnrunzelnd nahm er sie in die Hand. Auf den Rücken war in hellem Lavendelblau ein Schriftzug gestickt: EUROPEAN MOTORS. Er drehte die Jacke um. In der gleichen Schrift, aber kleiner, links oben neben dem Reißverschluss stand der Name LAURENT. Dave kannte EUROPEAN MOTORS. Dort hatte Doug den Ferrari einstellen lassen. Alle Mechaniker stammten aus Übersee, Europäer mit Werksausbildung speziell für europäische Marken. Laurent war kein Franzose, aber doch beinahe, argwöhnte Dave – er war Belgier. Er hatte ihm in der Werkstatt kurz die Hand geschüttelt. Schlank, blond, blauäugig. *Schöne, breite Schultern.* Dave ließ die Jacke fallen. Im Vorbeigehen schaltete er die Lichter aus, ging zurück in die Küche und wählte die Nummer auf dem Zettel.

Eine Tätowiernadel hatte in blauer Schrift auf ein Handgelenk, das nicht kräftiger war als das eines Zehnjährigen, die Worte BORN LOSER eingestochen. Eine andere Art von Nadel hatte die kalkweiße Haut etwas näher am Ellbogengelenk durchstochen. Der junge Bursche rieb sich unentwegt die Stelle. Er saß in einem T-Shirt, Jockeyshorts und hinuntergerutschten Socken auf einem beigefarbenen Metallstuhl in einem engen, heruntergekommenen Raum, dessen nackte Wände erst kürzlich beige getüncht worden waren. Auf einem beige lackierten Metalltisch vor ihm lag sein Overall, grüne, gestärkte Baumwolle, mit den Buchstaben *El Molino Hospital* auf der Brusttasche. Mit Augen von der Farbe trüben Wassers starrte er über den Tisch hinweg Jesus-Maria Campos an, der dort saß, und Dave, der am Türrahmen lehnte und rauchte. Er merkte gar nicht, dass er unentwegt die Stelle am Arm massierte.

»Hast du dir ein Entzündung geholt?«, fragte Campos.

»Leck mich«, sagte der Bursche und hörte auf damit.

»Nein, du doch nicht.« Campos war schlank, fast zierlich. Sein Haar wurde schütter. Es lag wie schwarze Fischgräten auf seiner Kopfhaut. Er trug buschige Koteletten und einen Schnauzbart wie ein mexikanischer *bandido*. Seine sandfarbene Uniform war maßgeschneidert, seine Hose hatte eine messerscharfe Bügelfalte, aber er hatte einen langen Tag hinter sich, und am Rücken und unter den Armen hatten sich dunkle Schweißstellen gebildet. »Du holst dir keine Infektion – nicht mit Krankenhausnadeln.«

»Ich spende Blut«, sagte der Bursche. »Fürs Rote Kreuz. Dazu braucht man Nadeln.«

»Alle drei Monate einmal.« Campos schüttelte den Kopf. »Dafür hast du zu viele Einstiche.«

»Ich habe dünne Venen. Und die Schwestern sind alle Anfängerinnen. Die stochern lange rum, bis sie die richtige Stelle gefunden haben.«

»Genau wie du.« Ein Formular lag vor Campos auf dem Tisch. In der rechten oberen Ecke klebten zwei Polaroidfotos des Burschen: von vorn und im Profil. Ein mürrisches, ängstliches Gesicht. Darunter eine Reihe von Fingerabdrücken, in den dafür vorgesehenen Kästchen. Zwischen Fotos und Fingerabdrücken waren Leerfelder mit der Schreibmaschine ausgefüllt worden. Campos drehte das Blatt um. Auf der Rückseite waren anderthalb Zeilen mit blauem Kugelschreiber ausgefüllt worden. »Nachdem man dich hierher gebracht und dem Ermittlungsdienst vorgeführt hat, bist du von einem Arzt untersucht worden, erinnerst du dich? Du hast für ihn in eine Flasche gepisst. Das Labor hat die Probe untersucht. Man nennt das einen Naline-Test. In deinem Urin waren Spuren von Opiumderivaten. Morphium ist ein Opiumderivat. In der Krankenhausapotheke fehlt immer wieder Morphium. Ziemlich viel.«

»Das schläfert ein.« Der Bursche versuchte sich mit einer Uhr über der Tür oberhalb von Daves Kopf anzufreunden. »Ich schlafe nicht.«

»Aber bald«, sagte Campos. »Und es wird dir gar nicht gefallen.«

Die Stimme des Burschen wurde schrill. »Ausgerechnet die Krankenhausapotheke! Jeder bedient sich dort. Aber die anderen haben Sie nicht hochgenommen, nur mich.«

»Der geborene Verlierer«, zitierte Campos. »Stimmt's?«

»Glauben Sie mir ruhig. Viele von den Ärzten hier sind Fixer. Aber wenn ein Doktor in so eine Flasche gepisst hätte, dann hätte euer Labor wahrscheinlich festgestellt, dass sein Urin tropische Fische enthält.«

»Ein Gesetz für die Reichen, ein Gesetz für die Armen? Das kenne ich. Wenn man in dieser Stadt als Chicano aufwächst, kennt man das. Aber falls du daran was ändern willst, fängst du's am falschen Ende an.«

Ein dicker, brauner Umschlag lag unter dem Blatt mit den Fotos und den Fingerabdrücken. Campos bog die Klammern hoch, öffnete den Umschlag und drehte ihn um. Eine Brieftasche fiel heraus, Plastik, das gar nicht erst versuchte, wie Leder auszusehen. Ein Regen von Pennys, Zehnern, Vierteldollars. Ein schlappes Streichholzbriefchen, ein zerknittertes Päckchen Kent, ein Nagelzwicker, eine kleine Kette mit drei Schlüsseln dran. Campos machte einen der Schlüssel ab und ließ ihn in seine Hand fallen. Der Schlüssel funkelte im kalten Licht. Der Bursche betrachtete ihn, als wäre er der einzige Gegenstand im Raum. Blass, wie ein Tier, das unter einem Stein haust, kam seine Zunge zum Vorschein, berührte seine Lippen, kehrte in die Finsternis zurück.

Campos sagte: »Das ist ein Schlüssel für die Krankenhausapotheke. Dir steht kein Schlüssel für die Krankenhausapotheke zu.«

»Sie haben *ziemlich viel* gesagt!«, brüllte der Bursche. »Selbst wenn ich das Zeug nehmen würde, wieso solche Mengen?«

Campos ließ den Schlüssel auf den Tisch fallen. »Du könntest das Zeug verkaufen.«

Der Junge hatte schon zuvor sehr blass ausgesehen, jetzt wirkte er wie eine Wachspuppe. »Oh Gott«, flüsterte er.

»Ich würde keine zehn Sekunden auf dich verschwenden« – Campos hielt den braunen Umschlag auf und ließ die Brieftasche hineinfallen, die anderen Sachen, die Schlüssel –, »wenn du dir damit nur selbst schaden würdest.«

»Sie müssen den Verstand verloren haben«, sagte der Bursche. »Wenn ich ein Pusher wäre, würde ich dann die ganze Nacht im Krankenhaus Scheiße aufputzen? Für einen Dollar arschundsechzig die Stunde?«

»Das ist deine Quelle.« Campos steckte die Klammern durch das Loch im Umschlag und drückte sie flach. »Und deine Tarnung.«

Der Bursche lachte. Es klang verzweifelt. »Haben Sie das Loch gesehen, in dem ich wohne? Und mein Auto? Ein heruntergekommener achtundfünfziger VW.«

»Damit bist du nach Arena Blanca gefahren. Zu John Oats. Nicht nur einmal. Mehrmals. Es hat angefangen, als er aus dem Krankenhaus entlassen wurde, kurz vor Weihnachten.«

»Wer?« Der Junge blinzelte. »Was für eine Arena?«

Campos seufzte. »Zieh deinen Overall an.« Er wandte sich um. Nur ein Stück. Er war zu müde, um sich noch groß zu bewegen. Nur so weit, dass Dave wusste, dass er gemeint war. »Holen Sie sie rein, ja?«

Er fand sie in einem Raum, in dem Verkaufsautomaten, zerkratzt, aber blinkend, an den Wänden standen wie Bilder, die von einer religiösen Prozession übrig geblieben waren. In einer Ecke stand ein Abfalleimer mit Klappdeckel, aber er war überfüllt und der Boden ringsherum übersät von Einwickelpapieren, Sandwichresten und Wachspapierbechern. Sitzbänke aus beige lackiertem Stahlrohr und poliertem Sperrholz bildeten eine Doppelreihe, die den Raum in zwei Hälften aufteilte. Im nächtlichen Licht der nackten Leuchtstoffröhren hielten sich vier Menschen auf den Bänken voneinander fern. Ein glatzköpfiger Schwarzer saß vornübergebeugt da, ließ die großen Hände nach unten hängen und starrte auf seine farbverschmierten Schuhe. Über die dicken Knie einer mexikanischen Großmutter kletterte ein magerer, kleiner

Junge, der auf Spanisch jammerte und nach Hause wollte. April Stannard saß da und wartete, blass, die zarten kleinen Hände im Schoß gefaltet. Als sie Dave sah, legte sie die Stirn in Falten und stand auf. Jetzt trug sie eine Jacke, die ihr gehörte.

»*Sie* sind hier«, sagte sie. »Also bekomme ich wieder was Schlimmes zu hören.«

»Ich weiß nicht, was Sie zu hören bekommen. Vielleicht ist es überhaupt nicht von Bedeutung. Captain Campos wird es Ihnen erklären.«

Sie ging mit ihm den Korridor entlang, der zu einem Echotunnel wurde. Von draußen drang das sterbende Stöhnen einer Sirene herein. Telefone klingelten, die niemand abnehmen wollte. Eine Frauenstimme, wütend, beharrlich. Das Rattern von Fernschreibern. Plötzlich das Lachen eines Mannes. Campos wartete vor der geschlossenen Tür zu dem kleinen Raum. In einer feingliedrigen Hand hielt er das Blatt mit den Fingerabdrücken und den braunen Umschlag. Die andere Hand lag auf dem Türknopf. Er schenkte April ein Lächeln, das zu schwach war, um lange auf seinem Gesicht zu verweilen.

»Tut mir Leid, dass ich Sie so lange warten lassen musste. Ich möchte, dass Sie sich jemanden anschauen. Er ist hier drinnen. Wenn ich die Tür öffne, sagen Sie bitte kein Wort. Sie sollen ihn sich nur genau anschauen. Dann gehen wir in mein Büro und sprechen darüber. Klar? Sind Sie bereit?«

April wollte etwas sagen. Über melodramatische Situationen? Sie überlegte es sich anders und nickte. Campos drehte am Türknopf und stieß die Tür auf. Der Bursche hatte den grünen Overall angezogen. Er war ihm zu groß. Er stand da, massierte sich wieder den Arm und starrte durch ein Fenster mit massiven Stahlgitterstäben, die im Lauf der Jahre mit jedem neuen Farbanstrich noch dicker geworden waren. Als er das Geräusch der sich öffnenden Tor hörte, drehte er sich um. Er sah April, und sein Kopf wandte sich ab.

Campos schloss die Tür wieder und rief: »Johnson!« Ein junger Polizeibeamter tauchte auf, dessen Haar so kurz geschnitten war, dass die Kopfhaut rosig durchschimmerte. Er war groß und stämmig und trat so heftig auf, dass der Boden dröhnte. Campos wies mit dem Kopf zur Tür. »Setzen Sie sich rein zu ihm. Geben Sie ihm keine Zigaretten. Geben Sie ihm kein Wasser. Geben Sie ihm gar nichts.«

Dann ging er den Korridor entlang und in einen beige getünchten Raum mit beigefarbenen Aktenschränken und einem beigefarbenen Schreibtisch, auf dem zwei Telefone standen, ein Stapel Aktenordner, leere Pappbecher mit Kaffeeresten und ein übervoller gläserner Aschenbecher. Hinter dem Schreibtisch stand ein beigefarbener Drehsessel aus Stahlrohr mit Bezügen aus Lederimitat. Campos ließ sich hineinfallen und deutete auf zwei Stühle, die dazupassten, wartete, bis sich April und Dave gesetzt hatten, und fragte sie dann: »Haben Sie ihn schon mal gesehen?«

»Natürlich«, antwortete sie. »Im Krankenhaus. Er hat den Boden gewischt, die großen Metallwagen mit dem Geschirr herumgeschoben, hat das Bett frisch bezogen, Patienten in Rollstühlen und auf Tragen herumgefahren. Er war immer nachts da. Manchmal war er bei John im Zimmer. Er ist immer rasch hinausgeschlichen, wenn er mich gesehen hat.« Sie zitterte ein wenig. »Er hat mich an eine Schlange erinnert. Ich konnte nicht verstehen, was John von ihm wollte. Vermutlich fühlte er sich einsam. Ich konnte schließlich nicht die ganze Zeit bei ihm sein.«

»Hat er Mr. Oats jemals eine Spritze gegeben?«

»Nein, natürlich nicht. Nur eine ausgebildete Krankenschwester –« Sie hielt inne und starrte Campos an. »Ach, es geht um das Morphium, wie? Das er eigentlich nicht mehr hätte bekommen sollen.«

»Genau darum geht es«, sagte Campos.

»Sie haben gesagt, dass niemand John in Ihrem Haus besucht hat«, erklärte Dave. »Niemand außer Dr. De Kalb und Jay McPhail. Wollen Sie diese Aussage jetzt ändern?«

»Sie sprachen von Freunden. Dabei habe ich nicht an ihn gedacht. Ich glaube, ich wollte ihn vergessen. Ja, er war bei uns. John war noch keine zwei Tage aus dem Krankenhaus, als er aufgetaucht ist. In einer alten Klapperkiste von Volkswagen. Eigentlich hätte ich das nett und aufmerksam finden müssen. Aber das konnte ich einfach nicht. Ich weiß, das war nicht fair, aber wenn ich ihn sehe, bekomme ich eine Gänsehaut. Ich habe ihm gesagt, dass John nicht da sei, aber John ist aus dem Schlafzimmer gekommen, um nachzusehen, mit wem ich rede, und er hat ihn ins Haus gebeten. Ich habe den beiden Kaffee gemacht. Aber ich konnte nicht im selben Zimmer bleiben. Ich bin in die Küche gegangen. Und als ich hörte, dass er ging, bin ich ihm nach draußen gefolgt. Ich hatte ein schlechtes Gewissen, aber es war mein Haus, und ich wollte nicht, dass er wiederkam. Ich habe es John später gestanden. Ich habe dem Burschen gesagt, er soll sich nicht mehr bei uns blicken lassen.«

»Aber er ist wiedergekommen«, sagte Dave. »Haben Sie ihn gesehen?«

Sie schüttelte den Kopf. »Ein paar Mal dachte ich, ich hätte das Rattern des Motors gehört. Nach Einbruch der Dämmerung, wenn John zum Schwimmen ging. Ich bin auf die Veranda hinausgegangen, konnte aber nichts sehen. Und da niemand an die Tür kam, habe ich mir keine Gedanken mehr darüber gemacht.« Sie verzog den Mund ein wenig. »Ich hätte mir Gedanken machen sollen, nicht wahr?«

»Haben Sie das Auto an dem Abend gehört, als John starb?«, fragte Campos. »Aber nein … Sie waren gar nicht zu Hause.« Er seufzte, stand auf und zwang sich wieder zu seinem müden Lächeln. »Okay, Miss Stannard. Vielen Dank. Ich glaube, jetzt wissen wir, woran wir sind. Den Rest wird er uns selbst erzählen. Nicht gleich, aber in ein paar Stunden. Dann wird er Hilfe brauchen und den Mund aufmachen. Ich rufe Sie an. Und Sie auch, Brandstetter.«

10

Das Telefon klingelte. Es erforderte große Mühe, aber er öffnete die Augen. Ein Grau, das versuchte, Tageslicht zu sein, rahmte die Vorhänge ein. Er stöhnte und bewegte die steifen Glieder auf der weißen Couch. Es schien erst Minuten her zu sein, seit er seine Kleidung ausgezogen hatte, mit tauben Fingern, die zu lange auf zu vielen Straßen das Lenkrad umklammert hatten, Minuten, seit er die weißen Jalousientüren zur Diele aufgeschoben und leise, im gestreiften Licht der Straßenlaternen, eine Decke von einem hohen Regale im Wäscheschrank heruntergeholt hatte. Er hatte sich in die Decke eingewickelt, die Lampe ausgeschaltet und war auf der Couch in Schlaf gesunken, ehe er sich bequem ausgestreckt hatte. Jetzt setzte er sich auf, strich sich mit der Hand übers Gesicht, fröstelte. Seine Uhr lag auf dem orangefarbenen Parsons-Tischchen. Er nahm sie, hielt sie sich dicht vor die Augen. 6.17 Uhr. Es war 3.40 Uhr gewesen, als er hier eingetroffen war. Er stand auf und stolperte durch die Schatten in die Küche. Nahm den Hörer vom Haken und ließ ihn fallen. Er baumelte an seiner roten, gummiüberzogenen Schnur hin und her, schlug mit der Sprechmuschel gegen die Wand. Dave tastete danach, bekam ihn zu fassen, krächzte seinen Namen hinein.

»Es bringt uns nicht weiter«, sagte Jesus-Maria Campos. »Es hat gut ausgesehen, aber es bringt uns nicht weiter. In der Nacht, als Oats ertrunken ist, war der Bursche hinter Schloss und Riegel. In Oxnard.«

»Im Gefängnis? Weshalb?«

Doug zog die Türen zur Essecke auf und hielt sie fest. Er trug einen gelben Frotteebademantel. Seine Haare waren zerzaust. Die eine Hand war mit weißem Mull bandagiert. In dem schwachen Licht sah er aus wie Rod. Seine Augen waren wie die von Rod – sie schimmerten wie polierte Steine vom Tablett eines Edelsteinhändlers. Ihr Ausdruck war vorwurfsvoll.

Campos sagte: »Autodiebstahl. Er hat den Wagen nicht gefahren. Der Autodieb hat ihn nur mitgenommen. Trotzdem wurde er festgehalten. Bis zum nächsten Morgen. Der Wagen wurde bei Sonnenuntergang aufgehalten. Oats ist erst nach Einbruch der Dunkelheit ertrunken.«

»Richtig. Aber er hat Oats das Zeug gebracht?«

»In Fünfzig-Dollar-Portionen«, sagte Campos. »Der Bursche hatte fast dreitausend Dollar in seinem Zimmer. Oats war nicht der Einzige. Danke für den Tipp.«

»Por nada.« Dave hängte ein, drehte sich um, schaltete das Küchenlicht an. Er nahm den Kaffeekocher, schraubte ihn auseinander, spülte ihn aus. Die Schwingtüren hinter ihm klapperten. War Doug hereingekommen oder wieder gegangen? War das von Bedeutung? Er ließ Wasser in die Kanne laufen, holte eine Dose aus einem der Schränke und füllte mit dem gelben Plastikmessbecher Kaffeepulver in die obere Hälfte. Die Türen klapperten wieder. Er drehte sich um. Doug hielt ihm seinen blauen Kordbademantel hin.

»Du bist schon vorher hier gewesen«, sagte er.

»Du warst beschäftigt.« Dave schraubte das Oberteil auf die Kanne. »Ich musste sowieso noch mal weg.«

»Du wolltest nicht nach Hause kommen«, sagte Doug. »Aus mir unbekannten Gründen. Du wolltest mich am Morgen anrufen.«

»Offenbar hätte ich gestern Abend anrufen sollen.« Dave nahm den Bademantel und zog ihn an. »Das nennt man Diskretion, nicht wahr?«

»Manchmal nennt man es schlicht Anstand«, sagte Doug. »Warum hast du deinen Entschluss geändert?«

»Wegen eines einsamen Mädchens an einem einsamen, nächtlichen Strand.« Dave stellte den Kaffeekocher auf den Herd, schaltete ihn ein, und mit einem sanften Zischen entfaltete sich eine sternförmige Flamme. Dave starrte sie an. »Der Mann, den sie geliebt hat, ist vor einer Woche ertrunken. Sie mag mich nicht. Ich bringe ihr nur Neuigkeiten, die sie nicht hören will. Gestern Abend hat sie mich trotzdem gebeten, bei ihr zu bleiben. Auf einen Drink, sagte sie, aber sie meinte mehr. Es war dunkel. Jeder Mann wäre ihr recht gewesen. Ich war eben zufällig zur Stelle. Und –« Er tastete die Taschen des Bademantels ab, suchte eine Zigarette. Doug hielt ihm sein Päckchen hin. Blau. Gauloises. Dave nahm eine. »Und ich konnte ihr nachfühlen, was es heißt, allein zu sein. Allein gelassen von einem Toten. Wirklich allein.« Er sah Doug unverwandt an, während der ihm die Zigarette anzündete, dann seine eigene. »Verstehst du?«

»Du weißt verdammt gut, dass ich das verstehe.« Doug wedelte das Streichholz aus und warf es in einen roten Aschenbecher auf der Theke. »Besser als du. Ich hab es schon zweimal durchgemacht.«

Er sprach von Fox Olson. Nachdem Jean-Paul ums Leben gekommen war, hatte Doug seinen Job bei der NATO gekündigt und war aus Frankreich nach Los Angeles zurückgekehrt. Und durch einen verrückten Zufall traf er den Mann wieder, den er geliebt hatte, als sie beide noch Kinder gewesen waren. Nach über zwanzigjähriger Trennung. Aber in diesen zwanzig Jahren hatte Fox Olson zu viel erlebt. Er und Doug hatten noch ein paar schöne Tage miteinander. Dann lag Olson im Dunkeln auf den gesplitterten Planken eines verlassenen Vergnügungspiers, mit Bleiklumpen in der Brust, die sein Herz zum Stillstand brachten. Und Doug, der so tief in Schwierigkeiten steckte wie nur möglich, lernte Dave kennen.

»Zugegeben«, sagte Dave. »Jedenfalls, daraufhin habe ich meinen Entschluss geändert. Ich hab mir gesagt, dass es zwischen uns ein Missverständnis gibt, nicht mehr und nicht weniger. Das ist nicht gut, aber auch nicht so schlimm. Schlimm wäre es, überhaupt niemanden zu haben, den man missverstehen kann. Es mag vielleicht nicht die große Leidenschaft sein, aber es ist besser als nichts. Also – bin ich nach Hause gefahren. Ein Fehler. Oder nicht? Sag es mir nicht jetzt. Ich möchte erst ins Bad. Es sei denn, es ist von deinem Freund besetzt.«

»Laurent?« Doug lachte kurz und spöttisch. Dann schüttelte er den Kopf. »Laurent ist nicht hier. Er war auch nicht hier, als du das erste Mal heimgekommen bist. Er ist gleich nach dem Abendessen gegangen. In Eile. Daher die Jacke, die er vergessen hat. Es sieht so aus, als würde er nicht mit Männern schlafen. Meine entsprechende Vermutung hat ihn ziemlich erschüttert. Ich hoffe, es gibt noch eine andere Firma in der Stadt, die sich mit europäischen Wagen befasst. Ich glaube, ich kann mich bei European Motors nicht mehr blicken lassen. Nicht ohne peinliche Gefühle.«

»Wie schade«, meinte Dave. »Bitte, entschuldige mich einen Augenblick.«

Als er aus dem Bad kam, schaute er nach links. Die Schlafzimmertür stand offen. Dahinter, im Schatten, lauerte ein weißes Bett. Es war zu groß für das Zimmer. Mit geflochtenem Kopf- und Fußteil, ausgerechnet – Bögen und Arabesken. Ein Witz, aber für die Ewigkeit gebaut, im Gegensatz zu den meisten Möbelstücken, die er zu jener Zeit gekauft hatte, im Dezember 1945. Damals war er gerade aus den schneebedeckten Ruinen Deutschlands in den grauen Regen von Los Angeles zurückgekehrt, aus der Armee entlassen, aber noch in Uniform, weil ihm nichts mehr passte von den Sachen, die er zurückgelassen hatte. Er konnte sich nicht vorstellen, wieder bei seinem Vater zu wohnen, oder vielmehr bei den Frauen seines Vaters, und weil Wohnungen knapp waren, hatte er mit dem Geld, das man für ein Studium, das er nicht wollte, beiseite gelegt hatte, ein Haus angezahlt – dieses Haus, schon damals alt, klein, in einer heruntergekommenen Seitenstraße gelegen. Und er brauchte ein Bett, in dem er schlafen konnte. Nichts derart Lächerliches. Aber er hätte alles gekauft, was ihm dieser eine Verkäufer vorführte, ein kleiner, dunkelhaariger, femininer Bursche, der Rod Fleming hieß und mit dem er seit damals jede Nacht – von Zeiten der Wut, Krankheit oder Abwesenheit abgesehen – in diesem absurden Bett verbracht hatte. Bis der Tod sie schied. Dass Laurent gestern Abend nackt in diesem Bett gelegen haben könnte, allein beim Gedanken daran ballten Daves Hände sich zu Fäusten. Er entspannte sich. Seine Lippen zuckten voller Abscheu über sich selbst. Du meine Güte, ein Bett war eine sinnvolle Anordnung von Holz, Sprungfedern, Polsterung. Und Rod? Und Rod war inzwischen noch weniger als das. Dave drehte sich um und ging zurück in die hell erleuchtete Küche. Doug lächelte zwar nicht, aber er lebte und reichte ihm einen Kaffee in einem großen Keramikbecher, einem von dem Paar, das er und Rod stets beim Frühstück benutzt hatten. Er nahm den Becher mit einem Nicken entgegen.

Doug fragte ihn: »Weißt du, was ich mir gewünscht habe, als ich mich gestern verletzte?« Eine Zigarette brannte zwischen den Fingern seiner bandagierten Hand. Wenn er rauchte, bewegte sich die weiße Bandage wie ein Notsignal auf und ab. »Ich hab mir gewünscht, du wärst bei mir. Als ich genäht wurde, wollte ich dich bei mir haben. Und als ich heimkam, wollte ich dich, nicht eine Stimme am Telefon, fünfundsiebzig Meilen weit weg, die mir versprach, morgen früh anzurufen. Dich. Hier.«

»Ich hab gesagt, das mit deiner Hand tut mir Leid.«

»Aber du hast es mir übel genommen, dass ich nicht mehr fahren wollte.«

»Du hast Chicken Marengo für Laurent zubereitet.« Dave stellte den Becher ab und schüttelte eine Zigarette aus Dougs blauem Päckchen. »Dazu braucht man beide Hände.«

»Ich hätte es auch für dich zubereitet.« Doug nahm die rote Eisenpfanne von der Kochmulde und hielt sie unter den starken, heißen Strahl des Wasserhahns. »Aber du wolltest nicht.« Mit der unverletzten Hand und einem weichen Stahlwollekissen säuberte er die schwarze Innenseite der Pfanne. »Und als du aufgelegt hattest, wurde mir bewusst, wie anders alles war. Jean-Paul wäre gekommen. Weil ich verletzt war. Nicht ernsthaft, aber immerhin verletzt.« Doug drehte den Heißwasserhahn zu und trocknete die Pfanne mit Papierhandtüchern von der Rolle ab. »Also wusste ich, dass er es war, der mir fehlte. Ein Toter, nicht wahr? Der nicht zurückkommen kann.« Er stellte die Pfanne auf den Herd, nahm den Topf, in dem der wilde Reis gewesen war, füllte ihn mit heißem Wasser und ließ ihn einweichen. »Und ich war genau wie dein Mädchen am Strand. Mir war der Nächstbeste recht.« Er öffnete den Kühlschrank. Sein selbstironisches Lachen klang müde und traurig. »Meine Wahl war offenbar nicht besser als ihre.«

»Aber du bist nicht allein«, sagte Dave.

»Nein?« Doug nahm eine flache Plastikpackung Schinken heraus, einen Karton mit Eiern, ein Stück Butter. »So habe ich mich aber gefühlt. Ich weiß nicht, wie es dir dabei geht.« Die große Tür fiel mit einem schmatzenden Geräusch der Gummidichtung zu. »Bei mir ist es ein sehr realer Schmerz im rechten Unterarm. Keine Ahnung, warum gerade da. Aber wenn es da wehtut, weiß ich, es ist ernst.« Er legte Schinkenstreifen in die Pfanne. »Du vergisst, ich bin fremd hier. Außer dir kenne ich niemanden.« Er bückte sich, um die Flamme sehen zu können, und drehte sie herunter. »Die Tage werden mir manchmal sehr lang.«

»Sie würden dir nicht so lang werden« – Dave nahm eine Dose Orangensaftkonzentrat aus dem Tiefkühlschrank und beobachtete ihren Tanz mit dem elektrischen Dosenöffner –, »wenn du Frankreich vergessen würdest. Wirf die Schallplatten und die Zeitschriften mit seinen Fotos weg, verkauf den Ferrari.« Er schüttelte den zylinderförmigen, orangen Eisblock in den dickwandigen Glaskrug, der auf dem Mixer bereitstand. »Er war der Autonarr, Doug, nicht du.« Er füllte die kleine Dose mit Wasser, goss es in den Mixer und schraubte den Deckel darauf. »Eines der ersten Dinge, die mir deine Mutter über dich erzählt hat, war, dass du eine Nockenwelle nicht von einem Vergaser unterscheiden konntest.« Der Mixer hatte mehr Knöpfe als eine Orgel – nicht einmal E. Power Biggs hätte sich damit zurechtgefunden. Dave drückte den, dessen er sich sicher war. Der kleine Motor heulte auf. Im Glaskrug brach Chaos aus, wie bei der Explosion einer Miniatursonne. »Das kannst du heute noch nicht. Deshalb brauchst du *European Motors*. Sei ehrlich. Lass es sein. Lass ihn ruhen.«

Er wandte sich um. Doug war nirgends zu sehen. Die Türen bewegten sich noch. Dave nahm eine viereckige Pfanne von ihrem Haken, stellte sie neben die, in der Schinkenspeck brutzelte, gab Butter hinein und schaltete das Gas ein. Doug brachte das schmutzige Geschirr vom vergangenen Abend herein, stellte es auf die Theke neben der Spüle und trat dann neben Dave, um den Speck mit der Gabel zu wenden. Er sagte: »Ich hab mich gefragt, wie du sein würdest, wenn du wütend bist. Und ich hatte Recht.« Sein Becher stand auf der Ziegeleinfassung der Kochmulde. Er trank einen Schluck daraus.

Dave nahm die Eier aus dem Karton, hielt sie in der Hand und fragte: »Wie bin ich denn?«

»Vernünftig, analytisch, erbarmungslos.« Sein Blick hielt dem von Dave ein paar Sekunden lang stand. Dann setzte er den Becher ab und wendete erneut den Speck in der Pfanne. Dave schlug die Eier in die viereckige Pfanne, in jede Ecke eines. Doug sagte: »Das Telefon im Schlafzimmer knackt, wenn du von hier aus telefonierst. Es hat mich geweckt, als du das erste Mal heimgekommen bist. Ich habe darauf gewartet, dass du nach dem Gespräch zu mir hereinkommst. Als es zu Ende war und du nicht hereingekommen bist, als ich hörte, wie die Tür ins Schloss fiel, wie du deinen Wagen angelassen hast, wie du davongefahren bist – da bin ich ins Wohnzimmer gegangen. Und habe die Jacke gesehen.« Er schaltete den Mixer ab. »Ich habe alles Mögliche gedacht.« Er nahm Gläser aus einem Hängeschrank, füllte sie mit Orangensaft und hielt Dave ein Glas hin. Schaute ihn zutiefst verletzt an. »Früher einmal dachte ich, dass du sehr sanft bist. Aber du bist nicht sanft.«

»Erbarmungslos.« Dave stellte das Glas ab und kramte den Bratenheber aus einer Schublade hervor. »Das ist eine Gewohnheit, die man sich zulegt, wenn man von Berufs wegen die Wahrheit herausfinden muss, ohne Wenn und Aber.«

»Was ist die Wahrheit?«, fragte Doug.

»In diesem Fall?« Dave wendete vorsichtig die Eier. »Ich.« Er deutete auf die andere Pfanne. »Willst du den Speck abtupfen?«

Doug breitete mehrere Papiertücher auf der Theke aus und legte die Speckscheiben mit der Gabel darauf. Dann holte er Teller und hielt sie stirnrunzelnd, während Dave die Eier darauf gleiten ließ. »Das versteh ich nicht.« Er drehte sich um und legte den Speck auf die Teller.

»Es ist ganz einfach.« Dave schenkte Kaffee nach. »Jean-Paul ist tot. Ich bin nicht tot.«

»So einfach ist es nicht, verdammt noch mal!«, sagte Doug.

»Lass uns essen«, sagte Dave.

11

Floyd Kellogg – Tweedanzug, buschige Koteletten, Bruyèrepfeife – erhob sich hinter einem Schreibtisch, der mit Stapeln von neuen Büchern in bunt glänzenden Schutzumschlägen voll gepackt war. Neue Bücher in bunt glänzenden Schutzumschlägen füllten die hohen Regale dahinter. *Bancroft* in der Vine Street, fast an der Ecke Hollywood Boulevard, war eine riesige, hell erleuchtete Höhle voller neuer Bücher in bunt glänzenden Schutzumschlägen. Kellogg war ein großer Mann. Sein Händedruck zermalmte Daves Hand.

»Mr. Brandstetter. Wie geht es Ihnen? Habe Sie lange nicht gesehen. Was macht Mr. Fleming?«

Sie fragten immer noch. Er wünschte, sie würden aufhören. »Er ist tot, Mr. Kellogg. Seit letztem September. Krebs.«

»Ach, das ist wirklich entsetzlich! Er war noch jung.« Eine Sekunde lang zeigten sich Urängste in Kelloggs Augen. Dann Erleichterung. *Diesmal hat's einen anderen erwischt, nicht mich.* »Ich kann es gar nicht fassen. Ich habe hinten ein paar Bücher gestapelt und wollte sie ihm zeigen, wenn er wieder mal vorbeikam.« Kopfschütteln. »Ts, ts, ts. Ein Schock. Ein echter Schock.«

»Das mit den Büchern tut mir Leid. Soll ich sie mitnehmen?«

»Oh nein, nein.« Er drückte Daves Arm. »Ich stelle sie einfach wieder ins Regal. Nichts für Sie. *Das Hollywood der vierziger Jahre. Joan Crawford und ihre Filme.* Was er so mochte.«

»Stimmt.« Rod wäre begeistert gewesen. Er hätte die Verpackung gleich im Auto aufgerissen, noch bevor sie den Parkplatz verlassen hätten. Zu Hause hätte er sich Kartoffelchips und Bier aus der Küche geholt, seine Schuhe von sich geschleudert und sich mit den Büchern in einer Couchecke niedergelassen, die Beine hochgezogen wie ein Mädchen. Er hätte schallend gelacht. Wäre immer wieder aufgesprungen, um Dave das Foto der schmollenden Ann Sheridan im knielangen Badeanzug zu zeigen, das Foto von Barbara Stanwyck mit Nerzstola und einer rauchenden Luger in der Hand. Und Dave? Er hätte den Kopf eingezogen und wäre tiefer in seinen Sessel gerutscht, hätte versucht, sich auf *The New Republic* oder den *Scientific American* zu konzentrieren. Anfangs hätte er noch aufgeblickt und etwas zu den Fotos gebrummt. Dann hätte er wütend geschnaubt. Und Rod hätte sich beleidigt in seine Couchecke gekuschelt. Aber nicht lange. Bald hätte er wieder zu kichern angefangen. Und dann: *Mein Gott, das musst du dir anschauen!* Dann hätte Dave wütend seine Zeitschrift auf den Tisch geknallt oder sie Rod an den Kopf geworfen. Ach, vergiss es! Was sagte Kellogg gerade? Irgendwas über einen Preisnachlass bei den Briefen von James Joyce. »Ja, schicken Sie die Bände raus. Aber eigentlich bin ich heute hier, weil ich etwas Bestimmtes wissen will.«

Kellogg zog die Augenbrauen hoch. »Sie haben doch schon alle unsere Nachschlagewerke gekauft.«

»Nicht diese Art von Information. Es geht um ein Mädchen, das für Sie arbeitet. Als Aushilfe. April Stannard.«

Kellogg nickte. »Nettes Mädchen, sehr nett. Wir würden sie gern ganztags einstellen. Sie kennt sich mit Büchern aus. Aber ich habe keine Stelle frei. Am liebsten würde sie bei der Zweigstelle in El Molino arbeiten. Aber da brauche ich nur zwei Leute. Was wollen Sie über sie wissen?«

Dave nannte ein Datum. »Hat sie an diesem Abend hier gearbeitet?«

»Sie können sie selbst fragen. Sie ist –«

»Ich habe sie gefragt. Und jetzt frage ich Sie.«

Kellogg erstarrte. »Nun gut!« Es klang entrüstet. Er merkte es und sagte in freundlicherem Ton: »Also gut.« Er rieb sich die Hände, setzte sich an seinen Schreibtisch und tastete unter den Rechnungen, Schecks und Quittungen nach seiner Brille. Dann kramte er in einem grünen Kästchen. »Da haben wir sie.« Er hielt Dave eine Karteikarte hin. Als er sich umwandte, stieß er mit dem Ellbogen gegen einen Bücherstapel. Die Bücher fielen zu Boden, doch er achtete nicht darauf. »Die Tage und Uhrzeiten sind alle hier vermerkt«, sagte er.

Dave setzte seine Hornbrille auf. Die Eintragungen waren in verschiedenen Handschriften und mit verschiedenen Kugelschreibern vorgenommen worden. Es gab eine Eintragung für den Tag, an dem John Oats gestorben war. Von mittags bis neun Uhr abends. Er reichte Kellogg die Karteikarte und sah eine schlanke Gestalt hinter dem Schreibtisch. Irgendwie vertraut, aber wegen der Lesebrille verschwommen. Er nahm sie ab. April Stannard stand da, Bücher in den Armen, die Bücher, die Kellogg vom Tisch gestoßen hatte. Das gehörte bei *Bancroft* zum Alltag, immer musste man hinter Kellogg aufräumen. Er ließ Kleingeld, Quittungen, Päckchen fallen. Der am nächsten stehende Angestellte hob alles auf. April trug einen blauen Blazer aus Wollstoff, fast wie eine Uniformjacke, nur ein paar Zentimeter länger. Ihr blondes Haar schimmerte. Sie hatte die Lippen geschminkt. Aber in ihren Augen war noch die Trauer zu erkennen. Sie sah zu, wie Kellogg die Karteikarte zurücksteckte. Dann schaute sie an ihm vorbei Dave an.

»Das ist meine Karteikarte. Warum?«

»Manche Menschen lügen mich an«, sagte Dave. »Nicht alle, aber einige. Es ist gut zu wissen, wer lügt und wer nicht.«

»Sie dachten, ich könnte –« Sie brach ab, warf Kellogg einen Blick zu und errötete. Dann stellte sie die Bücher mit Nachdruck auf den Schreibtisch, drehte sich hastig um und ging weg.

»Einen Augenblick.« Dave steckte seine Lesebrille ein und ging ihr nach, stieß dabei gegen Kunden, die vor Regalen oder an Tischen standen. April lief rasch, aber blind in eine Falle, eine türlose Ecke in der Kinderbuchabteilung unterm Zwischengeschoss. Neonröhren an der niedrigen Decke tauchten die bunten Bücher in gleißendes Licht. Er packte sie am Arm und zog sie herum; sie riss sich los und Tränen liefen ihr übers Gesicht. Als sie sprach, war ihre Stimme leise, zitterte und klang sehr wütend.

»Warum? Warum haben Sie das gedacht?«

»Ich habe gar nichts gedacht.« Er reichte ihr sein Taschentuch. »Ich bin erst dabei herauszufinden, was ich denken soll.«

»Und es ist Ihnen gleichgültig« – sie tupfte sich die Tränen ab und schnäuzte sich –, »wen Sie dabei verletzen.«

»Ich werde niemanden so sehr verletzen wie John Oats verletzt wurde.«

»Ich habe ihm nichts getan. Warum hätte ich das tun sollen? Ich habe ihn geliebt. Ich verstehe nicht, was in Ihrem Kopf vorgeht. Sie sagen, er wurde wegen der Lebensversicherung umgebracht. Aber ich hätte das Geld gar nicht bekommen! Es kann schon sein, dass er vorhatte, mich als Begünstigte eintragen zu lassen. Aber er ist ja nicht mehr dazu gekommen.«

»In meinem Job ist Geld fast immer das Motiv für Mord. In der Polizeistatistik dagegen steht Geld ganz weit unten auf der Liste. Und ich halte nichts von komplizierten Verwicklungen. Sie standen ihm am nächsten. Liebende töten sich mit deprimierender Regelmäßigkeit, Miss Stannard. Aus allen möglichen Gründen.«

»Sie sind ein schrecklicher Mensch«, sagte sie.

Kellogg stand vor ihnen. »Ist etwas nicht in Ordnung?«

»Miss Stannard und ich sind befreundet. Es gab gerade ein kleines Missverständnis. Aber wir sind gleich fertig.«

Kellogg blinzelte, bewegte seine Kiefer, brummte etwas Unverständliches. Dann trat er nervös einen Schritt zurück. Ein blasser, kleiner Junge hockte vor einem Bücherregal. Sein ausgewaschenes, graues T-Shirt trug die Aufschrift EIGENTUM DES STAATSGEFÄNGNISSES SAN QUENTIN. Kellogg stieß gegen ihn und wich zur Seite hin aus. »Hören Sie, momentan ist nicht viel los. Ich schlage vor, Sie gehen erst mal nach draußen und trinken eine Tasse Kaffee.«

»Genau das werden wir tun«, sagte Dave.

Sie ging mürrisch und schweigend neben ihm her und hielt den Kopf gesenkt, als lese sie die Namen der Berühmtheiten, die in Messing in das graue Pflaster des Gehsteigs eingelassen waren. Aber sie las sie nicht. An einer Ecke war ein großes, weißes Café zur Straße hin offen. Während er an einer hohen Theke bei einem weiß geschürzten, mädchenhaften Knaben mit einem purpurnen Fleck am Hals zwei Kaffee bestellte, setzte sie sich in eine Ecke neben der Fensterfront, in der fröhlich die Morgensonne glänzte, hielt den Mund zusammengepresst und die Augen halb geschlossen. Als er den Kaffee in einer Plastiktasse vor sie auf den Tisch stellte und sich neben sie setzte, sagte sie: »Wir sind nicht befreundet.«

»Hat Captain Campos Sie angerufen?«

»Ja. Dieser unheimliche Kerl hat John nicht umgebracht.«

»Aber er hat ihn mit Morphium versorgt. Woher hatte John das Geld, um es zu bezahlen? Ich habe mich bei seiner Bank erkundigt, bei seiner ehemaligen Bank. Das Konto ist bereits vor einiger Zeit aufgelöst worden. Und mein Büro hat sich heute Vormittag bei Ihrer Bank erkundigt, Miss Stannard. Sie sind pleite.«

»Das habe ich Ihnen bereits gesagt. Was bringt es, Ihnen überhaupt irgendetwas zu sagen?«

»Die Karteikarte bei Kellogg hat mir gezeigt, dass Sie öfter bei ihm arbeiten, als Sie mir gegenüber angedeutet haben – aber immer noch nicht oft genug, um den Preis für illegales Rauschgift bezahlen zu können. Woher kam das Geld?«

»Ich weiß es nicht. Peter hat nichts verdient.« Ihre Hand zitterte, als sie die Tasse hob. »Manchmal konnten wir uns kaum etwas zum Essen kaufen.« Sie nippte am Kaffee. »Ich kann einfach nicht glauben, dass John – dafür Geld versteckt hätte.«

»Sie vergessen, er ist *dafür* sogar in einen Drugstore eingebrochen. Drogen machen unangenehme Dinge mit Menschen.« Er nahm eine neue Zigarettenpackung aus seiner Jackentasche, entfernte das Zellophan, öffnete das Silberpapier mit dem Daumennagel, klopfte das Päckchen gegen seinen Handballen und bot ihr eine Zigarette an. Sie schüttelte den Kopf. Dann zündete er sich selbst eine Zigarette an und probierte den Kaffee. Er schmeckte nach Pappe. »Gestern haben Sie mir die Post gezeigt, die seit seinem Tod bei Ihnen eingegangen ist. Unter den Briefen war eine Telefonrechnung. Die würde ich mir gerne anschauen.«

»Wirklich?« Sie blickte ihn verwirrt an. »Ich verstehe nicht –« Sie beendete den Satz nicht. Stattdessen zuckte sie mit den Schultern und stieß ein leises, verblüfftes Lachen aus. »Na schön, warum nicht? Ich habe sie zufällig bei mir. Heute bekomme ich meinen mageren Lohn. Ich wollte in der Mittagszeit zur Post gehen und die Rechnung bezahlen.« Ihre Handtasche war aus weichem Naturleder mit einem geflochtenen Riemen. Sie kramte einen dünnen, blauweißen Zettel heraus und reichte ihn Dave.

Er nahm seine Lesebrille, setzte sie auf und faltete die Rechnung auseinander. Nur zwei Ferngespräche standen auf der Abrechnung, mit Datum und Uhrzeit. Er zeigte mit dem Finger darauf und schob ihr den Zettel hin. »Haben Sie diese Nummern angerufen?«

Sie spähte herüber. »Nein. Und Peter hat nur mit dem Theater telefoniert – das ist ein Ortsgespräch. Und John hätte bestimmt kein Ferngespräch geführt.«

»Warum nicht?«

»Er stand mit niemandem in Kontakt. Ich sagte Ihnen doch, wir waren dort unten allein. Nur wir drei, bis Peter uns verlassen hat. Danach nur wir zwei.«

»Und manchmal« – Dave streckte sich nach einem Aschenbecher, der zwischen gelben und roten Plastikflaschen mit Senf und Ketchup stand – »nur einer von Ihnen, wenn Sie hier waren, bei der Arbeit. Sind Ihnen die beiden Nummern bekannt?«

Sie trank rasch einen Schluck Kaffee, stellte die Plastiktasse ab, betrachtete stirnrunzelnd die Telefonrechnung. »Lassen Sie mich überlegen. Die Nummer in Hollywood?« Ihre hübschen kleinen Zähne kauten an ihrer Unterlippe. Dann stieß sie ein kindliches Seufzen aus und schüttelte den Kopf. »Ich glaube, ich habe sie schon einmal angerufen. Als ich noch für *Oats & Norwood* gearbeitet habe. Doch ich kann mich nicht erinnern, wer es war. Aber diese hier« – ihr Gesicht hellte sich auf –, »das muss Dwight Ingalls sein. Er lehrt am College von Los Collados. Amerikanische Literatur. Er war ein alter Kunde. Einer von denen, die John für seine Freunde hielt – bis er sich nach dem Unfall nicht mehr blicken ließ.«

»Vielleicht hat er sich doch noch einmal blicken lassen«, sagte Dave.

12

Der Mesquite Trail wand sich eng und in scharfen Kurven zwischen steilen Hängen nach oben. An seinem Rand wucherten orangefarbene Wandelröschen, blauer Bleiwurz und hochgeschossene Lavendelbüsche. Alte Eichen warfen Schattenmuster auf den abgenutzten Asphalt. Erwärmt von der Mittagssonne des Wintertages, tropfte das Harz von den hohen Japankiefern mit ihrer rauen Borke. Ein Stück von der Straße entfernt, am Ende langer Holztreppen, die nach oben oder nach unten führten, hielten sich alte Redwoodhäuser mit breiten Regenrinnen, dunklen Fenstern und niedrigen Veranden im grünen Winterbusch versteckt. Auf einem windschiefen Dach leuchtete eine wuchernde Bougainvillea magentarot. Scharlachrote Geranien leuchteten im Sonnenlicht neben einem halb verfallenen Schuppen.

Hier waren zwei Ziegen festgebunden, dort ein Maultier. KANINCHEN stand auf einem handgeschriebenen Schild. FRISCHE EIER. In einer roh zusammengezimmerten Koppel hoben graubraune Pferde ihren Kopf und stellten die Ohren auf, als er vorbeifuhr. Das Blauweiß eines Eichelhähers durchschnitt die Luft vor der Windschutzscheibe. Ein Erdhörnchen hoppelte herbei und blieb an der Straße sitzen. Dave tippte auf die Hupe, runzelte die Stirn, suchte nach einem Namen auf den Briefkästen. Und da war er, vor einem Tor in einem Zaun aus Redwoodbrettern, wo ein hellroter Lieferwagen mit offener Ladeluke wartete.

Er bog von der Straße ab und hielt auf dem staubigen Randstreifen hinter dem Lieferwagen. Er stieg aus, schloss die Tür und las die Schrift auf dem Lieferwagen. KRANKENZIMMERAUSSTATTUNGEN. Eine gestreifte Matratze war auf der Ladefläche festgezurrt. Das Tor stand halb offen. Ein emailliertes Blechschild war daraufgenagelt. ZU VERKAUFEN. Der Name eines Grundstücksmaklers, Telefonnummern. BITTE BEWOHNER NICHT STÖREN. Er stieß das Tor auf. Zwei Männer in weißen Overalls kamen auf ihn zu, sie trugen die Teile eines zerlegten braunen Metallbetts. Weiter unten, auf einer viereckigen Terrasse, wo abgestorbene Farne in Körben vom Dach hingen, funkelten die Chromteile eines Rollstuhls. Daneben standen zwei grüne Sauerstoffflaschen auf einem roten Transportkarren. Dave trat von den gesprungenen Zementstufen auf eine dichte Matte dunkelgrünen Efeus, so dass die beiden Männer an ihm vorbeikonnten. Dann ging er weiter hinunter. Die herabhängenden Zweige alter Pfefferbäume streiften seine Schultern, ausgetrocknete Beeren knirschten unter seinen Schuhen.

Dwight Ingalls blinzelte ihn durch eine verstaubte, ausgebeulte Fliegengittertür an. Er war ein glatzköpfiger, magerer Mann in einem alten Rollkragenpullover, einer alten Kordhose und ausgelatschten Kordpantoffeln. In der einen Hand hielt er einen Stapel maschinengeschriebener Blätter, in der anderen ein Glas Milch, das halb ausgetrunken war. Im einem Mundwinkel klebte etwas Erdnussbutter. Er kaute, schluckte, zog die Stirn in Falten.

»Mr. Brandstetter? Es ist noch nicht ein Uhr.«

»Entschuldigen Sie«, sagte Dave. »Aber die Fahrt hierher hat nicht so lange gedauert, wie ich dachte.« Das war eine Lüge. Los Collados, in die faltigen Vorberge der Sierra Madre östlich von Pasadena eingebettet, war zwanzig Minuten von der Schnellstraße entfernt. Er hatte das gewusst, als er losgefahren war. Aber wenn man zu früh kam, erfuhr man manchmal Dinge, die man nicht erfahren sollte. Meistens brachten sie einen nicht weiter. Manchmal aber doch. Er machte den üblichen Vorschlag, der selten angenommen wurde. »Ich kann noch eine Weile spazieren gehen und später zurückkommen, wenn Sie möchten.«

»Nicht nötig. Kommen Sie rein. Ich bin gerade mit dem Mittagessen fertig.« Er trank den Rest Milch aus und stieß dann mit der Hand, in der er das Milchglas hielt, die Gittertür auf. »Kann ich Ihnen etwas anbieten? Irgendwas Einfaches, meine ich. Ich habe nur das Nötigste hier. Ein paar Kekse, eine Dose Sardinen. Wenn man allein ist, lässt man die Speisekammer gern verkommen.«

»Ich weiß«, sagte Dave. »Danke, ich habe schon gegessen.«

Die Tür fiel hinter ihm ins Schloss. Es gab keine Diele. Sie standen in einem großen Wohnraum mit niedriger Decke, der bis in Brusthöhe mit Redwood getäfelt und darüber weiß verputzt war. Eingebaute Bücherschränke. Sitzecken an den Fenstern. Ein geschwungener, offener Kamin aus Ziegelsteinen. Sessel, Couch und Couchtisch waren im Missionsstil, golden schimmernde Eiche, fünfzig, sechzig Jahre alt. Gemütlich, die Kissen mit glatten, einfachen Stoffen bezogen. Den Teppich konnte man nur als riesig bezeichnen. Ein Orientteppich, reich an Farben und Ornamenten, an einigen Stellen etwas abgetreten, aber immer noch großartig. Die Farben wiederholten sich in den Buntglasscheiben über den breiten Fenstern: Blumen und Blätter im Art-nouveau-Stil.

»Setzen Sie sich. Ich bin gleich bei Ihnen.«

Ingalls verschwand im hinteren Teil des Hauses. Alte Wasserrohre bebten. Wasser plätscherte. Dave setzte seine Brille auf und ging vor einem der Regale in die Hocke, um die Bücher zu betrachten. Wright Morris. Nathanael West. H.L. Davis. Und Thomas Wolfe, wiederum Erstausgaben, wie bei April Stannard. Außerdem ein dicker Band mit Briefen von Thomas Wolfe, der breite Rücken in weiches, schwarzes Leinen gebunden. Und daneben, in beigem Leder, *Thomas Wolfe's Western Journal: The Lost Pages.* Ein schmales Buch. Er nahm es heraus, schlug es auf. *Herausgegeben und mit einem Vorwort versehen von Dwight Ingalls, Los Collados College Press, 1958.*

Die Sohlen der Pantoffeln verursachten kein Geräusch auf dem dicken Teppich, aber eine knarrende Diele verriet Dave, dass Ingalls das Zimmer durchquerte. Er stellte das Buch zurück. Die Gittertür klickte. Dave erhob sich mit einem Knacken seiner Kniegelenke. Draußen sagte Ingalls etwas. Einer der Lastwagenfahrer antwortete ihm. Dave steckte die Lesebrille zurück in die Brusttasche. Man hörte, wie der Rollstuhl über die Terrasse geschoben wurde. Dave ließ sich auf der Couch nieder. Die Gittertür fiel ins Schloss. Ingalls kam zurück.

»Das wär's also«, sagte er trostlos. »Das wär's.«

Er war das Milchglas, den Erdnussbutterfleck und die Hand voll Papiere irgendwo losgeworden. Er setzte sich in einen Sessel neben eine Lampe, die einem birnenförmigen, arabischen Wasserkrug aus gehämmertem Kupfer glich, mit einem Schirm aus grobem, braunem Sackleinen. Die Tischplatte, auf der die Lampe stand, war zugedeckt mit Taschenbüchern, Heften und literarischen Vierteljahreszeitschriften. Dazwischen kramte Ingalls ein zerknittertes Päckchen Zigaretten hervor. Er langte mit dünnen Fingern hinein. Leer. Nachdem er es zerknüllt hatte, warf er es in einen handgehämmerten, kupfernen Aschenbecher, der bereits übervoll mit Kippen war. Dave hielt ihm sein Päckchen hin.

»Danke. Was ist das mit John Oats?«

»Er ist tot.« Dave zündete ein Streichholz an.

Ingalls beugte sich zur Flamme hinunter. Er nickte. »Man hat es mir in der Buchhandlung gesagt. Ertrunken. Schrecklich.«

»Er war ein guter Schwimmer. Meine Firma ist nicht davon überzeugt, dass es sich um einen Unglücksfall handelt. *Oats & Norwood* ist hundert Meilen von hier entfernt. Fahren Sie immer noch dorthin?«

Ingalls zog die Mundwinkel nach unten. »Ich rufe gelegentlich dort an. Es hätte wenig Sinn hinzufahren. Nachdem John ausgestiegen ist, ist es mit dem Geschäft ziemlich bergab gegangen.«

»Mir sah es auch nicht gerade blühend aus«, erwiderte Dave. »Staubig, viele Lücken in den Regalen. Warum?«

»John war der Büchernarr«, sagte Ingalls. »Norwood ist eigentlich nur aus Freundschaft eingestiegen.« Ein schwaches Lächeln. »Davor hat er Versicherungen verkauft.« Ein nachdenkliches Stirnrunzeln. »Na ja, vielleicht hätte er es geschafft, aber John auszuzahlen, das ist ihm finanziell doch sehr an die Substanz gegangen.«

»Wissen Sie, wie hoch die Summe war?«

Schritte dröhnten auf der Terrasse. Zugleich hörte man das Quietschen kleiner Räder. Ingalls drehte den Kopf nach dem Geräusch um. Quietschen und Holpern – der rote Transportkarren mit den Sauerstoffflaschen. Es dauerte eine ganze Minute, bis man ihn zur Straße hinaufgefahren hatte. Dann ein Klappern, ein metallisches Geräusch, die Ladeklappe des Lieferwagens wurde zugeschlagen, der Motor heulte. Ingalls lauschte, bis nichts mehr zu hören war. Dann wurde ihm wieder bewusst, dass er nicht allein war.

»Entschuldigen Sie. Was haben Sie gesagt?«

»Wissen Sie, wie viel Norwood an Oats gezahlt hat?«

»Ich weiß nur, dass Eva Oats ihm, nun, meine Studenten würden sagen den Kopf gewaschen hat, als ich das letzte Mal im Antiquariat war, vor etwa« – er warf einen Blick an die Decke – »vier oder sechs Wochen. Sie waren hinten und hörten nicht, dass ich hereingekommen war. Sie nannte Norwood einen sentimentalen Trottel, weil er ihrem Mann, ihrem Ex-Mann, zu viel gegeben habe.«

»Das Geld ist für Arzt- und Krankenhausrechnungen draufgegangen«, sagte Dave. »Das und noch viel mehr.«

»Das hat ihr Norwood auch erwidert. Sie meinte, dann hätte er eben ins County-Krankenhaus gehen müssen. Dort wäre er umsonst behandelt worden. Ein Fürsorgefall. Da er keinen Anteil am Geschäft mehr hatte und kein Einkommen, hätte er die Fürsorge in Anspruch nehmen können. Das Geld sei zum Fenster hinausgeworfen worden.«

»Reizende Frau«, sagte Dave.

»Sie war schon immer die Nüchterne in der Firma. Sie versteht etwas von Geld. Ein solches Geschäft muss in der Lage sein, Ankäufe zu machen, wenn sich eine Gelegenheit bietet. Das kann jederzeit sein. Oats und Norwood hatten einen guten Ruf. Schöne, seltene Bücher. Ach, ich weiß nicht ...« Ingalls seufzte bedauernd. »Wahrscheinlich hätte Norwood das Geschäft nicht einmal mit Kapital am Laufen halten können. John hat alle Ankäufe getätigt.«

»Und Eva?«

Ingalls schüttelte den Kopf. »Sie wusste, wie viel sie für was bezahlen musste. Aber nicht, was wann und wo kaufen. Verstehen Sie, das ist ein Talent, ein Instinkt. Man hat ihn, oder man hat ihn nicht. John hatte ihn. Und weil weder Eva noch Norwood diesen Instinkt besitzen, wird sich das Geschäft wohl nicht mehr lange halten. Früher hat *Oats & Norwood* hervorragende Kataloge herausgegeben.«

Er blinzelte in den Rauch der Zigarette, die in seinem Mundwinkel hing, kramte unter den Sachen, die auf dem Tischchen lagen, zog schließlich ein fadengeheftetes, weißes Büchlein hervor und reichte es Dave.

OATS & NORWOOD
Ernest Haycox: West-Northwest
Originalausgaben / Erstausgaben / Autographische Briefe / Handschriften / Typoskripte und Fahnen mit Korrekturen des Autors

»Das sind die Dinge, für die John berühmt war«, sagte Ingalls. »Sicher, nicht jeder Katalog enthielt eine derartige Sammlung. Aber die einzelnen Stücke waren immer erstklassig. Die Kataloge sind vierteljährlich erschienen. Seit er ausgestiegen ist« – Ingalls nahm das Büchlein, das Dave ihm reichte, und legte es weg –, »gab es keinen einzigen mehr.«

»Sie versuchen wohl gerade, einen Katalog zu erarbeiten«, sagte Dave. »Auf dem Schreibtisch im Hinterzimmer habe ich neben der Schreibmaschine einen Karteikasten gesehen und Bücher mit Merkzetteln. Und Flaschen.«

»Sie müssen sich anstrengen mit dieser Liste.« Ingalls drückte seine Zigarette in dem kupfernen Aschenbecher aus. »Sie haben schon viel Boden verloren. Die Leute vergessen schnell.«

»Aber Sie nicht. Sie waren zumindest einmal nach dem Ausscheiden von Oats dort. Es war am dritten Januar, nicht wahr? An dem Tag, als er Sie angerufen hat?«

Ingalls kahler Schädel wandte sich ein wenig zur Seite. Er schaute Dave eine Minute lang aus den Augenwinkeln an. Dann leckte er sich die Lippen. »Warum – äh –« Er bemühte sich um ein Lächeln. Es wirkte gezwungen. »Ja, vermutlich. Ja, das stimmt.« Er nickte kaum merklich.

»Und bevor Sie zum Laden fuhren, haben Sie ihn besucht. In April Stannards Haus in Arena Blanca, nicht wahr?«

»Ich habe nicht gewusst, wem das Haus gehört. Er war allein da. Ja. Arena Blanca. April Stannard, sagen Sie? Sie hat eine Weile im Laden gearbeitet. Hübsches Mädchen.«

»Sie sagt, Sie hätten ihn nie besucht, und das hätte ihn tief verletzt. Er hätte Sie für einen Freund gehalten.«

»Ich habe ihn auch für einen Freund gehalten«, erwiderte Ingalls. »Aber meine Frau war krank – schon seit Jahren. Bis zum letzten Frühjahr war meine Tochter hier und hat mir geholfen, sich um meine Frau zu kümmern. Aber als sie dann geheiratet hat, musste ich mich fast allein um sie kümmern. Fortschreitende Durchblutungsstörungen. Gegen Ende mussten einige Amputationen vorgenommen werden. Julia wurde immer hilfloser, und ich bin immer weniger weggekommen. Gelegentlich habe ich die eine oder andere Frau angestellt, aber nie ganztags. Professoren verdienen kein Vermögen, wissen Sie. Die Operationen und die Krankenhausaufenthalte waren kostspielig. Aber« – ungeduldig winkte er ab – »Sie sind nicht hergekommen, um sich meine Leidensgeschichte anzuhören.« Er warf einen schmerzlichen Blick zur Tür, zur Terrasse. »Und wie Sie vermutlich bereits ahnen, hat sie nun ein Ende. Ich habe es nicht fertig gebracht, die Leute von der Firma gleich danach anzurufen. Julia ist vor zehn Tagen gestorben.« Er hob abwehrend die Hand, schloss die Augen und schüttelte den Kopf. »Nein, nein. Sie brauchen mir nicht zu kondolieren. Es war unausweichlich. Ich war darauf vorbereitet, so vorbereitet, wie man es nur sein kann. Jedenfalls« – er holte einmal tief Luft und atmete wieder aus – »war ich einfach nicht in der Lage, John Oats im Krankenhaus zu besuchen.«

»Aber als er anrief, sind Sie dann doch zu ihm gefahren. Warum?«

Ingalls runzelte die Stirn, strich sich mit dem Finger über die Augenbrauen und schaute Dave scharf an. »Ich kann den Sinn dieses Gesprächs nicht ganz verstehen. Ich kenne weder meine Position noch die Ihre. Wirft man mir irgendetwas vor? Sollte ich meinen Anwalt benachrichtigen?«

»Ich weiß nicht, wie Sie darauf kommen«, sagte Dave. »John Oats ist im Krankenhaus morphiumsüchtig geworden und schaffte es nicht, wieder davon loszukommen. Er hatte kein Geld, kaufte aber immer wieder Morphium. Illegal und entsprechend teuer. Ich frage mich, ob er versucht hat, Sie um Geld anzupumpen.«

Ingalls antwortete nicht gleich, aber sein Argwohn legte sich sichtlich. Er entspannte sich. »Ja.« Sein Lächeln war traurig, aber dieses Mal nicht gezwungen. »Genau das wollte er von mir.«

»Hat er es bekommen?«

»Er hat gesagt, er bräuchte fünfhundert Dollar. So viel konnte ich nicht aufbringen. Ich bin zur Finanzverwaltung des College gegangen und habe mir hundert Dollar Vorschuss geholt. Die habe ich ihm gegeben.«

»Hat er Ihnen gesagt, wofür er das Geld braucht?«

»Ich habe ihn nicht danach gefragt«, sagte Ingalls.

Dave stand auf und lächelte. »Also hat sich April geirrt. Er hatte doch noch einen Freund.« Er wandte sich ab. Im Polster von Ingalls' Sessel knarzte eine Stahlfeder. Er begleitete Dave zur Tür und hielt sie ihm auf. Draußen auf der Terrasse fragte Dave: »Wie lange haben Sie ihn gekannt?«

Das Licht aus dem Garten spiegelte sich grünlich auf Ingalls Glatze. Er legte die Stirn in Falten. »Schon Jahre. 1957? Ja, das kommt hin. Ich hatte ein paar Arbeiten über Thomas Wolfe in Universitätszeitschriften veröffentlicht. Eines Tages bekam ich einen Brief von *Oats & Norwood,* von John. Er besaß ein handschriftliches Manuskript von Wolfe. Ob ich interessiert sei.« Er lächelte Dave erleichtert an. »Sehen Sie, das erklärt, warum ein Leser in Los Collados Stammkunde in einer Buchhandlung wurde, die hundert Meilen entfernt war, in El Molino. Natürlich war ich sehr aufgeregt und fuhr sofort hin. Als ich das Manuskript sah – Notizbücher, genauer gesagt –, war ich noch aufgeregter. Das waren die fehlenden achtzehntausend Wörter des Tagebuchs, das Wolfe auf seiner Reise durch die Nationalparks im Westen geführt hatte, kurz vor seinem Tod. Nur zwölftausend Wörter waren überhaupt entdeckt worden, aber er hatte mehrfach in Briefen erwähnt, dass er dreißig- bis fünfzigtausend Wörter geschrieben hatte.«

»Den Rest brauchen Sie mir nicht zu erzählen«, sagte Dave. »Ich habe Ihr Buch gesehen, drinnen im Regal. Schöne Ausgabe. Damit haben Sie sich bestimmt einen Namen gemacht.«

»Es war genau das, wovon jeder Literaturwissenschaftler träumt, worauf er aber nie wirklich zu hoffen wagt. Sie verstehen jetzt sicher, wenn ich fünfhundert Dollar gehabt hätte, hätte ich sie John ohne Bedenken gegeben. Mit Freuden.«

»Ja, das verstehe ich«, sagte Dave.

Als er die steile Treppe zur Straße hinaufging, hörte er den fröhlichen Gesang einer Spottdrossel in einem der Pfefferbäume. Am Tor oben angelangt, drehte Dave sich um und schaute zurück. Ingalls stand am Rand der Terrasse und blickte nach oben, aber nicht auf ihn. Er suchte den Vogel. Es sah aus, als ob ihn sein Gesang schmerzte.

13

Das Medallion-Gebäude am Wilshire Boulevard war ein schlanker Turm aus Glas und Stahl. Im zehnten Stock öffnete Dave eine Tür, auf der sein Name stand, in Plexiglas gefangen. Das Büro, das er betrat, war weiträumig. Die gegenüberliegende Wand bestand aus Glas. Eine Seitenwand wurde von einem handgewebten Wandteppich bedeckt – rohe, ungefärbte Wollfäden, erdfarben, ein norwegisches Muster. Die Sessel waren aus kräftigem Leder, das an polierten Stahlrahmen befestigt war. Zwei davon Ziegenfell, weiß. Für Besucher. Auch wenn nicht eben viele Besucher kamen – er war zu selten hier. Der Sessel hinter dem Schreibtisch war mit braunem Sattelleder bespannt. Der Schreibtisch selbst bestand aus einer geölten Teakholzplatte, gleichermaßen von einem polierten Stahlrahmen eingefasst.

Er hatte es gern, wenn alles aufgeräumt war. Selbst das Telefon bewahrte er in einer Schublade auf. Jetzt lag ein Stapel Papiere auf der Schreibtischplatte. Er runzelte die Stirn, ließ die Tür hinter sich ins Schloss flüstern und überquerte den tabakbraunen Teppich. Er setzte sich, nahm die Lesebrille heraus, blätterte die Papiere durch. Keine Problemfälle. Routine. Er musste sie nur abzeichnen. Geräuschlos zog er eine Schublade auf, nahm einen schlanken, aber schweren Kugelschreiber mit Rosenholzgriff heraus, drehte die Mine heraus und unterzeichnete. Eine nach der anderen. Alte Männer, die starben. Alte Frauen, die starben. Ein Kind, das starb. Sieben Tote, seit er das letzte Mal hier gewesen war, vorgestern.

Und wie viele Menschen waren inzwischen gestorben, die nicht seiner Unterschrift bedurften, deren einzige Hinterlassenschaft in Trauer ausgezahlt wurde? Er dachte an Biafra. Er dachte an Südostasien. Er dachte an Ingalls, der grau und pflichtbewusst durch das schöne alte Haus gewandert sein mochte, immer wieder vom großen, niedrigen Wohnraum zu dem gemieteten Krankenhausbett hinüber, in dem seine verstümmelte und sterbende Frau lag, um dies zu bringen und jenes zu holen – Tage, Nächte, Monate, Jahre. Wer zählte all die Rettungsaktionen, all die Taten aus verzweifelnder Liebe? Und was war das Ende? Ein roter Lieferwagen fuhr mit den nackten Überresten eines Lebens davon.

Er legte den Kugelschreiber an seinen Platz zurück, schloss die flache Schublade, öffnete eine größere und holte das Telefon heraus. Aus seiner Brieftasche nahm er eine Visitenkarte, die er am Tag zuvor von einem Stapel neben einer altmodischen Registrierkasse genommen hatte. Er drückte auf einen Knopf am Telefon und wählte die Nummer, die auf der Karte stand – eine lange Nummer. Während wiederholt das Rufzeichen ertönte, ging seine Bürotür auf. Sein Vater stand da, groß, gut aussehend, weißhaarig. Dave lächelte ihn kurz an und hob das Kinn. Carl Brandstetter kam herein und ging zu einem Metallschrank mit imitierter Holzfront, auf dem bronzefarbene Chrysanthemen in einer flammendroten Vase standen. Er nahm einen gekühlten Mixbecher aus dem Schrank, gekühlte Gläser und Eiswürfel. Dann schloss er die obere Tür, öffnete eine darunter liegende, holte Gin heraus, Wermut, Oliven. Dann schaute er Dave fragend an. Dave nickte.

»*Oats & Norwood*«, sagte eine Stimme in sein Ohr.

»David Brandstetter, Mrs. Oats«, sagte er. »Sie hatten Recht, John Oats war süchtig. Ich stehe in Ihrer Schuld, dass Sie mich darauf hingewiesen haben. Er hat das Morphium von einem Pfleger bekommen. Jetzt wüsste ich gerne, woher er das Geld hatte, um es bezahlen zu können. Der Preis für Rauschgift ist hoch.«

»Also, von mir bestimmt nicht. Er hat mir keinen Cent hinterlassen. Womit ich immer gerechnet hatte. Man soll sich nicht mit Charmeuren einlassen, Mr. Brandstetter. Das betäubt den Selbsterhaltungstrieb.«

»Gestern dachten Sie noch, er hätte Ihnen zwanzigtausend Dollar in Form einer Lebensversicherung hinterlassen.«

»Sie irren sich«, erwiderte sie. »Ich wusste, dass er mich gestrichen und Peter an meine Stelle gesetzt hatte. Ich habe die Unterlagen Ihrer Firma in seinem Zimmer im Krankenhaus gesehen. Aber ich habe es Charles verschwiegen – ich konnte mich einfach nicht dazu durchringen. Das hat mich gestern Abend so aus der Fassung gebracht – ich hatte Angst, was für eine Wirkung diese Nachricht auf Charles haben würde. Nun, sie hatte genau die befürchtete Wirkung. In jener Stunde ist er um zehn Jahre gealtert, hat alle Hoffnung verloren.«

»Das tut mir Leid«, sagte Dave. »Habe ich das richtig verstanden. Er dachte, Sie würden das Geld bekommen und es in das Geschäft investieren?«

»Er weiß, dass das Geschäft alles ist, was ich besitze. Fünfundzwanzig Jahre meines Lebens stecken in diesem Geschäft. Was hätte ich anderes tun sollen?«

»Wäre es möglich, dass er John Oats Geld gegeben hat?«

Ihr Lachen war rau und humorlos. »Oh ja – ja, natürlich. Wenn er noch etwas übrig gehabt hätte, nachdem John ausbezahlt war. Aber Charles war ebenso ein Opfer wie ich, wie Peter, wie diese April Stannard – auch wenn ich kein Mitleid auf sie verschwenden werde. Charles hatte ihm schon bei der Übernahme alles gegeben, was er hatte.«

»John Oats hat Dwight Ingalls um Geld gebeten.«

»Wer hat Ihnen das gesagt?«, fragte sie scharf.

»Ingalls. Er hat selbst Probleme genug oder hatte sie zu jenem Zeitpunkt. Aber er hat ihm gegeben, was er erübrigen konnte. Ich bin durch eine Telefonrechnung auf Ingalls gestoßen. Auf der Rechnung stand noch ein zweites Ferngespräch. Ich frage mich, ob Sie mir sagen können, wen er da angerufen hat.« Er nannte ihr die Nummer.

»Sam Wald.« Es klang nachdenklich. »Ein Autor. Er schreibt keine Bücher, sondern für Film und Fernsehen.«

»Danke«, sagte Dave. »Haben Sie etwas von Peter gehört?«

»Wenn Peter etwas von sich hören lässt, dann bestimmt nicht bei mir.«

»Das sagen alle. Na schön, Mrs. Oats. Bis dann.« Er legte den Hörer auf, erhob sich aus seinem Sessel, nahm im Vorübergehen eines der beschlagenen Gläser vom Schrank, nippte daran, öffnete die Tür und sagte: »Miss Tanney, bitte besorgen Sie mir die Adresse von Sam Wald in Hollywood. Wenn er nicht im Telefonbuch steht, versuchen Sie es beim Verband der Film- und Fernsehautoren. Wenn man Ihnen die Adresse dort nicht geben will, sagen Sie, Sie hätten einen hohen Honorarscheck für ihn. Das zieht immer. Bitte kümmern Sie sich gleich darum.« Dann ließ er die Tür zugleiten.

»Ich hatte gehofft, du würdest mit mir zu Mittag essen.« Sein Vater hatte es sich in einem der Ziegenfellsessel bequem gemacht und das Glas mit dem Martini neben seine Füße auf den Boden gestellt. Er nahm eine braune Zigarette aus einem flachen, rotweißen Etui. Dann steckte er das Etui wieder weg und zündete sich die Zigarette mit einem goldenen Gasfeuerzeug an. »Ich möchte dich mit einer sehr reizvollen jungen Dame bekannt machen.«

»Das glaube ich dir sofort«, sagte Dave. »Das sind sie immer. Aber ich muss mich wegen eines Mordfalls mit einem Mann treffen.«

»Wenn man die Logik bemüht« – Carl Brandstetter nahm sein Glas vom Boden –, »dann ist es der Sohn gewesen. Ich habe noch nie erlebt, dass du dich vom eigentlichen Ziel ablenken lässt.«

»Die Spuren in diesem Fall sind verschlungen. Und es gibt eine ganze Menge davon.« Dave ging zum Schreibtisch zurück und verstaute das Telefon. »Ich habe das Gefühl, wenn ich sie lange genug verfolge, enden sie alle in einem kleinen Ort namens Arena Blanca, in einer regnerischen Nacht, als ein Mann in den Pazifik ging und nicht mehr zurückkam.« Er setzte sich auf eine Ecke des Schreibtisches und zündete sich eine Zigarette an. »Wird dich Nanette nicht entdecken, wenn du mit deinem jungen Liebestraum zu Mittag isst?«

Sein Vater lächelte. »Nanette ist bereits in Reno.« Das Lächeln wurde zu einer Grimasse. »Auf meine Rechnung.«

»Warum lernst du nie daraus?«, sagte Dave. »Du könntest dir viel Geld sparen, wenn du die Nächste nicht heiratest.« Er trank einen Schluck und versuchte zusammenzurechnen, wie viele Stiefmütter er gehabt hatte, seit er vor fünfundvierzig Jahren seinen ersten Protestschrei in die Welt hinausgeschrien hatte. Er konnte sich nur verschwommen an sie erinnern – ein Gesicht, eine Stimme, ein Name, ein Duft, der Geschmack eines bestimmten Gerichts, eine warme Cola an einer staubigen Tankstelle irgendwo auf dem Land, ein Lachen, ein Klaps. Seine eigene Mutter war in seiner Erinnerung noch weniger gegenwärtig, nicht einmal ein Schnappschuss, nur ein Name auf einer Heiratsurkunde aus dem Jahre 1922, die an den Rändern vergilbte. Er hatte sie gefunden, als er neun Jahre alt war und bei einem Umzug einen schweren Karton mit Sachen aus dem Schreibtisch seines Vaters hatte fallen lassen, und sie war mit den anderen Papieren über den Rasen geweht worden. Wochenlang hatte er die Urkunde unter seinem Hemd getragen und geweint, wenn er allein war, weil er sich einbildete, dass er sie vermisste. Er war mürrisch und frech gewesen gegenüber seinem Vater und dem verwirrten, jungen Ding, das bereits sein dritter Mutterersatz war, ein vollbusiges, blondes Kind mit großen Augen, das stets einen rosafarbenen Kimono mit einem hellgrünen, gestickten Drachen auf dem Rücken trug und sich mit einer Rauchwolke aus türkischen Zigaretten umgab. 1932. Schließlich war er es leid, um eine Unbekannte zu trauern, und er steckte die Urkunde weg. Er hatte sie immer noch irgendwo. Er wusste nicht, warum. Was sagte sein Vater eben? Dass dieses Mädchen anders sei als die früheren.

»Ich weiß, dass ich Fehler gemacht habe – neun Fehler, um schonungslos genau zu sein. Aber selbst ich kann lernen, nach ein paar Jahrzehnten und genügend Demütigungen.«

»Ich hoffe, du hast Recht.« Dave lächelte ihn kühl an. »Du weißt, wie sehr ich das hoffe.«

Sein Vater stand auf. »Du könntest mitkommen, um sie kennen zu lernen. Du würdest mich verstehen. Sie ist wirklich wunderbar. Du wirst sie mögen.«

»Dann wäre sie wirklich anders als die andern«, sagte Dave.

Sein Vater stellte das Glas auf das Schränkchen. Die Chrysanthemen fielen auseinander. Er zog die Stirn in Falten und versuchte, sie neu zu arrangieren. »Lisa hast du gemocht.« Er sagte es ohne großen Nachdruck. Dave starrte ihn an.

Lisas Name war seit über zwanzig Jahren nicht mehr zur Sprache gekommen. Ja, Dave hatte sie gemocht. Zu sehr, wie sich herausstellte. Sein Vater war wütend gewesen über die Art, wie der junge Dave Barbara, Susan und Ruth ignorierte. Aber als der Junge dann allzu große Begeisterung für Lisa zeigte – sie war neunzehn, Dave nur zwei Jahre jünger –, war ihm das auch nicht recht gewesen. Zum ersten Mal hatte er ein Mädchen ausgesucht, das mehr mitbrachte als gutes Aussehen, eine Frau mit Verstand und aus gutem Haus. Ihr Vater war ein hoher Richter im Deutschland der zwanziger Jahre gewesen. Bis er von den Nazis erschossen wurde. Dave erinnerte sich nicht mehr, was mit Lisas Mutter geschehen war. Ihre beiden Brüder jedenfalls hatten versucht, Deutschland zu verlassen, ohne Erfolg. Nur sie war entkommen. Über ihrer dunklen Schönheit hatte immer ein Hauch von Trauer gelegen. Aber sie konnte auch strahlend lächeln. Und sie hatte einen klugen Kopf. Endlich hatte er jemanden im Haus, mit dem er über Bücher und Musik sprechen konnte, über Malerei und Theater, lauter Dinge, die ihm viel bedeuteten.

Rückblickend wunderte er sich nicht darüber, dass sein Vater auf ihn eifersüchtig gewesen war. Vielleicht hatte sich Dave sogar ein wenig in sie verliebt. Er erinnerte sich noch gern an ihre Ausflüge in das alte Museum im Ausstellungspark, in die verschlafenen, weißen Räume der Huntington-Bibliothek, zu den Orgelabenden in der grauen, erdrückenden Dunkelheit einer kalten Kirche im alten Stadtzentrum, zu Kammermusikkonzerten in einem nackten, holzgetäfelten Saal im Park an der Westseite der Stadt, wo ein hakennasiger, glatzköpfiger Igor Strawinsky manchmal den Taktstock geführt hatte – lauter Dinge, die Carl Brandstetter zu Tode gelangweilt hätten. Also waren die beiden jungen Leute allein hingegangen. Und auch zu politischen Versammlungen, die seinen Vater vielleicht nicht gelangweilt, aber sicher erzürnt hätten.

Außerdem hatte es da ein kleines Café gegeben, nicht weit von seiner Schule entfernt, wo er und Lisa sich manchmal zum Mittagessen trafen – starker, guter Kaffee, frisch gebackenes, duftendes Brot, Regentropfen an beschlagenen Fensterscheiben. Hatten sie sich wirklich so oft getroffen? Zu oft, wahrscheinlich. Aber natürlich hätte sich sein Vater keine Gedanken zu machen brauchen. Selbst wenn Lisa in der Lage gewesen wäre, ihm untreu zu werden, was keineswegs der Fall war – er konnte mit Mädchen sexuell nichts anfangen. Doch sein Vater wusste das nicht. Hätte die Ehe bestehen können, wenn Dave damals den Mut gehabt hätte, es seinem Vater zu sagen? Vielleicht. Aber er hatte diesen Mut nicht aufgebracht. Erst nach dem Krieg, als Lisa längst fort und vergessen war, wie all die anderen.

Jetzt sagte er: »Ist sie denn wie Lisa?«

Sein Vater lächelte dünn. »Sie gleicht Lisa etwa so sehr, wie dein Mr. Sawyer Rod gleicht.«

»Äußerlichkeiten.« Dave zuckte mit den Schultern und trank sein Glas aus. »Gefährlich trügerisch.« Er rutschte von der Schreibtischkante.

Sein Vater hielt das Glas in der Hand und runzelte die Stirn, als würde er sich Sorgen machen. »Etwas nicht in Ordnung zwischen euch?«

»Ein bisschen Verwirrung darüber, wer denn nun tot ist und wer lebt. Aber wenn es eine Möglichkeit gibt, die Angelegenheit zu klären, dann werde ich sie klären.«

»Du könntest es ebenso gut sein lassen«, sagte sein Vater.

»Das ist deine Art, nicht meine.« Dave nahm den Mixbecher und schenkte sich und seinem Vater nach. Es ging genau auf.

»Arbeitet er inzwischen?«, fragte Carl Brandstetter.

»Er hat bisher nur Stellenangebote aus Übersee bekommen. Zu geheim, um darüber zu reden. Bis heute früh wenigstens hatte er keine Lust, wieder nach Europa zu gehen.«

Sein Vater wollte etwas fragen, sah dann aber davon ab, weil Miss Tanney die Tür öffnete. Sie hatte es fertig gebracht, in einem Körper, der nur aus gebleichten Knochen zu bestehen schien, sechzig Jahre lang das Wesen eines nervösen, fünfjährigen Mädchens zu erhalten. Ihr Mund war ständig in Bewegung, ihre Augen vor Angst weit aufgerissen. Und alles, was sie zu berichten hatte, teilte sie in einer Art geflüstertem Schreien mit. Besonders, wenn Carl Brandstetter gegenwärtig war, der leitende Direktor und Vorsitzende des Aufsichtsrats.

»Entschuldigen Sie. Mr. Sam Wald ist nicht mehr Mitglied des Autorenverbandes, aber man hat mir seine Adresse gegeben, genau wie Sie gesagt haben.« Sie hielt Dave mit ihrer blau geäderten Hand, die stark zitterte, eine Notiz hin.

»Danke«, sagte er. »Die Akten hier können Sie mitnehmen.«

Sie nahm sie und entfloh.

14

Die Straße glich einem geschwungenen Betonregal, auf der einen Seite weiße, mediterrane Häuser, auf der anderen Seite ein steiler Abgrund, mit einem hohen Geländer aus Eisenrohr begrenzt. Vom Rand der Straße ging es sechs Meter fast senkrecht nach unten, bis zu den Dächern fast identischer Häuser, die das nächsttiefere Betonregal bildeten, und hinter vertrockneten Wedeln hoher Palmen wurden gerade noch die Dächer des dritten Regals sichtbar. Hier oben gab es nicht genügend Erde für Pflanzen. Meist waren es nur Büschel spanischen Bajonettgrases und Bananenstauden in Töpfen neben den Haustüren.

Sam Walds Haustür war einmal schwarz lackiert gewesen, aber die Farbe blätterte an vielen Stellen ab und warf große Blasen. Dave drückte auf einen Klingelknopf. Er schien nicht zu funktionieren. An der Tür hing ein halb verrosteter, schwarzer Klopfring. Er schlug damit gegen das Holz. Am Ende der rot gefliesten Terrasse erwachte eine fette grau gestreifte Katze aus dem Schlaf, streckte sich, setzte sich auf und begann mit der Körperpflege. Sie erinnerte Dave an Tatiana, die alte Katze, die Rod und ihm gehört hatte. In der Tür öffnete sich ein kleines Fenster hinter einem schmiedeeisernen Gitter. Ein blutunterlaufenes Auge schaute heraus.

»David Brandstetter«, stellte er sich dem Auge vor. »Medallion Lebensversicherung, Abteilung Auszahlungen bei Todesfällen. Es geht um John Oats, den Buchhändler. Er ist tot.«

Die Stimme, die ihm antwortete, klang rau und erschöpft, als hätte sie ein ganzes Spiel lang die Verlierermannschaft angefeuert. »Ich dachte, mit dem Tod hat alles ein Ende.«

»Jemand war ganz Ihrer Meinung«, antwortete Dave. »Ich möchte wissen, wer. Oats hatte Kontakt mit Ihnen. Vielleicht können Sie mir helfen.«

»Ich kann mir selbst nicht helfen.« Aber ein Schnappschloss klickte, eine Kette rasselte, und die Tür ging auf. Der Mann, der sie öffnete, war klein und untersetzt. Er trug einen grauen Trainingsanzug, der für einen ebenso großen, aber wesentlich dünneren Mann gedacht war, vielleicht für Sam Wald vor dreißig Jahren. Das Oberteil war hochgerutscht. Die Hose kam nicht nach. Ein Wulst nackten Fleisches trat hervor. Der Anzug hätte gewaschen werden müssen. Die fleckigen Tennisschuhe passten dazu. Keine Socken. Schmutzige Knöchel. Ein viertägiger Stoppelbart verdunkelte Walds Wangen. Er hatte seine spärlichen Haare nicht gekämmt. Seine Lippen waren trocken und aufgesprungen. Er leckte sie mit einer grauen Zunge und kniff die Augen gegen die strahlende Nachmittagssonne zusammen. Dann krächzte er: »Na schön, meinetwegen. Kommen Sie rein.«

Er zuckte mit den Schultern, machte eine hilflos wirkende Geste mit beiden Händen und wandte sich um. »Entschuldigen Sie, wie's hier aussieht. Bin beschäftigt. Keine Zeit. Kann mir keine Putzfrau leisten. Kann mir gar nichts mehr leisten. Nicht mal die Miete. Dachte schon, Sie wären der Hausbesitzer. Seit drei Jahren wohn ich hier, und der Scheißkerl macht wegen einem Monat schon Ärger.«

Dave sah warum, als er die Tür geschlossen hatte und durch die Diele hinunter in das tiefer gelegene Wohnzimmer trat. Ein großer, schön geschnittener Raum. Parkettboden. Die Sessel gute Louis-Quinze-Imitationen, genau wie das Sofa. Aber verwahrlost. Schmutzige Wäsche lag auf dem Aubusson-Teppich, auf den Petit-Point-Bezügen kleiner Fußschemel. Auf zierlichen, weißgoldenen Tischchen standen offene Suppendosen, halb ausgegessene Dosen mit Cornedbeef und Bohnen, auf denen sich der Schimmel vermehrte. Cloisonné- und Meißener Porzellan verlor sich zwischen zerknüllten Kartoffelchips-Tüten, durchweichten Milchkartons, eingetrockneten Pizzastücken. Eine Ormolu-Uhr auf dem weißen Kaminsims war stehen geblieben, als habe sie Angst vor den vielen leeren Wodkaflaschen. Es roch nach Fäulnis.

»Ich bin zweimal für den Oscar nominiert worden.« Wald suchte sich einen Weg durch das Chaos, ging auf ein paar Treppen mit hübschem, schmiedeeisernem Geländer zu, nahm ein schmutziges Hemd, das an einem Bügel am Geländer hing, schaute es an, als wüsste er nicht, was das sei, und ließ es fallen. »Aber glauben Sie, ich könnte heute noch ein Drehbuch verkaufen? Ich bekomme nicht mal mehr einen Agenten.«

Dave folgte ihm die Treppe hinauf. In dem Raum oben stand ein schöner, antiker Schreibtisch mit einer großen elektrischen Schreibmaschine. Ihr Motor brummte leise. In der Maschine steckte eine zur Hälfte beschriebene Seite, und daneben lag ein Stapel beschriebener Blätter. Außerdem sah Dave auf dem Schreibtisch eine Flasche billigen Wodka, eine Dose Orangensaft und ein von Fingerabdrücken verschmiertes Glas, das vermutlich eine Mischung aus beidem enthielt. Ein paar Taschenbücher lagen herum. Wald nahm eines davon in die Hand, und sein Mund verzerrte sich angewidert.

»Da, sehen Sie, was ich jetzt schreibe.« Er hielt ihm das Buch hin. Dave nahm es und setzte sich seine Lesebrille auf. Der Einband des Taschenbuchs zeigte ein Farbfoto von zwei Mädchen in schwarzen Spitzen-BHs und schwarzen Höschen, die auf einer Couch knieten und einem blassen jungen Mann mit Schnurrbart die Hose auszogen. »Porno. Billige Pornos. Und davon kann man noch nicht mal leben. Aber ich bin dabei, mich nach oben zu arbeiten. Für das erste Buch haben sie mir achthundertfünfzig gezahlt. Jetzt schreibe ich das vierte, und ich bekomme einen Tausender. Das ist allerdings die Obergrenze, mehr zahlen sie nicht. Sie wollen ständig neue Ware. Also sorgen sie dafür, dass du hungrig bleibst. Kein Mensch, der genug zum Leben hat, würde solchen Dreck schreiben.«

Er legte das Buch wieder auf den Schreibtisch und ließ sich dann auf den geschnitzten, vergoldeten Stuhl fallen, der vor der Schreibmaschine stand. »Es hat Jahre gegeben, in denen ich hunderttausend Dollar verdient habe. Ein Jahrzehnt, in dem ich nie weniger als fünfzigtausend verdient habe.« Seine Hand langte mechanisch nach dem Glas, das nicht nur Orangensaft enthielt. Während er es halb austrank, warf er einen finsteren Blick auf den Text, der in der Schreibmaschine steckte. Er stellte das Glas ab, legte die kurzen, dicken Finger auf die Tastatur und hämmerte einen Satz hinein. »Ekelhaft«, sagte er.

»Sie müssten ein Buch pro Woche schreiben«, sagte Dave. »Können Sie das?«

Die Frage ist nicht, ob ich es kann«, antwortete Wald und trank den Rest aus, der sich noch in dem Glas befand, nahm dann die Wodkaflasche mit der einen Hand, die Orangensaftdose mit der anderen und goss das Glas wieder voll.

»Vielleicht wäre es leichter ohne den Stoff«, meinte Dave.

»Ohne den Stoff wäre es unmöglich.« Wald schaute an Dave vorbei. »Was willst du?«

Eine sehr magere Frau stand unter dem Türbogen. Ihr schmuddeliger, lavendelfarbener Morgenrock verdeckte ihre Brüste nicht ganz. Es waren volle, runde Brüste, wie schöne Früchte an einem sterbenden Baum. Ihre Haut war leichenblass, fast durchscheinend. Ihre Augen waren sehr groß, in der Farbe des Morgenrocks. Das einzige Make-up, das sie trug, war ein Eyeliner. Unter dem Arm hielt sie einen kleinen, beigefarbenen Hund mit rauem Haar.

»Er muss raus.« Ihre Stimme klang tief, die Betonung wie auf einer Bühne. Es hörte sich an, als zitiere sie aus der *Antigone*. Eine der besonders tragischen Zeilen. Dave vermutete, dass er sie schon einmal gesehen hatte. In einem Film. Vielleicht sogar in mehr als einem. Damals hatte sie mehr gewogen, aber der Knochenbau, der ihre gute Figur ausmachte, war noch immer derselbe. Ihr Haar war kurz geschnitten. Wahrscheinlich hatte sie ein paar Perücken in der Garderobe hängen. Wenn sie sie für einen Augenblick aufgesetzt hätte, wäre Dave vermutlich eingefallen, wer sie war. Ein mäßig bekannter Name, dachte er. »Ich kann nicht mit ihm gehen«, sagte die zerstörte Stimme. »Ich bin nicht angezogen.«

»Dann zieh dich an«, sagte Wald. »Ich bin beschäftigt.«

»Du sollst ihn rausführen!«, kreischte sie und warf den kleinen Hund nach ihm. Er fiel auf den Boden und schlitterte, mit seinen Krallen verzweifelt Halt suchend, gegen die Wand. Er jaulte auf und blieb zitternd dort sitzen. Seine Augen blitzten ängstlich hinter buschigen Haarsträhnen. Dave schaute sich um. Die Frau war weg. Wieder bei ihren Amphetaminen, zweifelsohne. Wald hatte sich nicht bewegt. Er saß immer noch da und starrte den Text in der Schreibmaschine an.

»Gibt es eine Leine?« Dave ging zu dem kleinen Hund hin, kniete sich nieder und streckte vorsichtig die Hand nach ihm aus.

Walds Stimme klang benebelt. »Was?« Die Stuhlbeine kratzten über den Boden. Er kam mit einem tiefen Seufzer auf die Füße. »Ja, ja. Es gibt eine Leine. Aber Sie brauchen ihn nicht Gassi führen. Warum, zum Teufel, sollten Sie das tun?«

»Sie sind beschäftigt«, sagte Dave. Der Hund drückte sich winselnd in eine Ecke. Dave berührte seinen Kopf, der so klein und zerbrechlich wirkte wie eine Teetasse aus Porzellan. Er kraulte ihn sachte hinter den seidigen Ohren. Der Hund zuckte zurück, schnappte aber nicht nach ihm und ließ sich hochheben. »Wo finde ich die Leine?«

»Ich lebe in einem gottverdammten Alptraum«, sagte Wald. Er ging rasch an Dave vorbei und die Treppe hinunter. Dave folgte ihm, den Hund auf dem Arm. Auf einem kleinen, vergoldeten Tischchen neben der Treppe, die nach oben führte, kramte Wald zwischen ungeöffneten Briefen und Rechnungen und Zeitschriften herum, die noch in den Banderolen steckten. Er fand einen Lederriemen mit einer Schlaufe. Während der kleine Körper vor Freude zitterte, befestigte Dave die Leine am Halsband. Dann setzte er den Hund auf den Boden und öffnete die Tür. Der Hund zerrte an der Leine. Dave konnte verstehen, dass er ins Freie wollte. Was er nicht verstehen konnte, war, dass der Hund, sobald er sein Geschäft in den Geranienbüschen vor dem Haus erledigt hatte, sofort wieder hineinwollte. Er kratzte wie wild an der Haustür, bis Dave sie öffnete. Kaum hatte er die Leine vom Halsband abgehängt, rannte der Hund durch den verwüsteten Wohnraum und die Treppe hinauf. Er war genau so verrückt wie die übrigen Hausbewohner.

Wald hämmerte auf der Schreibmaschine, als Dave zurückkam. Er hatte die Seite zu Ende getippt. Er riss sie aus der Maschine und legte sie auf den Stapel zu den anderen. Dann schaute er Dave an. »Danke«, sagte er. »Ich gehe ungern tagsüber hinaus, so wie ich aussehe.«

Das erinnerte Dave an John Oats, der nur nachts Schwimmen ging. »Was wollte Oats, als er Sie angerufen hat?«

Wald stieß eine Art Lachen aus. »Geld. Keiner ruft mich mehr an, außer wenn's um Geld geht. Warum wollen die Leute immer das von einem, was man selber nicht hat?«

»Offenbar wusste er das nicht.« Ein eleganter Bücherschrank stand an einer der Wände, mit schönen Lederbänden hinter Glas, Reihe um Reihe, die so aussahen, als seien sie seit vielen Jahren gesammelt und gepflegt worden. Dave setzte seine Lesebrille auf und schaute die Buchrücken an. Hallams *Geschichte Englands,* zwei dicke, flaschengrüne Bände, handgebunden und handvergoldet. *Essays von Elia* in einem zimtbraunen Ledereinband, mit einer geprägten Rose auf dem Rücken. Symonds' *Benvenuto Cellini* in schimmerndem Schwarz mit strenger Goldprägung. Dave hockte sich hin und betrachtete die unteren Regale, die für großformatige Bände bestimmt waren.

»Er wusste es«, sagte Wald. »Ich habe eine Menge Bücher bei ihm gekauft. Dann musste ich damit aufhören. Vor ein paar Jahren.«

»Also sind Sie nicht zu ihm gefahren?«, fragte Dave.

»Wozu denn? Es ist verdammt weit von hier.«

Dave stand auf, nahm die Brille ab, steckte sie ein und schaute Wald an. »Sie lügen«, sagte er. »Sie sind zu ihm gefahren. Vielleicht nicht gleich nach dem Anruf, aber später. Er hat Sie noch einmal angerufen. Und dieses Mal sind Sie gefahren.«

Wald starrte ihn an. »Wer hat Ihnen das gesagt? Er war allein dort.«

Dave zeigte auf den Bücherschrank. »Die Lücke im Regal sagt es mir, sie ist groß genug für drei Foliobände. *Cooks Entdeckungsfahrten, die erste Reise,* die Erstausgabe, in Kalbsleder. Sie haben sie auf dem Tisch liegen gelassen, in John Oats' Haus in Arena Blanca. In der Nacht, als er ermordet wurde.«

»Ermordet?« Wald hatte sich halb erhoben. Aber seine Beine trugen ihn nicht, und er wusste es. Er ließ sich wieder zurücksinken. »Hören Sie«, sagte er mit rauer, zittriger Stimme, »ich bin hingefahren, ja. Er hat mich noch mal angerufen. Und, na ja, verdammt, er hat mir Leid getan. Nein, ich hatte nicht viel. Aber ich war wenigstens gesund. Armer Teufel.«

Dave schüttelte den Kopf. »Das kaufe ich Ihnen nicht ab, Wald. Sie stecken in finanziellen Schwierigkeiten. Aber Sie haben kein einziges dieser Bücher verkauft, bis auf die drei, die Sie Oats gebracht haben. Wenn Sie die Sammlung verkaufen würden, könnten Sie vom Erlös eine ganze Weile leben. Aber Sie verkaufen nichts. Lieber schreiben Sie Zeug, das Sie selbst widerlich finden, als dass Sie sich von diesen Büchern trennen.«

»Vorher würde ich *sie* verkaufen.« Wald wies mit einem Kopfnicken auf den Bogengang. »Aber niemand würde sie nehmen.«

»Warum sind Sie dann mit den drei Bänden zu John Oats gefahren? Ich kenne die Katalogpreise nicht, aber ich könnte mir vorstellen, dass sie eine Menge wert sind.«

»So viel auch wieder nicht. Vierzig, fünfzig Pfund.«

Dave kniff die Augen zusammen. »Hundertdreißig Dollar?«

»Im Rechnen sind Sie gut«, sagte Wald.

»Aber er wollte mehr«, erklärte Dave. »Viel mehr. Und keine Bücher, sondern Bargeld. Bücher hatte er selbst. Er brauchte Geld. Für Morphium. Wenn man süchtig ist, versucht man verzweifelt, irgendwie an Geld zu kommen, Wald. Warum haben Sie nicht die Bücher verkauft und ihm das Geld gegeben? Warum haben Sie sich überhaupt um ihn gekümmert?«

»Ich habe es schon gesagt – er hat mir Leid getan.«

»Mehr als Sie sich selber? Das glaube ich nicht.«

»Sie brauchen mir nicht zu glauben«, sagte Wald. »Verschwinden Sie.«

»Nennen Sie mir einen unverdächtigen Grund, warum Sie an jenem Abend bei John Oats waren, als ihn jemand bewusstlos geschlagen und dann in die Brandung hinausgezerrt hat, damit er ertrinkt, dann haue ich ab. Nein, lassen Sie mich raten. John Oats hatte ein erstaunlich gutes Gedächtnis. Er vergaß nichts, was er über Leute wusste, die er kannte. Offensichtlich war das meiste harmlos. Aber nicht alles. Er wusste etwas, was Ihnen schaden konnte.«

»Jetzt noch?« Walds Lachen klang finster. »Sie machen Witze.«

»Oh, es könnte noch schlimmer kommen. Sie könnten im Gefängnis sitzen.«

Wald drehte sich, um nach seiner Wodka-Orangensaft-Mischung zu greifen. Dabei machte er eine ungeschickte Bewegung und hätte beinahe das Glas umgestoßen. Er bekam es zitternd an die Lippen. Er trank zu schnell, verschluckte sich, musste husten. Als er wieder Luft bekam und sich das Gesicht mit der Hand abwischte, sagte Dave:

»Ich kann nur vermuten, aber Sie werden mich sicher verbessern, wenn ich etwas Falsches sage. Sehen Sie, da Oats wusste, dass Sie pleite waren, wäre es unlogisch gewesen, Sie um Hilfe zu bitten. Aber Sie waren nicht der Letzte, an den er sich gewendet hat. Sondern einer der Ersten. Es gab irgendeinen Grund, weshalb sie ihm helfen *mussten*. Vermutlich glaubte er, dass Sie einen Teil Ihrer Bibliothek verkaufen würden. Aber so viel Angst hatten Sie auch wieder nicht. Sie versuchten, ihn mit *Cooks Entdeckungsfahrten* abzuspeisen, keineswegs die wertvollsten Bände Ihrer Sammlung. Jedenfalls weit von den fünfhundert Dollar entfernt, die er brauchte. Außerdem war er nicht in der Lage, herumzufahren und Bücher zu verscherbeln. Er wurde wütend, hat Ihnen mit dem gedroht, was er über Sie wusste, und Sie haben ihn niedergeschlagen. Was Sie danach getan haben, war dumm. Sie hätten wissen müssen, dass kein Mensch bei so starkem Regen schwimmen geht.«

»Moment mal«, sagte Wald. »Moment mal. Verdammt, ich hab es nicht getan. Ich hab nicht mal gewusst, dass er tot ist, bis Sie es mir gesagt haben. Ja, er wusste etwas über mich. Ich glaube, man könnte es Diebstahl nennen. Sehen Sie, nachdem ich Pleite gegangen bin, hab ich weiterhin Bücher bekommen. Nicht nur von *Oats & Norwood*. Von allen guten Antiquariaten. Auf Rechnung. Dann, als ich nicht mehr bezahlen konnte, haben sie mir den Kredit gestrichen. Sie wissen nicht, was das bedeutet.« Tränen stiegen in seine Augen und liefen durch seine Stoppeln. »Ich *liebe* Bücher. Nicht Bücher. Das da, verdammt, sind Bücher!« Er nahm die Taschenbücher und feuerte sie auf den Boden. »Ich meine gute Bücher, schöne Bücher. Ich träume nicht von Frauen, Brandstetter. Ich träume von Einbänden. Ich konnte nicht damit aufhören. Ich hab einfach weitergemacht. Nur dass ich mich an der Kasse vorbeigeschlichen habe.«

»Und eines Tages hat John Oats Sie erwischt«, sagte Dave.

Wald schloss die Augen, presste die Lippen zusammen und nickte. Schlug die Augen wieder auf und seufzte. »Er war sehr anständig. Aber eines Tages ist er hier vorbeigekommen. Sagte, er käme nicht oft nach Hollywood und wollte bloß mal vorbeischauen. Er glaubte wohl, ich würde verkaufen, er wusste, dass es mir dreckig ging. Aber er wollte bloß die Bücher sehen. Natürlich, wir interessierten uns ja beide für Bücher. Und da hat er *Cooks Entdeckungsfahrten* gesehen. Er hatte gehört, dass die Bände bei *Staggs* gestohlen worden waren. Das heißt, das wusste ich damals noch nicht, erst als er es mir letzte Woche am Telefon gesagt hat. Ich wollte nicht zu ihm fahren, aber ich wusste, dass mir gar nichts anderes übrig blieb. Sicher, ich hätte etwas verkaufen sollen. Aber ich hab es nicht fertig gebracht. Ich habe mich betrunken und bin wütend geworden. Dann hab ich die drei Bände geschnappt. Vermutlich hatte er auch die andern Bücher erkannt, die gestohlen waren. Es gibt noch andere, weit wertvollere. Aber er hat nur *Cooks Entdeckungsfahrten* erwähnt. Also dachte ich mir, ich bringe sie ihm und sag ihm, dass er damit machen soll, was er will. Notfalls hätte ich ihm was vorgeheult. Glauben Sie mir, das wäre nicht nur gespielt gewesen.

Aber – er war gar nicht da. Ich hab mich ein paar Mal verfahren, bis ich hingekommen bin. Der Ort liegt ab vom Schuss, und ich war breit. Als ich hinkam, war es schon dunkel. Im Haus brannte Licht, aber als ich klingelte, kam niemand an die Tür. Ich konnte schließlich nicht draußen im Regen stehen bleiben, nicht mit diesen Büchern. Die Haustür war nicht abgeschlossen. Also bin ich rein, hab nach ihm gerufen und mich umgeschaut. Er war nicht da. Okay, das konnte mir nur recht sein. Ich hab die Bücher auf den Tisch gelegt und bin abgehauen. Wenn ich ihn umgebracht hätte, hätte ich dann die Bücher dagelassen?«

Dave zuckte mit den Schultern. »Das kommt darauf an, wie aufgeregt Sie sind, wenn Sie einen Menschen getötet haben.«

»Sie sind wirklich ein sturer Schweinehund. Also gut, hören Sie zu. Ich hab ihn nicht umgebracht. Aber vielleicht war ich nicht der Einzige, den er unter Druck gesetzt hat. Und vielleicht hat es welche gegeben, die mehr zu verlieren hatten. Jedenfalls, vor mir war jemand anders da.«

»Schmutzige Fußabdrücke?«

»Noch besser. Während ich die Straße runtergefahren bin, dieses Stück, das zum Strand führt, ist mir ein Auto entgegengekommen. In einer Kurve. Meine Scheinwerfer haben das Gesicht des Fahrers genau erwischt. Selbst bei dem Regen hab ich ihn erkannt. Auch ein Stammkunde von *Oats & Norwood*. Ich habe ihn nicht persönlich gekannt, aber wir haben uns ein paar Mal im Laden unterhalten. Ein Glatzkopf. Professor an irgendeinem College. Fachmann für Thomas Wolfe.«

15

Während er an der Kreuzung Santa Monica Boulevard Ecke Western darauf wartete, dass die Ampel auf Grün schaltete, schlief er ein. Nur für ein paar Sekunden, aber er schlief. Die zweieinhalb Stunden vergangene Nacht, heute morgen, waren nicht genug gewesen. Ein wütendes Hupkonzert riss ihn hoch. Er würgte den Motor ab, und er wusste nicht gleich, was er tun sollte. Er sprang erst wieder an, als die Ampel schon wieder auf Gelb schaltete. Er schaffte es noch über die Kreuzung, aber die Autos, die er aufgehalten hatte, nicht mehr. Aufgebracht hupten sie ihm hinterher. Er murmelte einen unterdrückten Fluch und fuhr die letzte Viertelmeile besonders aufrecht sitzend.

Der Ferrari stand nicht in der Garage. Doug war nicht im Haus. Wahrscheinlich half er wieder in der Tierhandlung seiner Mutter aus. Dave ging mit schweren Schritten durch die von der untergehenden Sonne erleuchteten Räume, zog sich aus und trat unter die Dusche. Müde drehte er die Hähne auf und stellte sich unter den starken, heißen Wasserstrahl, stützte sich mit den Händen an der Wand ab, ließ den Kopf dazwischen hängen und die Wärme in den Körper eindringen. Das entspannte die schmerzenden Muskeln. Im dichten Dampf seifte er seinen knochigen Körper ein, spülte ihn dann ab und schaltete das Wasser auf eiskalt.

Aber auch davon wurde er nicht wach. Ihm wurde nur kalt. Zitternd und tropfend stieß er die weißen Schiebetüren auf, drehte am Thermostat, trocknete sich ab, zog den blauen Bademantel an und ging in die Küche, um sich einen Drink zu machen. Er sollte ihn wärmen und wieder auf Touren bringen. Denn er musste noch einmal nach Los Collados fahren, zu diesem schönen, traurigen alten Haus, um von Dwight Ingalls eine Erklärung zu verlangen – eine Erklärung, von der er jetzt schon wusste, dass sie ihn nicht glücklich machen würde. Er mochte Ingalls und hatte Mitleid mit ihm. Er wollte nicht hinfahren.

Während seine Finger den Hals einer Flasche Old Crow umklammerten, stand er da und betrachtete düster das rote Telefon an der Wand neben den Schwingtüren. Er konnte Campos anrufen, die ganze unangenehme Sache auf ihn abwälzen. Aber er wusste, dass er das nicht tun würde. Jetzt noch nicht. Erst ganz zum Schluss. Er goss Whisky ins Glas, fügte etwas Wasser hinzu und trank einen großen Schluck. Er schauderte und schloss die Augen, senkte den Kopf und lehnte sich an die Theke, bis er fühlte, wie sich die Wärme in seinem leeren Magen ausbreitete.

Er musste an John Oats denken, wie er morgens allein in der Küche von April Stannards rosa Haus am Strand gestanden haben mochte, den narbigen Oberarm abgebunden, während er eine Injektionsnadel in eine der geschwollenen Venen stach. Nachdem seine Zähne den Armriemen wieder losgelassen hatten, mochte er sich ebenso angelehnt haben, die Augen geschlossen und auf Entspannung wartend. Auf wessen Kosten? *Ein netter Mann* – Aprils Stimme hallte in Daves Kopf nach –, *ein wunderbarer Mensch, durch und durch.* Klar doch. Dave nickte, schlug die Augen auf, richtete sich auf. Dann nahm er noch einen großen Schluck aus dem Glas. Gott vergebe den Gläubigen.

Denn er, Dave, konnte das nicht. Dass sie die hässlichen Wahrheiten nicht akzeptierte, die er ihr berichten musste, war nicht so schlimm. Sondern dass sie sich zuvor so blind gestellt hatte, in jenen Monaten, als John Oats in ihrem Haus Zuflucht gesucht hatte, in ihrem Bett schlief, an ihrem Tisch aß. Das konnte ihr Dave nicht verzeihen. Sie musste etwas gemerkt haben. Das Haus war klein. Peter musste etwas bemerkt haben. Vielleicht war er deshalb weggelaufen. Vielleicht hatte John Oats sich deshalb geweigert, dem Mädchen den Grund dafür zu nennen. Das hatte sie verletzt, aber nicht tief genug, um sie wachzurütteln. Wie so vieles andere? Angewidert schüttelte Dave den Kopf, trank das Glas aus und ging ins Schlafzimmer, um sich anzuziehen.

Die Kommode klang hohl, als er die Tür aufmachte. Er runzelte die Stirn und zog die nächste Schublade heraus, in der sich Dougs Sachen befanden. Leer. Er ging durch den Raum, stieß sich an einer Ecke des großen Doppelbetts die Hüfte und riss den Schrank auf. Nur seine Sachen, nichts von Doug. Auch der Karton mit den Fotos von Jean-Paul war weg. Jetzt bemerkte er auch, dass im Bad Dougs Rasierzeug fehlte, sein Eau de Cologne. Im Wohnzimmer war es dunkel geworden. Er schaltete eine Lampe ein, ging in die Hocke und schob die Tür des Schallplattenschranks unter der Stereoanlage auf. Seine Platten, Bach, Ligeti – aber keine Edith Piaf, kein Jean Sablon.

Er stand auf und drehte sich im Kreis. Die weißen Bücherregale wiesen Lücken auf. Neben der Tür zum Patio stand ein kleiner weißer Sekretär. Er schaltete die Lampe ein, die darauf stand. Nichts. Aber neben seiner Reiseschreibmaschine stand ein kleiner Papierkorb in der Farbe der Kissen auf der Couch – und ganz unten lagen Papierfetzen mit Dougs Handschrift. Viele Fetzen. Doug musste einige Versuche unternommen haben, ehe er aufgegeben hatte. Dave griff nicht nach den Fetzen. Er stand nur da und schob den Papierkorb mit dem Fuß nach hinten. Er würde schon erfahren, was Doug ihm sagen wollte.

Das Haus der Sawyers stand auf der Rückseite des Grundstücks hinter dem Laden, unter zwei großen, dunklen Magnolienbäumen. Es war ein Holzhaus mit niedrigem Schindeldach, das wieder einmal getüncht werden musste. Die Veranda war ein Viereck aus rissigem, abgesacktem Beton. Sie wurde als Lager benutzt. Hier standen große Säcke mit Katzenstreu unter einer grünen Plane, die mit Sicherheitsnadeln befestigt war. Zwei Käfige rosteten vor sich hin, einer mit Vogelstangen darin, der andere mit einem Hamsterrad. Drei Aquarien mit gesprungenen Scheiben setzten Staub an. Ein schwarzweiß gefleckter Hund saß mit heraushängender Zunge in der Ecke. Plastik. Eine Reklame für Dosenfutter. Dave drückte auf den Klingelknopf.

Mrs. Sawyer bevorzugte bunte Schürzen mit Blümchenmuster, wenn sie im Laden arbeitete. Es war erst Viertel nach sechs, kurz nach Ladenschluss, und sie hatte die Schürze noch nicht abgenommen. Die kleine, rundliche Frau schaute durch dicke Brillengläser zu ihm empor. Durch ein dickes Brillenglas genau genommen, das andere war von innen mit weißem Mull beklebt. Vor Jahren hatte ihr ein nicht ganz so zahmer Sperber ein Auge ausgehackt. Das andere Auge strahlte für zwei. Sie warf den Kopf in den Nacken wie ein Vogel, und ihre Stimme klang wie ein Zirpen.

»Aha«, sagte sie. »Ich hab ihm gleich gesagt, dass Sie herkommen würden. Er war anderer Meinung. Er kennt Sie noch nicht besonders gut, hab ich Recht?«

Dave zog eine Augenbraue hoch. »Wie meinen Sie das?«

»Sie geben niemals auf. Das habe ich gemerkt, als Sie nach Fox Olson gesucht haben. Vergangenen Herbst. Eigentlich hätte Doug das damals auch schon merken müssen.« Das schwarze, funkelnde Vogelauge zwinkerte. Dann wurde sie ernst. »Ihr zwei habt euch gestritten, wie?«

»Nicht dass ich wüsste«, sagte Dave.

»Oh, das weiß man bei ihm genau.« Sie lachte. »Doug wirft mit allem Möglichen um sich, wenn er wütend ist.«

»Er hat nichts geworfen«, sagte Dave. »Ich würde ihn gerne sprechen.«

»Natürlich.« Sie trat zurück und bat ihn ins Haus, wie die sprichwörtliche Glucke. »Ich schlage vor, Sie bleiben zum Abendessen.« Es roch gut. »Das mache ich ihm immer, wenn er schmollt. Schinken und überbackene Kartoffeln. Sein Lieblingsessen. Das muntert ihn auf.«

Der Wohnraum mit der niedrigen Decke war übervoll mit Möbeln aus den vierziger Jahren. Die Polster trugen geblümte Schonbezüge. Auch die Vorhänge hatten Blümchenmuster, ebenso die Tapete oberhalb der weißen Holztäfelung. Auf einem gedrungenen Kaminsims über einem Gasofen tickte eine alte Standuhr im Holzgehäuse selbstzufrieden vor sich hin. Auf dem Boden ein ausgebleichter, handgeknüpfter Teppich. Hinter einem Raumteiler aus niedrigen Bücherregalen, in denen Porzellanvögel und Tiere hinter Glastüren gefangen waren, befand sich die Essecke mit einem ovalen Tisch, auf dem eine Obstschale stand. Dahinter hing ein Gestell für Zierteller. Die Teller waren mit Vogelmotiven bemalt.

Mrs. Sawyer sagte: »Er ist in seinem Zimmer.«

Dave war an Weihnachten hier gewesen und kannte die Räume des Hauses. Er ging nach hinten und klopfte an eine Tür. Keine Antwort. Er drehte den Knopf, schaute hinein. Dunkel. Aber Doug war da, er lag mit dem Gesicht zur Wand auf einem niedrigen Metallbett, über dem eine Flickendecke lag. Im schwachen Licht sah er sehr klein und mager aus, fast wie ein Kind. Daves Fuß stieß gegen einen offenen Koffer, der auf dem Boden lag. Doug gab einen verschlafenen Laut von sich, drehte sich um und tastete mit seiner bandagierten Hand nach einem Lichtschalter.

Es war eine alte Schwanenhalslampe, mit Klebeband repariert, das im Alter ergraut war. Sie erhellte einen zerkratzten Tisch aus Kiefernholz. Auf dieser Tischplatte hatte ein Junge einst Flugzeugmodelle zusammengebastelt, mit Schablonen bunte Tannenbäume für Weihnachtskarten ausgeschnitten und mit einem Schulkompass Kreise hineingeschabt. Dunkle Flecken ließen auf erste Versuche schließen, Skulpturen aus Lehm zu schaffen.

Dave kannte die Geschichte. Doug war damals fünfzehn gewesen. Er wollte sich einen nackten Mann töpfern. Wickelte ihn immer in ein nasses Tuch, wenn er nicht daran arbeitete – einerseits, um den Lehm feucht zu halten, andererseits aus Angst, seine Eltern könnten ihn sehen. Bevor es dazu kam, hatte er aufgegeben. Er war zu der Erkenntnis gelangt, dass er nicht einen Mann aus Ton brauchte. Stattdessen hatte er daraus einen Waschbären gefertigt und seiner Mutter zum Geburtstag geschenkt. Sie hatte ihn jahrelang auf einem Ehrenplatz in ihrem Laden aufgestellt. Doug wusste nicht mehr, was später aus ihm geworden war. Er sagte, er sei ziemlich schlecht gewesen. Aber Doug hatte Talent. Davon zeugten die Aquarelle, die immer noch an der Wand hingen. Nach dem Schulabschluss war er auf eine Kunstschule gegangen. Der Krieg hatte ihn in eine andere Richtung gewiesen. Er war bei der Air Force gelandet.

Jetzt sagte er: »Warum bist du hergekommen? Du hast mir gesagt, wie es ist, und genauso ist es.«

»Und du bist nicht bereit, das zu ändern?« Dave schloss die Tür und lehnte sich dagegen, die Hände in den Hosentaschen. »Ich bin wohl nicht die Mühe wert?«

»Das hast du gesagt.« Doug richtete sich auf und setzte die Füße auf den Boden. »Ich habe das nicht gesagt.«

»Aber du hast es mir deutlich gezeigt. Du hast nichts zurückgelassen. Nichts, um bloß keine Ausrede zu haben, noch einmal wiederzukommen. Damit wir noch einmal miteinander reden könnten.«

»Du meinst, damit du reden kannst und ich dir zuhören kann.« Doug strich sich eine Strähne seines ergrauenden Haars aus der Stirn, blinzelte ins Licht und nahm eine Zigarettenpackung aus dem Durcheinander von Kleingeld, Schlüsseln, zerknüllten Geldscheinen und Streichhölzern unter der Lampe. »Wenn man dich hört, liegt die Schuld ausschließlich bei mir.« Er zündete sich eine Zigarette an. Der Aschenbecher, in den er das abgebrannte Zündholz warf, war eine Neuerung in diesem Zimmer. Doug hatte nicht geraucht, als er vor fünfundzwanzig Jahren hier gewohnt hatte. Es war eine 200-Gramm-Katzenfutterdose. Auf dem Etikett schwenkte ein gestiefelter Kater seinen Federhut. »Dir fehlt es ein bisschen an Selbsterkenntnis. Aber so sind Leute nun mal, die von anderen immer richtiges Verhalten verlangen.« Er blies Rauch aus dem Lichtkegel, legte dann die Zigarette in die Katzenfutterdose, bückte sich nach seinen Hausschuhen und zog sie sich über die zierlichen Füße. »Der Splitter im Auge des andern.«

»Im Vergleich zu dem Balken in meinem eigenen«, sagte Dave. »Du hast Recht. Willst du versuchen, ihn herauszuziehen?«

Doug stand auf. »Nein.« Er lächelte Dave etwas schief an und schüttelte den Kopf. »Zu schmerzhaft. Und ich glaube nicht an die blöde Redensart: Wenn ich dir wehtue, ist es nur zu deinem eigenen Besten. Leute, die das behaupten, lügen. Es ist ihnen vielleicht nicht bewusst, aber es macht ihnen Spaß, anderen wehzutun.« Vor der Kommode standen Kartons. Er nahm zusammengelegte Kleidungsstücke heraus und legte sie in den Koffer vor Daves Füßen. »Ich kann niemand wehtun. Niemand. Und ganz sicher nicht dir.«

»Du gehst wieder nach Übersee«, sagte Dave.

Doug kehrte in die dunkle Ecke des Zimmers zurück, schob einen Karton zur Seite, kramte in einem anderen. An der Kommode war ovaler Spiegel befestigt. In ihm sah Dave, wie Doug nickte. »Nach England. Ich hätte mir viel Kummer erspart, wenn ich gleich dorthin gegangen wäre. Direkt von Frankreich aus. Ohne hierher zu kommen. Was, zum Teufel, hatte ich hier zu suchen?« Irgendetwas stimmte mit seiner Stimme nicht. Er versuchte es noch mal zu sagen. »Was, zum Teufel, hatte ich hier zu suchen?«

»Zum Beispiel mich.« Dave stieg über den Koffer, schob einen leeren Karton mit dem Fuß zur Seite, packte Doug an den Schultern und drehte ihn um. Er weinte. »Und ich bin immer noch hier. Ich bin bereit, alles in Ordnung zu bringen, aber du musst mir wenigstens sagen, was es ist. Ich weiß, dass du das nicht willst. Ich weiß, dass du immer nett sein willst. Das ist einer deiner besten Züge, einer der Gründe, weshalb ich nicht will, dass du nach England gehst.« Er schüttelte ihn behutsam. »Komm schon, Doug. Jetzt bist du dran. Ich werde dir nichts übel nehmen.«

»Ja. Okay.« Die Stimme schwankte, aber er nickte entschlossen. Er ging zum Tisch zurück, zur Zigarette, deren blauer Rauch nach oben stieg und in der tulpenförmigen Lampe verschwand. Er nahm die Zigarette, zog lange daran, dann wandte er sich Dave zu. »Du bist sauer, weil ich ein paar Bilder von ihm aufbewahre, ein paar Platten und ein paar Bücher. Du lebst in einem ganzen gottverdammten Haus, das von morgens bis nachts Rod Fleming zu dir sagt. Er hat es umgebaut, er hat es eingerichtet, die Möbel ausgesucht, die Teppiche, die Farbkombinationen, die Hähne im Badezimmer, sogar die verdammten Töpfe und Pfannen. Er hat dieses tuntige Bett ausgesucht. Seit November habe nicht ich mit dir in diesem Haus gewohnt. Nicht ich habe mit dir geschlafen. Sondern er. Du brauchtest gar keine Fotos von ihm aufzustellen. Madge hat es mir gesagt. Ich sehe ihm sehr ähnlich.« Er wollte nicht mehr rauchen und drückte die Zigarette im Aschenbecher aus. »Und du wirfst mir Jean-Paul vor. Himmel!«

»Fang jetzt nicht an, irgendetwas an die Wand zu werfen«, sagte Dave. »Sag mir lieber, was ich tun soll. Soll ich das Haus verkaufen?«

»Ja. Lass uns ein anderes suchen. Nicht eins für dich und Rods Geist. Für dich und mich.« Doug schloss die Augen. »Ach, Gott.«

Er ließ sich auf die Bettkante fallen, vergrub das Gesicht in den Händen. »Es tut mir Leid. Das wäre zu viel verlangt. Es ist ein wunderschönes Haus. Vergiss es. Ich hätte das nicht sagen sollen.«

Dave setzte sich neben ihn und legte ihm einen Arm um die Schultern. »Mach dir keine Vorwürfe. Du hast Recht. Ich hätte das Haus verkaufen sollen, nachdem er gestorben war. Das hat Madge auch gesagt. Morgen stelle ich ein Schild auf. Die Schlüssel gebe ich bei R. Fleming ab. Sie werden die Möbel zurücknehmen.«

Doug setzte sich auf und wischte sich mit dem Ärmel über die Augen. »Danke. Und nun zum undankbaren Teil. Ich werde dort nicht wieder hingehen, Dave. Ich werde nicht mehr mit dir in diesem gottverdammten Bett schlafen. Nie wieder.«

»Gut.« Dave lächelte und küsste den tränennassen Mund. »Wir gehen irgendwo anders hin.« Er dachte an Madge. Sie hatte Platz genug und würde sich freuen, sie bei sich aufzunehmen. Aber es war ihm eigentlich gleichgültig, wo, wenn er nur schlafen konnte. Er hatte sich noch nie so müde gefühlt.

16

Für den Bau des kleinen College von Los Collados waren nicht gerade üppige Mittel aufgewendet worden. Der Architekt, wenn es denn einen gegeben hatte, schien sich auf das Allernotwendigste beschränkt zu haben. Rote Ziegel. Rechtwinklige Konturen. Eine glatte Zahl einfacher Fenster und einfacher Türen. Wie eine Kinderzeichnung. Doch inzwischen waren Jahre vergangen. Längst hatte Efeu die Mauern überwuchert und die hässliche Fassade verdeckt. Die beiden Gebäude standen einander gegenüber, von einer leicht abfallenden, gepflegten Rasenfläche getrennt, die von alten Eichen überschattet wurde. Im Hintergrund, vor der Kulisse der Sierra Madre, ragte der spitze Turm einer Kapelle in den Himmel. An der Kreuzung vier gepflasterter Wege stand eine Statue aus grünspanbedeckter Bronze. Dave las das mit Vogeldreck bedeckte Schild an ihrem Sockel. *T. Knox McLeod, D.D.* Der Gründer. Gestorben 1913. Er hielt eine Bibel umklammert und schaute streng drein.

Runzelte er die Stirn? Zu seinen Füßen, entlang der Wege, saßen langhaarige, junge Männer mit wilden Pionierschnauzbärten und in abgetragenen Lederjacken im Gras und Mädchen in engen Latzhosen und Stiefeln. Einige von ihnen rauchten. Die Zigaretten sahen handgedreht aus und waren wohl nicht nur mit Tabak gefüllt. Aus Transistorradios dröhnte Rockmusik. Die entsprechend laut geführten Gespräche enthielten Wörter, über die Reverend McLeod vermutlich nicht entzückt gewesen wäre. Acht Uhr morgens war noch früh für Bier, aber in den Abfallkörben aus grünem Drahtgeflecht, an denen Dave vorüberkam, lagen die leeren Bierdosen des gestrigen Tages. Dave grinste und schüttelte den Kopf. 1913, das war lange her.

In der Bibliothek traf er nur ein kräftiges junges Mädchen in einem langen Hemd und schwarzer Strumpfhose an, das sich auf eine Theke aus Eichenholz stützte und die Beine abwechselnd wie an einer Ballettstange in die Höhe schwang. Die Schubladen eines hölzernen Karteischranks zeigten ihr an, wie hoch sie ihre Beine brachte. Sie hatte Dave den Rücken zugewandt. Die Tür ging geräuschlos auf, aber das Mädchen hörte, wie sie ins Schloss fiel, stellte das zweite Bein rasch auf den Boden und drehte sich um. Sie hatte einen zarten, cremefarbenen Teint, der jetzt leicht errötete. Doch sie geriet keineswegs in Verlegenheit, sondern wischte sich unbekümmert die Stirn mit dem Handrücken ab.

»Wenn man Gewichtsprobleme hat«, keuchte sie, »muss man etwas tun. Ich esse nichts – ich meine, buchstäblich nichts. Und trotzdem werde ich fett. Bäh! Sie dagegen, ich wette, Sie essen alles, worauf Sie Lust haben, und bleiben trotzdem schlank. Sie haben kein Pfund zu viel auf den Knochen.«

»Das ist eine Frage des Stoffwechsels«, sagte Dave. »Übertreiben Sie bloß nicht. Es macht sie nur älter, als sie sind.«

»Ich wette, Sie sind ziemlich alt«, antwortete sie, »aber Sie sehen nicht danach aus. Wie alt sind Sie?«

»Einhundertfünfundvierzig«, sagte Dave. »Können Sie mir sagen, wo ich das Verlagsbüro des College finde?«

Sie schaute ihn verblüfft an.

Er erklärte es ihr. »Vor ein paar Jahren hat ein Verlag namens Los Collados College Press ein Buch von Professor Ingalls veröffentlicht. Über Thomas Wolfe.«

»Ach, jetzt verstehe ich, was Sie meinen. Nein, es gibt kein richtiges Büro. Ich meine, das College veröffentlicht nicht viel. Was möchten Sie denn?«

»Mein Name ist Eugene Gant«, sagte Dave. »Ich lehre in Altamont in North Carolina.« Er beobachtete sie genau. Wenn sie *Schau heimwärts, Engel!* gelesen hätte, würde sie darauf reagieren. Sie hatte es nicht gelesen. Dave fuhr fort: »Ich arbeite an einer kritischen Bibliographie der Bücher und Artikel über Thomas Wolfe. Ich hätte gern die Rezensionen gesehen, die Dr. Ingalls für seine Arbeit erhalten hat. Normalerweise bewahren Verlage Kritiken auf.«

»Ja, klar. Die sind hier. Ich meine, natürlich nicht hier drinnen.«

Sie zeigte mit ihren dicklichen Fingern in eine unbestimmte Richtung. »Sie sind im Büro der Bibliothek.« Dabei nickte sie zu einer Tür am anderen Ende des Raums. Dave ging darauf zu. »Warten Sie. Da ist jetzt noch niemand.«

»Hier ist auch noch niemand«, sagte er.

»Das stimmt.« Sie zuckte mit ihren breiten, plumpen Schultern und kam hinter der Theke hervor. Dabei bewegte sie sich geschmeidig, fließend, wobei ihr Rocksaum überraschend schlanke Fesseln umspielte. Ihr langes Haar wehte wie eine Rauchfahne hinter ihr her. Es roch schwach nach Flieder. »Bitte schön.« Sie öffnete die Tür und segelte hindurch.

Dave folgte ihr. Schreibtische, Schreibmaschinen, Fotokopierer. Eine grüne Werkbank aus Metall, auf der eine Handpresse stand, mit der alte Bücher neu gebunden werden konnten. Ein Knäuel Baumwollfaden, um lose Signaturen wieder anzunähen. Werkzeug mit roten Handgriffen, um Katalognummern auf Buchrücken zu stempeln. Über der Werkbank, auf grünen Metallregalen zwischen Bündeln von Zeitschriften, warteten Bücher auf ihre Behandlung.

Aus einem grünen Aktenschrank mit vier großen Schubladen nahm das Mädchen eine Mappe, reichte sie ihm, lächelte ihn zum ersten und letzten Mal an und verschwand. Er setzte seine Lesebrille auf, ließ sich auf einen wackeligen Regiesessel sinken und blätterte eine halbe Stunde lang die vergilbten Ausschnitte durch – aus Zeitungen und Zeitschriften, vorwiegend aber aus akademischen und literarischen Vierteljahreszeitschriften. Zwanzig Minuten lang bezweifelte er, dass er mit seiner Vermutung richtig lag. Dann zweifelte er nicht mehr daran.

Mit grimmiger Miene legte er die Mappe auf den Aktenschrank und ging hinaus in die Bibliothek. Das Mädchen war mit dem Sonnenlicht, das durch die Fenster fiel, nicht mehr allein. Studenten saßen an Tischen und arbeiteten, knallten Katalogschubladen zu und spähten in die Regale. Das Mädchen war beschäftigt. Dave entdeckte den dicken Band mit Thomas Wolfes Briefen in einem der unteren Regale, hockte sich hin und las aufmerksam die traurigen letzten Seiten. Dann schob er das Buch wieder zurück, erhob sich steif, bedankte sich bei dem Mädchen und machte sich auf die Suche nach dem Büro der Finanzverwaltung.

Durch die verkrüppelten Pinien, die an der Straße standen, leuchtete der Himmel strahlend blau. Aber die Sonne stand noch nicht sehr hoch, und Dwight Ingalls Haus, das unterhalb der Straße lag, verborgen hinter dichten Büschen und Bäumen, ruhte in kalten Schatten. Dave zitterte und klopfte gegen die Fliegengittertür. Die Haustür aus Redwoodholz war dieses Mal geschlossen, wie ein schlafendes Gesicht. Er drehte sich um. Oben auf der Straße fuhr ein gelber Schulbus vorüber. Das Knattern seines Motors wurde von schrillen Kinderstimmen übertönt. Hügelabwärts bellte ein Hund. Dave hörte, wie die Tür geöffnet wurde, und wandte sich wieder dem Haus zu.

Ingalls stand im Türrahmen und blinzelte ihn schläfrig an. Er war barfuß. Seine Hände fummelten am Gürtel seines braunen Bademantels herum. Er erkannte seinen Besucher nicht sogleich. Dann glitt seine Hand zur Tür, als wollte er sie schließen.

»Nein, tun Sie das nicht.« sagte Dave. »Sie wurden gesehen, als Sie John Oats' Haus verlassen haben, an dem Abend, als er starb. Sie haben mir verschwiegen, dass Sie an jenem Abend bei ihm waren. Warum?«

»Es war –« Ingalls Stimme klang heiser. Er räusperte sich. »Es war die gleiche Situation. Er hat mich angerufen, weil er Geld haben wollte. Ich habe ihm Geld gebracht. Es hätte die Sache nur unnötig kompliziert, wenn ich das erwähnt hätte.«

»Jetzt wird es erst recht kompliziert«, sagte Dave. »Gestern haben Sie mir gesagt, Ihre Frau sei vor zehn Tagen gestorben. Gestern vor zehn Tagen ist John Oats ums Leben gekommen. Ich hatte den Eindruck, dass Sie Ihrer Frau sehr nahe standen. Wenn Sie nicht im College waren, haben Sie sich ständig um sie gekümmert. Aber ausgerechnet an jenem Abend waren Sie nicht bei ihr. Sie waren in Arena Blanca, hundert Meilen von hier entfernt, im Regen. Was hatte John Oats gegen Sie in der Hand?«

»In der Hand?« Ingalls Stimme war ein einziges Krächzen, und er war sogar für einen Menschen zu blass, der eben erst aufgewacht war. Sein Adamsapfel bewegte sich wie ein gefangenes Tier. »Ich weiß nicht, wovon Sie reden.«

»Er hat von seinen früheren Kunden Geld erpresst. Er hat es nicht geborgt, sondern erpresst. Sie waren nicht in der Lage, ihm Geld borgen zu können. Das haben Sie selbst zugegeben. Sie haben mir erzählt, dass Sie sich einen Vorschuss auf Ihr Gehalt geben lassen mussten, um ihm im Januar die ersten Hundert zu geben. Als ich von hier wegfuhr, dachte ich, dass das sehr hilfsbereit von Ihnen war. Aber Sie waren nicht hilfsbereit. Sie hatten Angst. Und diese Angst wurde immer größer. Ich habe eben mit der Finanzverwaltung gesprochen. Vor elf Tagen haben Sie sich einen weiteren Vorschuss von fünfhundert Dollar geben lassen. Angeblich für Ihre Frau, für einen Notfall. Korrekt?«

Ingalls' Hand glitt zum Haken der Fliegengittertür, zog ihn hoch und ließ ihn gegen den Rahmen fallen. Er schob die Tür nach draußen. Dave öffnete sie ganz. Ingalls wandte sich ab. Mit tonloser Stimme sagte er: »Kommen Sie rein.«

Dave betrat das Haus. Der schöne Wohnraum lag im Halbdunkel. Es war kühl und feucht wie in den meisten alten Häusern, die zu dicht von Bäumen umgeben waren. Es roch abgestanden nach Tabakrauch und alten Büchern. Ingalls machte keine Anstalten, die Dunkelheit zu erhellen. Dave wollte ihn sehen. Er bückte sich und zog an der Kette der Lampe mit dem gehämmerten Kupferfuß. Sie warf helle Kreise auf Boden und Decke. Ingalls Teint war wie Pergament. Er passte zu seiner Stimme.

»Ich brauche einen Kaffee«, sagte er.

Dave nickte und folgte ihm durch das düstere Esszimmer in eine Küche, in der sich das Geschirr neben der Spüle stapelte. Der Wasserhahn tropfte. Ingalls schaltete das Licht an, ging zu einem Herd, der aus der Zeit vor dem Zweiten Weltkrieg stammte, und hob einen Kaffeekocher von der kalten Herdplatte. Dave hörte Kaffee in dem Aluminiumgefäß schwappen. Ingalls entzündete die Gasflamme mit einem Streichholz, schüttelte es aus und sah Dave an. Trostlos.

»Sie lassen mich nicht aus den Augen, wie?«

»Der Mann, der Sie gesehen hat, wie Sie von Arena Blanca weggefahren sind, hat gesagt, dass niemand im Haus war, als er dort eintraf. Er kam an, als Sie gerade weggefahren waren. Oats war mit ihm verabredet. Und Oats hatte kein Auto, um irgendwohin zu fahren. Er hätte eigentlich im Haus sein müssen. Vor allem, da er verzweifelt versuchte, Geld aufzutreiben.«

Ingalls Lächeln war skeptisch, aber dünn. »Sie glauben, dass ich ihn umgebracht und danach hinaus in die Brandung geschleppt habe?«

»Es war immerhin der Abend, an dem genau das geschehen ist. Hatten Sie einen Grund, ihn zu töten?«

»Ihr Beruf«, sagte Ingalls, »lässt Sie die Dinge aus einer Perspektive betrachten, die mir fremd ist. Ich konnte mir noch nie einen Grund vorstellen, wie Sie es nennen, aus dem ein Mensch einen anderen umbringen könnte. Mein Leben während der vergangenen zehn Jahren drehte sich darum, den Tod so lange wie möglich von einem Menschen fern zu halten. So gut ich konnte. Leider nicht gut genug.«

»Vielleicht lügt mein Zeuge«, sagte Dave. »Vielleicht hat er John Oats getötet. War Oats noch am Leben, als Sie ihn verließen?«

Ingalls schüttelte den Kopf. Hinter dem Fenster über der Spüle spielten zwei Schmetterlinge in einem schrägen Sonnenstrahl Fangen. Schwarze Flügel mit gelben Rändern. *Nymphalis antiopa.* Ihr geläufiger Name passte nur zu gut hierher. Trauermantel. Ingalls beobachtete sie eine Weile, dann wandte er sich ab, öffnete einen Hängeschrank und nahm Tassen und Untertassen heraus.

»Nein«, sagte er. »Er war nicht da. Drinnen brannte Licht, die Tür stand offen, aber als ich klingelte, rührte sich nichts. Ich bin ins Haus gegangen und habe nach ihm gerufen. Keine Reaktion. Ich setzte mich hin und wartete. Rauchte eine Zigarette.«

»Drei«, sagte Dave. »Das dauert ungefähr eine halbe Stunde.«

»Mir ist es länger vorgekommen«, antwortete Ingalls. »Es war kalt.«

Auf dem Tisch einer Sitzecke unter einem anderen Fenster lag ein rot gestreiftes Zigarettenpäckchen zwischen Hausarbeiten von Studenten, verschiedenen Stiften und offenen Büchern. Ingalls nahm sich eine Zigarette heraus, zündete sie mit einem weiteren Streichholz an und fragte Dave durch den Rauch hindurch: »Als man ihn gefunden hat, hatte er da fünfhundert Dollar in der Tasche?«

»Er hatte nur eine Badehose an«, sagte Dave. »Der Bademantel, den er meistens trug, wenn er hinunterging zum Strand, lag auf dem Sand. Durchnässt, natürlich. Die Taschen waren leer.«

»Und hat die Polizei fünfhundert Dollar gefunden, als sie das Haus durchsuchte?«

»Sie haben das Haus nicht durchsucht«, sagte Dave. »Sie hielten es nicht für einen Mordfall. Auch jetzt noch nicht. Mord ist lästig. Macht viel Arbeit. Und Menschen ertrinken nun mal. Damit haben sie sich zufrieden gegeben. Dass John Oats ermordet wurde, war meine Idee. Glauben Sie, die Polizei sollte das Haus durchsuchen?«

Ingalls schüttelte den Kopf. »Es hätte wenig Sinn. Ich habe das Geld nicht dort gelassen. Es war niemand da, dem ich es hätte geben können. Ich habe es noch hier. Wenn Sie es sehen wollen –«

»Sie hätten es auch hier, wenn Sie ihn getötet hätten«, sagte Dave.

»Ich würde einen Menschen nicht für fünfhundert Dollar töten. Auch nicht für fünftausend oder für fünfhunderttausend.«

»Vielleicht hatten Sie Angst um Ihren Ruf«, sagte Dave. »Genau das glaube ich nämlich. Heute Morgen, in der Bibliothek des College, habe ich die Rezensionen über Ihre Arbeit gelesen. Die meisten waren hervorragend. Aber in einer Zeitung aus Seattle stand, dass Wolfes Tagebücher so, wie sie ursprünglich 1951 veröffentlicht wurden, vollständig waren. Der Kritiker war ein Freund des Journalisten, der Wolfe auf seiner letzten Reise begleitet hat. Er hatte noch nie etwas von den Ereignissen gehört, die in Ihrem Buch beschrieben werden. Er glaubt nicht, dass Wolfe das wirklich erlebt hat. Es war die einzige negative Kritik in der ganzen Mappe, aber es gab sie nun einmal. Danach habe ich in Wolfes Briefen nachgeschaut. Es stimmt, dass er manchen Leuten erzählt hat, er hätte auf dieser Reise dreißig- bis fünfzigtausend Wörter in sein Tagebuch geschrieben. Aber die Herausgeberin der Briefe meint, dass Wolfe den Umfang seiner Arbeiten stets überschätzt habe. Hat sie Recht? Hat der Mann in Seattle Recht?«

Ingalls starrte wieder das Fenster an. Die Schmetterlinge waren fort. Er schloss die Augen und nickte. »Ja.« Seine Stimme klang hohl. »Die Tagebücher waren eine Fälschung. John hat es gewusst. Es gab kaum etwas über einen zeitgenössischen amerikanischen Schriftsteller, das er nicht wusste. Anscheinend wurden sie im Nachlass eines Mannes gefunden, der in Spokane gestorben war. Er war ein Bewunderer von Thomas Wolfe gewesen. Er hatte seiner Familie erklärt, Wolfe habe ihm die Tagebücher gegeben, nachdem sie jemand für ihn abgetippt habe. Aber in dem Paket befanden sich drei zerknitterte Seiten, die wie ein Brief von Wolfe aussahen, den er angefangen und dann weggeworfen hatte. Die Handschrift auf den drei Blättern war echt, die in den Notizbüchern dagegen hatte jemand gefälscht.

Ein Händler hatte die Tagebücher in die Hand bekommen und sie John gezeigt. Der Händler wusste ebenso wenig wie die Familie des Mannes, dass es sich dabei um Fälschungen handelte. John sagte es ihm, meinte aber, er könne sie trotzdem verkaufen. Ich war der erste Interessent, an den er sich wandte. Aber ich hatte Hunderte von Manuskripten aus der Hand von Wolfe untersucht. In Harvard. In Chapel Hill. Ich wusste sofort, dass er diese Tagebücher nicht geschrieben hatte. Dennoch waren sie ein Geschenk des Himmels.«

Dave zog die Stirn in Falten. »Um sich beruflich zu verbessern?«

»Nein. Meine Stellung hier war sicher. Ich hatte nicht das Bedürfnis, Los Collados zu verlassen. Im Gegenteil. Aber da war Julia. Damals hatte ihre Krankheit angefangen. Sie brauchte Spezialisten. Das alles war unglaublich kostspielig. Ich hatte bereits Hypotheken auf das Haus aufgenommen und mir von Verwandten Geld geborgt. Keiner von uns hat reiche Verwandte. Also –« Er holte tief Luft, atmete wieder aus und ließ dabei die Schultern sinken. »Also habe ich die Echtheit der Tagebücher bestätigt und dem College geraten, sie zu kaufen. John hat einen gepfefferten Preis dafür verlangt, aber ich habe der Fakultät versichert, dass sie das wert seien. Das College hat einen ganzen Jahresetat dafür ausgegeben.«

»Und Oats hat den Erlös mit Ihnen geteilt?«

Ingalls nickte. »Fünfzig Prozent.« Es roch inzwischen stark nach Kaffee. Ingalls nahm den Kaffeekocher vom Herd und schenkte die kochende schwarze Brühe in die Tassen. »Als er mich zum ersten Mal anrief – am dritten Januar, glaube ich –, hat er mich nicht darauf angesprochen. Aber beim zweiten Mal sagte er, er habe die Einzelheiten über die Transaktion schriftlich niedergelegt, wolle sie von einem Notar beglaubigen lassen und dann an den Rektor des College schicken. Es sei denn, ich würde ihm Geld besorgen. Ich hab ihm gesagt, er solle zum Teufel gehen, und aufgelegt. Aber dann habe ich doch die Nerven verloren. Ich habe mir den Vorschuss geben lassen und bin zu ihm gefahren.« Ingalls lächelte schwach, als er Dave eine Tasse reichte. »Es war nicht gerade der beste Tag in meinem Leben. Aber ich habe ihn nicht zu meinem schlimmsten gemacht, Mr. Brandstetter. Ich habe niemanden getötet.«

Dave stellte die Tasse ab. »Kann ich telefonieren?«, fragte er.

Das Telefon stand in der schummerigen Diele. Das Zimmer, in das Dave schauen konnte, während er wählte, war leer. Selbst die Bilder waren abgenommen worden. Dunkle Stellen auf der ausgebleichten Jungmädchentapete zeigten, wo sie gehangen hatten. Ingalls stand neben ihm. Sein Blick wirkte genauso verloren. Als sich Campos meldete, sagte Dave: »John Oats hat seine ehemaligen Kunden erpresst, um Geld für seine Sucht zu bekommen. Zwei von ihnen waren an jenem Abend in Arena Blanca, als er starb. Einer hatte nicht mehr viel zu verlieren. Aber wenn Oats den anderen bloßgestellt hätte, wäre das für diesen Mann das Ende gewesen. Ich bin jetzt bei ihm. In Los Collados. Ich weiß nicht, wie Sie die Sache handhaben wollen. Aber ich bleibe bei ihm, bis Sie herkommen oder jemanden schicken.«

»Entschuldigen Sie sich bei dem Mann«, sagte Campos. »Peter Oats ist gestern Nachmittag gegen zwei hier reinspaziert. Ich wollte Sie benachrichtigen, aber Sie sind nie in Ihrem Büro und nie zu Hause.«

»Benachrichtigen? Was hat er denn gesagt?«

»Er hat gesagt, dass er seinen Vater getötet hat.«

17

Campos stützte seine zierlichen Ellbogen auf ein weißes Kunststoffregal und sprach durch eine Öffnung in der großen Glaswand mit einem jungen mexikanischen Mädchen, das eine weiße Orlon-Uniform mit Käppi trug. Hinter ihr hingen rostfreie Küchengeräte und bunte Plastikschilder. BURRITOS. CHILI-WÜRSTCHEN. TAMALES. COLA. LIMONADE. ORANGENSAFT. Campos schob Geldscheine durch die Öffnung. Das Mädchen reichte ihm einen Pappteller. Dann drückte sie ihm das Wechselgeld in die Hand. Er steckte es ein, drehte sich um und ging zu einem der Tische im Freien, wo bereits langhaarige Schüler und braun uniformierte Polizisten einer Motorrad-Patrouille beim Essen saßen. Er bemerkte Dave und blieb stehen. Seine Haut hatte die Farbe von dunklem Lehm. Er hatte dunkle Ringe unter den Augen. Seine Augen blickten Dave alles andere als freundlich an.

»Ich bin stocksauer auf Sie«, sagte er. »Die Mutter des Burschen hat mir erzählt, dass Sie nach ihm gesucht haben. Sie hatten ihn schon die ganze Zeit in Verdacht. Vermutlich wollte er das Geld der Versicherung einstreichen, bevor sein Vater die Police auf die junge Frau umschreiben konnte. Das ist eine Polizeiangelegenheit, Brandstetter. Sie hätten mich davon in Kenntnis setzen müssen.«

»Ein Verdacht ist noch lange kein Beweis«, sagte Dave.

»Ich hätte Ihnen bei der Suche nach ihm helfen können.«

»Glauben Sie denn, dass Sie ihn gefunden hätten?«

»Ich habe einen Haufen Leute, die entsprechend ausgebildet worden sind.«

»Klar. Ich bitte um Entschuldigung. Wo war er?«

»Das sagt er nicht. Aber was macht das schon. Er hat seinen alten Herrn wegen der Versicherung umgebracht. Das ist alles, worauf es jetzt noch ankommt.«

Gäste mit Tellern und Pappbechern kamen von der Theke des Selbstbedienungsrestaurants und balancierten ihre Last zu den Tischen. »Suchen Sie sich lieber einen Tisch«, sagte Dave. »Ich hole mir auch etwas und bin gleich bei Ihnen.«

Er stellte sich an und beobachtete, wie Campos hastig mit dem kleinen, bunten Plastikbesteck hantierte. Sein Teller war fast leer, als Dave am Schalter angekommen war. Also ließ er sich zu seinen Tacos mit spanischem Reis noch zwei Pappbecher mit Kaffee geben. Ein schwarzer Polizeibeamter mit braunem Sturzhelm hatte einen gestiefelten Fuß auf die Bank neben Campos gesetzt, beugte sich zu ihm hinab und erzählte ihm etwas Komisches. Rechts davon saß ein Mädchen mit langem, blassblondem Haar und rosa Großmutterbrille und las in einem Taschenbuch. Dave setzte sich Campos gegenüber, die Mittagssonne in den Augen. Der Polizeibeamte lachte, schlug Campos auf die schmale Schulter und ging.

Campos nahm die Kaffeetasse. *»Gracias.«*

Dave nickte, kaute, schluckte. »Wozu brauchte er denn das Geld? Wollte er nur, dass es in der Familie bleibt?«

Campos zuckte mit den Schultern. »Er ist heute Morgen beim Staatsanwalt. Vielleicht sagt er's ihm. Mit mir hat er nur zwei Dutzend Worte gesprochen, wenn überhaupt.« Er blies auf den heißen Kaffee. »Sein Vater hat ihm gesagt, dass er die Police auf das Mädchen umschreiben lassen wird. Da hat ihn der Junge niedergeschlagen, hat ihm die Badehose angezogen, den Bademantel, ihn die Treppe runter- und auf die Landspitze rausgetragen, ist mit ihm bis hinter die Felsen rausgeschwommen und hat ihn dort einfach losgelassen.«

»Reizend«, sagte Dave. »Kann ich mit ihm sprechen?«

Campos trank einen Schluck Kaffee. »Das entspricht nicht ganz den Vorschriften. Aber« – er zuckte mit den Schultern – »Sie haben uns den Tipp mit dem Krankenhaus gegeben. Die Steuerzahler sind Ihnen was schuldig. Natürlich könnte sein Anwalt das anders sehen.«

»Ein Pflichtanwalt?«

»Nein.« Campos nahm ein kleines Plastikröhrchen aus einer Tasche, öffnete es mit dem Daumen, schüttelte sich eine grüne Tablette in die Hand, warf sie sich in den Mund und spülte sie mit einem Schluck Kaffee hinunter. »Ich weiß nicht, wie die Polizei mit der Arbeit fertig geworden ist, bevor dieses Zeug hier erfunden wurde. Chemischer Schlafersatz.« Er steckte das Tablettenröhrchen weg. Er lachte kurz und freudlos. »Meine Frau wüsste gerne, wann es etwas Ähnliches für Sex gibt.« Er hielt Dave ein goldenes Zigarettenpäckchen hin. »Nein, seine Mutter hat ihm einen Anwalt besorgt. Wer sonst?«

»Sie standen nicht auf allzu gutem Fuß miteinander.« Dave nahm eine Zigarette. »Ich hätte gedacht, es wäre ihr gleichgültig, was mit ihm passiert.« Campos klickte ein Zippo auf. Die Flamme war im hellen Sonnenlicht kaum zu sehen. Dave hielt seine Zigarette darüber. Sie schmeckte voll und dunkel. Er las die Schrift auf dem Päckchen. »Eine neue Marke?«

»Die dreht man sich selbst«, sagte Campos. »Die Maschine kostet einen Dollar. Papier plus Filter und Tabak noch mal einen Dollar. Mein Ältester hat damit angefangen, und mir schmecken sie.«

»Aber das Drehen kostet Zeit. Haben Sie Zeit?«

Campos schüttelte den Kopf. »Er rollt sie für mich. Ich zahle ihm vierzig Cents für die Packung. Dabei macht er einhundert Prozent Gewinn. Er arbeitet nicht, hängt nur herum. Er ist zu schlau, um Polizist zu werden, und zu dumm für alles andere.« Er wischte sich den Schnurrbart mit einer fleckigen Serviette ab. Er stand auf, machte einen Schritt über die Bank und faltete den Pappteller zusammen, Pappbecher, Serviette und Plastikbesteck dazwischen zerquetscht. Dann hielt er unvermittelt inne und starrte an Dave vorbei auf die Straße.

Dave drehte sich um. Jenseits der Straße umgaben Rasenflächen, Blumenbeete und alte Eukalyptusbäume das Gebäude, in dem sich die Polizeistation von El Molino und das Gefängnis der Stadt befanden. Weiß, im spanischen Missionsstil. Ein Turm mit Tauben in der Mitte, rote Dachziegel. Die breite, weiße Treppe hinauf, zwischen zwei stämmigen, blonden Polizeibeamten mit 45er Revolvern an den Hüften, ging ein kleiner, dunkelhaariger junger Mann. Die Handschellen, die seine Gelenke auf seinen Rücken fesselten, funkelten in der Sonne.

»Das ist Oats«, sagte Campos. »Und ich sehe keinen Anwalt. Sieht so aus, als ob das Ihre Chance wäre. Vorausgesetzt, der Junge ist einverstanden.« Er ging zu einem glänzend weißen Abfalleimer, dessen Deckel die Form eines Nilpferdkopfes hatte, mit offenem Maul. Dave knüllte die Reste seiner Mahlzeit zusammen und folgte ihm.

Campos holte die Beamten und den Jungen vor einer Tür am Ende eines Korridors ein. Die Tür war mit Stahlplatten verstärkt, mit großen Riegeln versehen und hatte ein kleines, drahtverstärktes Sicherheitsglasfenster in Augenhöhe. Darunter hing eine Tafel mit der Aufschrift AB HIER FEUERWAFFEN VERBOTEN. Einer der Beamten klopfte mit etwas Kleinem, Metallischem gegen das Fenster. Der andere nahm Peter Oats die Handschellen ab. Die Kordjacke des Jungen sah genauso aus wie jene, die April abends am Strand angehabt hatte. Darunter trug er einen braunen Rollkragenpullover. Die Hosenbeine waren lose in kurze Stiefel gesteckt.

Als Campos ihn ansprach, drehte er sich um und schaute Dave an, der ein paar Schritte hinter Campos stehen geblieben war. Er sah hübscher aus als auf den Schwarzweiß-Fotos, die in der alten Mühle hingen. Selbst den Farbdias in Whittingtons Mülleimer fehlte der Glanz, der seine bronzebraune Haut so bemerkenswert machte. Was mit den Fotos übereinstimmte, war sein zarter Körperbau. Der Junge schenkte Dave einen Blick, wie ihn Judas nach dem Kuss von dem ehemaligen Zimmermann erhalten haben musste. Aber er nickte Campos zu.

In dem Raum mit den nackten, beigen Wänden, wo sie den Pfleger verhört hatten, setzte er sich auf einen der beigen Rohrstühle, rauchte eine von Campos' starken Zigaretten und beobachtete Dave über den Metalltisch hinweg. Ernst, ruhig, mit den braunen Augen eines knabenhaften Heiligen. Die Niederschrift seines Geständnisses lag vor Dave auf dem Tisch. Mit der Schreibmaschine getippt, ein Durchschlag, drei kurze, nüchtern abgefasste Absätze. Unterschrieben mit Kugelschreiber und einer Hand, die nicht gezittert hatte. *Peter Charles Oats.*

»Charles?«, fragte Dave.

»Nach dem Partner meines Vaters – Charles Norwood.«

Dave atmete tief ein. »Es ist Ihnen bewusst, dass meine Firma unter diesen Umständen jegliche Zahlungen entsprechend der Versicherungspolice Ihres Vaters zurückhalten muss. Jedenfalls soweit es Sie betrifft. Aber die Sache ist nicht so einfach. Sie könnte ziemlich kompliziert und teuer werden. Wir hätten gerne, dass Sie eine Verzichtserklärung unterschreiben.«

»Ja. In Ordnung.« Der Junge nickte.

Campos sah Dave mit zusammengekniffenen Augen an. »Sie meinen, Sie brauchen jetzt überhaupt nicht mit dem Geld herauszurücken?«

»Als die Police ausgestellt wurde, war Mrs. Oats die Begünstigte. Peter war ihr Nachfolger. Das heißt, wenn ihr etwas passiert wäre, hätte er die Summe bekommen. Dann hat John Oats die Police geändert, vor neun oder zehn Monaten, im Krankenhaus. Er hat Peter zum alleinigen Begünstigten gemacht.«

»Und wer bekommt das Geld jetzt?«

»Wenn Miss Stannard nicht beweisen kann, dass John Oats die Absicht hatte, die Police zu ihren Gunsten zu ändern – der nächste Verwandte. Also vermutlich Eva Oats.«

»Das ist nicht wichtig«, sagte Peter Oats.

Dave starrte ihn an. »Aber an jenem Abend war es immerhin so wichtig, dass Sie Ihren eigenen Vater umgebracht haben. Das ist doch unlogisch. Sie haben es so eingerichtet, dass der Mord wie ein Unglücksfall aussah. Die gerichtliche Voruntersuchung hat zu einem entsprechenden Ergebnis geführt. Captain Campos ist dieser Entscheidung gefolgt. Also wären Sie heil davongekommen. Sie hätten zurückkommen und kassieren können, wofür Sie ihn getötet hatten – zwanzigtausend Dollar. Aber Sie sind nicht zurückgekommen. Und jetzt sitzen Sie da und sagen, es sei nicht wichtig.«

»Wenn Sie an meiner Stelle wären, wäre es Ihnen noch wichtig?«

Dave zuckte mit den Schultern. »Sie haben sich selbst in diese Lage gebracht.«

»Aber Sie haben es gewusst.« Der Junge langte über den Tisch nach dem Aschenbecher, der vor Campos stand – ein kleiner, runder, bernsteinfarbener Glasaschenbecher. Er drückte seine Zigarette darin aus, schaute jedoch nicht hin. Er sah Dave an. »Meine Mutter hat es mir erzählt. Sie haben gewusst, dass ich ihn umgebracht habe.«

»Aber deshalb sind Sie nicht weggeblieben. Sie haben gestern zum ersten Mal etwas von mir gehört. Oder etwa nicht? Stand vielleicht jemand mit Ihnen in Kontakt – jemand, mit dem ich gesprochen hatte?«

Für Sekunden wurden die braunen Augen groß und rund. »Nein.« Er schüttelte rasch den Kopf. Aus Angst?

»Wo waren Sie? Bei *wem* waren Sie?«

»Bei niemand. Ich war bei niemandem. Ich war allein.«

»Nur Sie und Ihre Gitarre«, sagte Dave. »Das war ein Fehler, dass Sie die Gitarre mitgenommen haben. Daran merkte April, dass Sie da gewesen waren. In jener Nacht.«

Der Junge zog die Stirn in Falten. »Aber ich –« Er brach ab. »Kann ich bitte noch eine Zigarette haben?« Campos reichte ihm eine und gab ihm Feuer. »Danke«, sagte er.

»Sie haben mit Ihrem Vater zu Abend gegessen«, sagte Dave. »Nicht viel. Aprils Speisekammer war fast immer leer. Es gab Rührei, nicht wahr?«

»Ja. Nein. Ich erinnere mich nicht.«

»Und Rinderhack. Aus der Dose. Weder Sie noch Ihr Vater haben den Teller leer gegessen.«

Der Junge war aufgestanden. »Ich dachte, es geht um die Versicherung«, sagte er zu Campos. »Mein Anwalt hat mir geraten, keine Fragen zu beantworten.«

»Ihr Anwalt hat Recht.« Campos schob seinen Stuhl zurück. Die Stuhlbeine klapperten über den gefliesten Boden. Er stand auf, öffnete die Tür und lehnte sich in den Korridor hinaus. »Hayes?«, sagte er. »Libisky?« Die beiden blonden Polizeibeamten brachten den Geruch von Leder und Seife herein und nahmen Peter Oats mit sich fort.

Dave reichte Campos das Protokoll. »Das ist nichts wert.«

Campos schaute ihn erneut mit zusammengekniffenen Augen an. »Was wollen Sie damit sagen?«
Dave erhob sich müde. »Er war nicht einmal dort.«
»Wo war er denn dann? Warum hat er gestanden?«
»Das müssen wir herausfinden«, sagte Dave.
»Ich nicht«, sagte Campos. »Das Geständnis ist wasserdicht. Der Staatsanwalt ist damit zufrieden. Er wird noch zufriedener sein, wenn er das mit der Gitarre erfährt. Und ich hab zehn andere Dinge zu erledigen.«

18

Ein einzelner Scheinwerfer bohrte seinen weißen Lichtkegel durch die Dunkelheit des hohen Raums. Der Boden, auf den er traf, war schwarz gestrichen, so dass es nicht nach den Seiten streute. Das geschah nur dann, wenn sich der fette Whittington hindurchbewegte. Bis auf die rote Borte, den Kragen und die Manschetten war sein russisches Bauernhemd weiß. Es reflektierte das Licht bis hinaus in die ersten Reihen, die die Bühnenfläche umgaben.

Whittington trat aus dem Licht, und dunklere Gestalten bewegten sich wie die Schatten der Toten hindurch. Jungen, Mädchen, mit langem Haar, in Jeans und Pullovern, Manuskripte in den Händen. Abwechselnd sichtbar und unsichtbar, rezitierten sie Verse, die wie das Klagen von Kindern klangen, die sich in einer Höhle verlaufen hatten. Dave ging die teppichgedämpfte Treppe hinunter, hielt sich eine Hand über die Augen, um das Licht abzuschirmen, und entdeckte Whittington in der entgegengesetzten Ecke der Bühne, ein geschwollener Mond hinter Rauchwolken. Er ging um den düsteren Rand des Lichtkegels herum.

Whittington rief: »An dieser Stelle hörst du die Weiden rascheln, Natasha. Nein, du darfst dich nicht bewegen – nimm es einfach nur wahr. Bleib ganz ruhig stehen. Dann hebst du den Kopf. Nein, nein, mein Schatz. Verdreh nicht die Augen zur Decke. Heb ihn nur ein wenig. Langsam. Einen Zentimeter, und noch einen Zentimeter, bis du über das Publikum hinwegblickst. Nein, nein. Ausdruckslos. Ja, so. Na schön. Jetzt –«

Seine Stimme richtete sich an jemand anders.

»Das Rascheln hört auf, und Ivan und Marya fangen zu lachen an. Leichthin. Miteinander zufrieden. Ivan, du kommst herein, hältst Marya an beiden Händen, führst sie, und ihr lacht noch immer. Nein, rückwärts, Ivan, rückwärts – erinnerst du dich nicht? So, dass Marya Natasha vor dir sieht. Sie muss ihr gegenüberstehen. Geh hinaus und komm noch mal rein.« Er wandte sich an Dave. »Jetzt nicht. Ich probe.«

»Mir ist völlig klar, was Sie da tun. Mir ist allerdings nicht klar, was Peter Oats tut.«

»Ich sagte Ihnen bereits letztes Mal – ich hatte gehofft, es würde das letzte Mal sein –, dass ich nicht weiß, wo er sich aufhält.«

»Das ist jetzt nicht mehr das Problem«, erklärte Dave.

»Es war noch nie mein Problem.« Whittington verschränkte die Arme über seiner umfangreichen Brust und schaute den jungen Leuten zu, die sich im Halbdunkel bewegten. Die Natasha begann zu weinen.

Dave sagte: »Er sitzt hinter Gittern. Und behauptet, er hätte seinen Vater umgebracht.«

»Was?« Whittington wirbelte seinen wuchtigen Leib herum. Sein Mund bildete ein schwarzes Loch im undeutlichen, weißen Fleck seines Gesichts. »Was haben Sie da gesagt?«

»Sie haben mich schon richtig verstanden«, sagte Dave.

Whittington klatschte in die Hände. Ein lautes Geräusch, wenn man bedachte, dass es von zwei Kissen verursacht wurde. Die Marya tanzte um die Natasha herum. Sie begann zu singen, brach mit einem kleinen Aufschrei ab. Gelächter aus dem Dunkeln. Jemand pfiff auf einer Trillerpfeife. Es klang überrascht. »Ich glaube, der Kaffee ist fertig«, sagte Whittington zu ihnen.

Er führte Dave um die schwarze Trennwand herum und durch die längliche Garderobe hindurch. Am Ende, auf einem Tisch aus Packkisten, rumorte die große, funkelnde Kaffeemaschine, die Dave das letzte Mal draußen in der Vorhalle gesehen hatte. Ihr Lämpchen leuchtete rot zwischen plastikverpackten Keksen und Miniatur-Donuts, Zuckerpäckchen, löslicher Kaffeesahne und hölzernen Umrührstäbchen. Wie von Plato befreit, schwärmten die Höhlenkinder blinzelnd aus der Dunkelheit und umlagerten fröhlich schnatternd die Kaffeemaschine. Whittington führte Dave hinaus ins Freie, wo klares Sonnenlicht durch das Blattwerk riesiger Eukalyptusbäume fiel. Dann blieb er stehen und drehte sich halb um.

»Wollten Sie Kaffee?« Das Angebot klang mechanisch.

Dave schüttelte den Kopf.

Whittington runzelte die Stirn. »Er will seinen Vater umgebracht haben? Sie sagten doch, sein Vater sei ertrunken.«

Dave erzählte ihm, was in dem Geständnis stand. »Sein Vater war kein kräftiger Mann. Der Junge hätte es durchaus tun können. Vorausgesetzt, er kannte den Feuerwehrgriff.«

»Er kannte ihn.« Whittingtons Stimme klang wie betäubt. Ein Paar Schritte entfernt stand ein zehn Jahre alter Bentley, der dringend hätte gewaschen werden müssen. Das Verdeck war ausgebleicht und hing in grauen Fetzen herunter. Whittington hatte seine Leichtfüßigkeit verloren. Er schritt schwerfällig über den mit roten Blättern bedeckten Boden und lehnte sich an einen zerbeulten Kotflügel. »Ich habe ihm den Griff selbst beigebracht. Für ein Kriegsstück. Er musste einen schwarzen Jungen hochheben, der fast doppelt so schwer war wie er selbst.«

Dave ging zu ihm hinüber. »Obwohl es an dem Abend geregnet hat, war es fast windstill. Also gab es keine großen Wellen. Wenn er gut schwimmen konnte –«

»Wie ein Seehund. Aber töten?« Whittington runzelte die Stirn und schüttelte den großen Kopf. Eine Strähne blassroter Haare fiel ihm über ein Ohr. »Das konnte er nicht. Und seinen Vater? Er betete seinen Vater an. Ein charmanter Mann. Ich habe ihn eines Abends kennen gelernt. Schrecklich entstellt. Aber nach einer Minute fiel einem das nicht mehr auf. Wenn ich an ihn zurückdenke, habe ich ihn als gut aussehenden Mann in Erinnerung. Natürlich, Peter muss sein gutes Aussehen ja von irgendwem haben. Warum hätte er ihn umbringen sollen?«

»Die nahe liegende Antwort lautet: für eine Lebensversicherung in Höhe von zwanzigtausend Dollar. Jener Abend bot ihm die letzte Gelegenheit, an das Geld heranzukommen. Sonst hatte sein Vater kein Geld, das er ihm hätte hinterlassen können. Trotz all seiner persönlichen Katastrophen hat er immer noch die Prämien für die Lebensversicherung bezahlt. Und jetzt war er im Begriff, Peter aus der Police zu streichen. Ich weiß nicht, zu wessen Gunsten. Wahrscheinlich April Stannard.«

»Hübsches Mädchen«, sagte Whittington. »Ich habe gehört, dass sie und John Oats sehr verliebt waren.«

»Außerdem hat sie ihren gesamten Besitz verkauft, um seine Krankenhausrechnungen zu bezahlen. Sie hat sich um ihn gekümmert, hat ihm ein Zuhause gegeben, das Geld für den Lebensunterhalt. Das alles hat Peter gewusst. Sie ist auch zu Peter sehr gut gewesen.«

»Er mochte sie.« Whittington nickte. »Und er war verdammt anständig. Ich kann mir nicht vorstellen, dass er auf das Geld aus war. Wirklich nicht. Geld bedeutete ihm nichts. Wissen Sie, was ich oft zu ihm gesagt habe? In einer anderen Zeit, einer anderen Epoche, wäre er ein Heiliger gewesen. Aber Heilige sind nun mal aus der Mode gekommen. Wir haben keine Verwendung mehr für sie.«

»Davon bin ich nicht ganz überzeugt«, sagte Dave. »Ich habe heute Vormittag mit ihm gesprochen, und er hat gesagt, das Geld sei nicht wichtig. Ich glaube, er hat es ernst gemeint. Es war wohl nie wichtig. Ihm nicht.« Er schaute Whittington an. »Wie sehr hat er Sie geliebt?«

Whittingtons großes Gesicht lief rot an. Seine Stimme klang kalt. »In welchem Sinn benützen Sie das Wort?«

»Das können Sie selbst definieren«, antwortete Dave. »Sie waren seit vergangenem Juni ständig beisammen. Sie hatten sein Bild neben Ihrem Bett stehen. Sie haben ein Magazin voller Farbdias von ihm gemacht. Noch ehe er genügend Erfahrung hatte, gaben Sie ihm eine große Rolle in einem mottenzerfressenen Kostümstück, das niemand mehr aufführen würde, es sei denn, um einen hübschen Jungen in Strumpfhosen zu zeigen. Er war immer hier und kaum noch zu Hause. Seine Familie und seine Freunde waren der Meinung, er sei vom Theater besessen. War es das Theater, oder waren Sie das?«

Whittington richtete sich auf, schluckte. »Jetzt hören Sie mir mal gut zu. Ich habe Ihnen neulich schon gesagt –«

»Mich interessiert viel mehr, was Sie mir verschwiegen haben. Dass die Stadt Ihnen die Subventionen gekürzt hat, dass Sie das Theater hier aus Ihrer eigenen Tasche bezahlen. Und dass diese Tasche fast leer ist.«

»Und was« – Whittington versuchte, energisch zu sprechen, aber er war blass geworden – »hat das mit Peter zu tun?«

»Mit zwanzigtausend Dollar könnten Sie hier eine ganze Weile weiterarbeiten.«

Whittington starrte ihn an. »Sie müssen den Verstand verloren haben.«

»Ich glaube nicht. Peter hat seinen Vater geliebt. Das sagt jeder. Sie waren unzertrennlich. Dennoch hat er ihn einfach verlassen. Ganz plötzlich. Niemand weiß, warum. Aber ich glaube, ich kann es erraten. John Oats war morphiumabhängig geworden. Das hat ihn verändert. Er hat ehemalige Freunde erpresst. Er versuchte sogar, in einem Laden zu stehlen. Peter ist dahintergekommen. Es hat ihn tief getroffen. Aber eine solche Liebe stirbt nicht auf einen Schlag. Vielleicht hat sie sich in ihr Gegenteil verwandelt. Vielleicht in Verachtung? Vielleicht war ihm sein Vater plötzlich nicht mehr so wichtig? Vielleicht waren Sie ihm wichtiger? Sie haben ihn geliebt. Sie sind ein brillanter, ein berühmter Mann. Das hat ihm geschmeichelt. Und Sie arbeiteten für etwas, an das er glauben konnte. Oder zumindest glauben wollte. Jetzt sollte das alles plötzlich zu Ende sein, nur weil nicht genug Geld da war. Sein Vater war zu nichts mehr nütze, war niemandem mehr eine Hilfe, weder sich selbst noch irgendjemand anders. Warum also sollte Peter nicht versuchen, an das Geld zu kommen?«

»Das ist ungeheuerlich«, sagte Whittington.

»Die Szene hier neulich« – Dave wies mit dem Kopf auf die kleinen Fenster der Wohnung, die durch die Bäume zu sehen waren – »bedurfte keiner großen Einbildungskraft. Der Junge in Ihrem Bett war nicht Peter Oats, aber er hätte es sein können. Das war nicht Ihr Neffe. Er wusste, dass ich es wusste. Und er wusste auch, warum.«

Whittington hob die Augenbrauen. »Wirklich? Schlaues Kind. Ich staune. Also gut. Ja, ich hätte Peter gern in meinem Bett gehabt. Sie vielleicht nicht? Aber meine Andeutungen und Galanterien ließen ihn kalt. Also habe ich seinetwegen *Lorenzaccio* inszeniert. Er merkte noch immer nichts. Ich verlor die Geduld und habe mich ihm offenbart. Nein. Er wollte mich nicht verletzen, ich war gut zu ihm gewesen, er habe mich gern. Trotzdem – nein. Danach haben wir nicht mehr miteinander gesprochen. Das Stück wurde abgesetzt, und er ist nicht mehr hergekommen. Nie mehr. Wenn Sie mir nicht glauben« – er wies auf die Tür der Mühle –, »fragen Sie die anderen. Sie haben eine Woche lang über nichts anderes geredet.«

»Sie sagten, er sei nicht homosexuell. Wirklich nicht?«

Whittington stieß sich mit einem Ruck vom Kotflügel ab. »Schließlich, in meiner Not habe ich ihn gefragt. Das war ein Fehler. Ich wusste, dass für ihn Aufrichtigkeit geradezu heilig war. Er sagte es mir. Ja, er war homosexuell. Sie können sich vorstellen« – Whittington klopfte sich den Staub von den Händen –, »dass ich seine Abfuhr entsprechend leichter hinnehmen konnte.«

Arena Blanca wirkte immer noch trostlos. Die bunte Farbe an den alten Häusern, das Glitzern der blauen Bucht, der grellweiße Sand – einsam, verlassen. Die Boote warteten an ihren Anlegestellen wie blinde Schulkinder, die die Hände in die Höhe reckten, ohne dass ein Lehrer sie erlöste. Außer den Möwen, die im Sonnenlicht kreisten, schien es hier kein Leben zu geben. Die müde Garagentür des rosa Hauses stand immer noch offen. Aber der klapperige Kombi war fort.

Am oberen Ende der Holztreppe angekommen, drückte Dave auf den Klingelknopf und wartete. Niemand kam. Er trat neben den Fußabstreifer und hob ihn hoch. Sand rieselte herab. Er tastete den Rahmen des rosa gestrichenen Türrahmens ab. Nach einem kleinen Nagel. Es gab keinen kleinen Nagel. Schließlich streckte er sich und fuhr mit dem Finger über die obere Kante des Türrahmens. Der Schlüssel lag schon lange Zeit dort. Er war salzverkrustet. Aber er passte ins Schloss. Dave sperrte auf und ging hinein. Die Vorhänge waren dieses Mal offen und gewährten Ausblick auf die leere, blaue Bucht, den leeren, blauen Himmel.

Sie war mit dem Hausputz vorangekommen. Der Raum sah so aus, wie er zu Zeiten ihrer Mutter ausgesehen haben musste. Das polierte Ahornholz schimmerte, die Chintzbezüge waren gestrafft und gebügelt, auf dem Couchtischchen stand sogar eine Vase mit Blumen – dottergelber kalifornischer Mohn. Alles befand sich an seinem Platz. Bis auf *Cooks Entdeckungsfahrten*. Sie lehnten immer noch wie alte, dunkle Grabsteine unten an den Bücherwänden. Dave öffnete die Tür zwischen den Regalen.

Sie ging nicht ganz auf. Irgendetwas lag dahinter. Er schaute durch den Spalt. Eine zweite Tür, die Tür eines Schranks, stand offen. Genau diesen Schrank hatte Dave gesucht. Jetzt schaute er hinein. Die Kordjacke hing dort, zusammen mit anderen Kleidungsstücken, und die Ärmel waren immer noch umgekrempelt, genau wie an jenem Abend, als April sie angehabt hatte. Sie sah genauso aus wie die Jacke, die Peter Oats trug, war ebenso mit einem goldenen Karomuster gesäumt. Er bückte sich. Auf dem Boden des Schranks, unter anderen Schuhen, stand ein Paar kurzer Stiefel. Mit den gleichen schweren Lederriemen und den Messingschnallen, wie er sie an Peters Stiefeln bemerkt hatte. In Gedanken hörte er die Stimme von Eva Oats: *Sie dachten das Gleiche, bewegten sich gleich, sprachen gleich, sahen gleich aus.* Dave schloss die Schranktür.

Das Zimmer war gerade groß genug für ein Doppelbett, eine Kommode, einen Schreibtisch und einen Stuhl, alles aus blank poliertem Ahorn. Eine frische weiße Frotteedecke war auf dem Bett glatt gestrichen. Auf der Kommode stand neben einer Frisiergarnitur ein Foto im Silberrahmen. Ein lächelnder Mann und eine Frau an der Reling eines Bootes, ein mageres, blondes Mädchen zwischen ihnen, das ein Buch in der Hand hatte und mit verkniffenem Gesicht in die Sonne schaute.

Der Schreibtisch war bis auf eine schwarze Reiseschreibmaschine mit abgestoßenen Ecken leer. Aber die Schubladen nicht. Sie waren auch nicht aufgeräumt. Wenigstens nicht diejenigen, die Dave öffnete, die beiden oberen. Was auf dem Schreibtisch gelegen hatte, war einfach in die Schubladen gefegt worden – Rechnungen, leere Briefumschläge, Blätter, Briefmarken, Bleistifte, Kugelschreiber, ausgeleierte Gummibänder, verbogene Büroklammern, ein paar Schnappschüsse mit Eselsohren. Und Notizen, auf Schmierpapier.

Dave setzte seine Brille auf, ließ sich nieder und sortierte die Blätter. Staubig. Einkaufslisten – *Milch, Tomatensuppe, Frühstücksfleisch, Zigaretten*. Einige Buchtitel. Einige Jahreszahlen aus dem neunzehnten Jahrhundert. Eine längere Rechenaufgabe in Pfund, Shilling, Pence, die Summe in Dollar umgerechnet, eine Menge Dollar. Die Telefonnummer einer Firma, die Dachreparaturen durchführte. Dave warf einen Blick an die Decke. Wasserflecken. Er lächelte. Er hörte auf zu lächeln.

Seine Finger hielten eine stabile, gelbe Abonnements-Bestellkarte, die am perforierten Rand aus einer Zeitschrift herausgerissen worden war. Sie war nicht ausgefüllt, aber im Feld für die Rücksendeadresse stand *Peter*. Und unter dem Namen eine Telefonnummer. Dave kannte diese Nummer, es war schwierig gewesen, an sie heranzukommen. Es war die Nummer von Wade Cochrans Ranch.

Dann sah er die Schnappschüsse durch. Sie zeigten alle Peter. Aber nur zwei waren neueren Datums, und eines dieser beiden Fotos war unscharf. Er steckte das scharfe ein, zusammen mit der Bestellkarte. Nahm die Brille ab, verstaute die einzelnen Dinge wieder in den Schubladen und schloss sie. Er stellte den Stuhl wieder an seinen Platz und legte den Schlüssel wieder dorthin, wo er ihn gefunden hatte.

19

Der rosafarbene Kombi stand auf dem großen Parkplatz vor dem Einkaufszentrum in der Sonne. Dave fuhr sehr schnell, als er den Wagen bemerkte. Doch die Schnellstraße war leer. Mit quietschenden Reifen wendete er seinen Firmenwagen und fuhr zurück. Er parkte, ohne sich um die weißen Begrenzungslinien zu kümmern, und ging rasch an den Geschäften entlang, wobei er durch die spiegelnden Schaufenster hindurchspähte.

Sie stand im Supermarkt vor der Kasse. In Jeans und einem Marinepullover, das Haar unter einer dunklen, gestrickten Wollmütze versteckt. Jungenhaft. Er ging hinein und bis zum Ende der Kasse, wo ein breites, schwarzes Laufband ihre Einkäufe transportierte. Nicht viel und nichts Teures. Dennoch beobachtete sie die Zahlen auf der Kasse höchst aufmerksam, während eine untersetzte, grauhaarige Schwarze in einer roten Schürze die Beträge eintippte.

Dave nahm eine braune Papiertüte und begann die Sachen einzupacken. April sah ihn an, lächelte aber nicht. Die Registrierkasse klingelte, die Schublade sprang auf. Die Kassiererin sagte etwas zu April. Das Mädchen nahm Geldscheine aus ihrer Brieftasche und legte sie der Kassiererin auf die erdfarbene Handfläche. Als sich die Frau umdrehte, um April das Wechselgeld zu geben, sah sie Dave die letzten Dinge in die Papiertüte packen und mimte Überraschung. »*Vielen* Dank.« Ihr Lachen klang wie Schokolade mit Marshmallows. Dann wandte sie sich kichernd dem nächsten Einkaufswagen zu.

»Sie haben Recht gehabt«, sagte April. »Hoffentlich sind Sie jetzt zufrieden.«

»Nicht ganz. Irgendetwas stimmt nicht.« Sie langte nach der braunen Tüte. Er hob sie hoch. »Wollen Sie mir helfen, dahinter zu kommen?«

»Geben Sie mir das, bitte«, sagte sie. »Ich will Ihnen nicht helfen, und ich will nicht, dass Sie mir helfen.«

Er behielt die Tüte. »Es könnte Peter helfen.«

Ihre schmerzgetrübten Augen waren voller Zweifel, aber sie wartete.

Er sagte: »Rufen Sie die Telefongesellschaft an und erkundigen Sie sich, was für Ferngespräche seit Ihrer letzten Rechnung von Ihrem Apparat aus geführt wurden. Draußen ist eine Telefonzelle. An einer Nummer bin ich ganz besonders interessiert.« Er packte die Tüte fester, kramte die Bestellkarte hervor und zeigte sie ihr. April schaute ihn ein paar Sekunden lang skeptisch an, dann warf sie einen Blick auf die Karte.

»Das ist Johns Handschrift. Wo haben Sie das her?«

Er sagte es ihr, angefangen mit dem Schlüssel über der Tür.

»Sie sind völlig skrupellos, wie? Einfach so rumzuschnüffeln –«

»Wenn Sie ein bisschen herumgeschnüffelt hätten, wäre John Oats vermutlich noch am Leben. Wenn Sie jetzt ein bisschen schnüffeln, können Sie vielleicht Peter retten. Rufen Sie an. Ich stelle die Sachen inzwischen in Ihren Wagen.«

»Na schön.« Sie schnappte sich die Karte. »Ich rufe an. Für Peter. Nicht für Sie.« Sie stapfte davon.

Er stellte die Einkaufstüte auf den sandigen Boden hinter den abgewetzten, nach vorn geklappten Fahrersitz, dann richtete er sich auf, ließ die Wagentür zufallen und schaute hinüber zu der Telefonzelle aus Glas und Aluminium, die zwischen dem Drugstore und der Wäscherei stand. Der Anruf dauerte nicht lange. Sie zog die Falttür auf und ging an einem Zeitungsautomaten vorbei auf ihn zu. Die Schlagzeile der Zeitung hinter dem Plastikfenster lautete OATS JUNIOR WEGEN MORD AN SEINEM VATER IN UNTERSUCHUNGSHAFT. Sie gab Dave die Karte zurück. Ihre Stimme klang völlig leblos.

»Er hat diese Nummer angerufen. Oder jemand anderes. Nachmittags um fünf Uhr zwölf. Am Tag, als er starb.« Sie riss die Tür des Kombis auf. »Würden Sie mich jetzt bitte in Ruhe lassen?« Der Fahrersitz lehnte gegen das Lenkrad wie ein schlafender Betrunkener. Sie klappte ihn mit aller Wucht nach hinten, setzte sich in den Wagen und knallte die Tür zu. Sie weinte. »Und zwar für immer. Bitte.«

Dave schaute zu, wie sie mit tränenblinden Augen versuchte, den Schlüssel ins Zündschloss zu stecken. »Was habe ich denn jetzt getan?«

»Genau das, was Sie schon die ganze Zeit versuchen!« Sie wandte ihm ein verzerrtes Gesicht zu, tränenüberströmt. »Sie wollen mir beweisen, dass Peter John umgebracht hat. Wenn Peter dort gewohnt und John ihn dort angerufen hat, dann vermutlich, um ihm das mit der Versicherung zu sagen. Und Peter ist hergekommen und hat ihn getötet. Ist das nicht, was Sie meinen?«

»Vielleicht. Aber Sie glauben es nicht. Und Sie brauchen es auch nicht zu glauben. Noch nicht. Jedenfalls nicht, bis ich weiß, warum der Mann mit dieser Telefonnummer mich angelogen hat.«

Las Gaviotas befand sich am Ende eines breiten alten Piers südlich von El Molino. Den Pier entlang standen weiß gestrichene Anglerhütten, weiß gestrichene Souvenirläden und Imbissbuden mit frischem Fisch. Es gab auch ein paar Tavernen und einen Schuppen mit Schiffsbedarf, vor dem Rollen geteerte Taue lagen. Neben dem Eingang stand eine Holzpuppe in einem Taucheranzug, und an der Tür lehnte ein ausgebleichtes, gelbes Rettungsfloß. Alte Männer beugten sich über das weiße Geländer des Piers, Angeln in den Händen und Wassereimer neben den Beinen. Dicke Frauen in Männerkleidung und einige kleine Jungen taten es ihnen gleich.

Dave hörte Spanisch, als er vorüberkam, Portugiesisch und den schleppenden Akzent der Schwarzen aus dem Mississippidelta. Ab und zu ließ ein Wagen die schweren Planken des Piers knarren, rollte langsam hinaus bis zum Ende, wo große Segeljachten malerisch vor Anker lagen: Zwei- und Dreimaster, die seit Jahren nirgends mehr hingesegelt waren. Die Autos parkten vor *Las Gaviotas,* einem Rundbau mit einer Neonreklame auf dem Dach, die fliegende Möwen darstellte.

Drinnen an den Tischen hörte man überwiegend den Akzent von Leuten aus dem Mittelwesten. *Iowa* stand auf jede sonnenverbrannte Stirn geschrieben. Rings um die Augen war die Haut weiß, von den Sonnenbrillen. Ferngläser ruhten auf wohlgenährten Bäuchen in Hawaiihemden. Kamerataschen standen auf dem grünen Teppichboden zu Füßen ihrer Besitzer. Sie aßen Langusten, die sie zu Hause in Cedar Rapids Hummer nennen würden, denn als solche wurden sie in rotem Neon über dem Eingang angepriesen.

Dave ging bis nach hinten durch, wo die Balken mit schweren Fischernetzen und bunten, japanischen Glasbojen behangen waren. Die Netze verdeckten den Eingang zur Küche. Als er sie fast erreicht hatte, kam ein Mann mit Speisekarten unter dem Arm auf ihn zu. Vornehmer Anzug, lockiges, rotes Haar. Sein Lächeln war entgegenkommend, aber er würde keine Fragen beantworten. Nicht ohne ein vorheriges Wortgefecht. Und vielleicht auch dann nicht. Dave deutete ihm an, dass er in offizieller Funktion hier sei, und beschleunigte seine Schritte. Der Mann hatte anderes zu tun, als ihm zu folgen.

Inmitten von Geschirrklappern und Geschrei, dem Dampf und dem erstickenden Essensgeruch einer großen, mit viel rostfreiem Stahl ausgestatteten Küche stieß Dave auf einen Mexikaner mit dunklem Narbengesicht unter der weißen, papierenen Chefkochmütze, der sich lachend mit einem hübschen, jungen Chinesen unterhielt, während sie an einer Zinktheke Garnelen schälten. Dave ging ohne Umschweife auf ihn zu, grüßte ihn lächelnd und mit einer Handbewegung. Er wollte den jungen Chinesen nicht ausschließen, sondern selbst schneller Kontakt schließen, deshalb sprach er spanisch.

»Conoce usted a Wade Cochran, la estrella de televisión?«

»Si.« Das Grinsen des Mexikaners wurde breiter. Er nickte eifrig. »Der Himmelspilot. Ich schau mir jede Sendung an.«

In fließendem Englisch. Also fuhr Dave auf Englisch fort. »Sagen Sie – war er schon einmal hier?«

»Vor ein paar Wochen, fast jeden Abend. Aber ich hab ihn nie gesehen. Ich arbeite tagsüber. Ich brauche meinen Schlaf. Man hat es mir erzählt. Er ist immer sehr spät gekommen. Dann ist fast niemand mehr hier, nur an der Bar. Stars wollen eben auch ihre Ruhe.«

»Aber er ist zum Essen gekommen«, sagte der junge Chinese. »Er trinkt nicht. Ich meine, im wirklichen Leben trinkt er nicht.«

»Haben Sie ihn gesehen?«, fragte Dave.

»Einmal. Ich war zufällig mit meinem Mädchen hier, nach dem Kino. Wissen Sie, ich bin nicht scharf auf Prominente.«

»War er allein?«

»Nein. Irgendein Typ war bei ihm. Ich weiß nicht, wie er heißt. Aber er ist hier aufs College gegangen. Dort hab ich ihn ein paar Mal gesehen.«

Der Mexikaner fügte hinzu: »Ich hab gehört, er ist immer mit ihm hier gewesen.«

Dave holte das Foto aus der Tasche. »Ist das der Typ?«

»Ja.« Der Chinese hörte auf zu grinsen. »Ich glaube schon. Sind Sie Polizist oder so?«

»Oder so«, sagte Dave. »Vielen Dank.«

Nördlich von El Molino säumten Motels die Schnellstraße, und Bowling-Bahnen, Drive-in-Kinos und herausgeputzte Restaurants mit viel Stein, Stahl und geschwungenem Glas. Dave suchte sich das Motel aus, das am weitesten von der Stadt entfernt lag, wo noch ein paar Eichen wuchsen und von wo aus man die Berge mit ihrem frischen Grün sehen konnte. Als er aus dem Auto stieg, hörte er eine Lerche. Er blieb eine Viertelminute stehen, um ihr zuzuhören, dann betrat er ein Büro, das so neu war, dass man noch den Klebstoff riechen konnte, mit dem die Vertäfelung aus Holzimitat an die Wände geklebt worden war. Es gab adrett gepflegte Mini-Dschungel mit tropischen Pflanzen aus hartem, glänzendem Plastik, genau wie der gebohnerte Fußboden. Plastikmusik rieselte aus Deckenlautsprechern. Kalte Plastikluft kam aus der Klimaanlage.

Die Frau hinter der Theke war einmal eines jener pausbäckigen kleinen Mädchen gewesen, die Großväter so gern in die rosigen Wangen zwicken. Aber das war 1915 gewesen. Sie war immer noch pausbäckig, aber das Rot ihrer Wangen war jetzt aufgemalt. Die Augen waren immer noch rund und blau und wehmütig, doch die Wimpern waren falsch. Ihre Perücke bestand aus einer

Kaskade goldener Löckchen. Das Grübchenlächeln, das ihm die Frau zeigte, entblößte makellose Jungmädchenzähne, die nie im Mund eines jungen Mädchens gewesen waren.

»Ist heute nicht ein schöner Tag?« Die Stimme war höchstens vier Jahre alt, das Lispeln desgleichen. »Ist Südkalifornien nicht wundervoll?«

»Das, was noch davon übrig ist«, erwiderte Dave. »Ich vertrete Mr. Wade Cochran. Er hat vor ein paar Wochen hier in einem Motel übernachtet, weiß aber nicht mehr, in welchem. Aber er erinnert sich daran, dass er einen Aktenkoffer vergessen hat. Kann das hier gewesen sein?«

»Aber ja.« Sie war aufgeregt und zwitscherte: »Ja, er ist hier gewesen. Es war natürlich sehr spät, und ich war nicht im Dienst. Mr. Fitch, unser Nachtportier, war hier. Und natürlich hat er mir alles erzählt. Wir alle lieben Wade Cochran. Sie nicht auch?«

»Er macht es einem leicht«, sagte Dave.

»Nun, natürlich ist er so berühmt, dass ihn Mr. Fitch gleich erkannt hat. Er hat sich unter einem anderen Namen eingetragen, aber das ist nur normal. Berühmte Leute wie er müssen alles tun, um ihre Privatsphäre zu schützen. Also hat Mr. Fitch nichts dazu gesagt. Er hatte Verständnis dafür.«

»Der Aktenkoffer?«, sagte Dave.

Das Leuchten verschwand aus ihrem Gesicht. »Ja, also, das ist mir wirklich ein Rätsel. Davon habe ich nichts gehört. Und es steht auch kein Aktenkoffer in dem Raum, wo wir die liegen gebliebenen Sachen aufbewahren. Da bin ich sicher. Ich weiß genau, was dort drin ist.«

»Ich verstehe«, sagte Dave. »Na, vielleicht hat ihn der junge Mann, der an dem Abend bei ihm gewesen ist.«

»Ja. Vielleicht. Mr. Fitch hat sich über ihn gewundert. Er ist nicht hier reingekommen, aber Mr. Fitch hat gesehen, wie er mit Mr. Cochran zum Appartement gegangen ist. Er hat gesagt, es war ein hübscher junger Mann. Aber er hat ihn nicht gekannt. Ist er Schauspieler?«

»Oh ja«, sagte Dave. »Sogar ein ziemlich guter Schauspieler.«

20

Vor dem weißen Ranchhaus mit dem niedrigen, flachen Dach, der breiten Veranda und den Kästen mit roten Geranien vor den Fenstern warfen die alten Eichen gesprenkelte Schatten auf fünf Autos. Die Lincoln-Limousine des Predigers war fort. Stattdessen standen dort eine tomatenrote Corvette, ein bronzener Nova und ein weißer Lieferwagen, dessen Seitenflächen mit dem Namen einer Elektronikfirma beschriftet waren. Auch der breite Transporter stand da. Und der gelbe Lotus.

Dave parkte neben dem Lieferwagen, stieg aus und drückte leise die Tür ins Schloss. Das Tal lag still im gleißenden Sonnenlicht. Irgendwo in der Ferne stieß eine Krähe drei Schreie aus und verstummte. Dann ratterte, wesentlich näher, eine Schreibmaschine. Der Motor eines kleinen, elektrischen Werkzeugs surrte. Dave ging zum Lotus hinüber, kniete sich auf das Pflaster, das bis auf ein paar vertrocknete braune Eichenblätter sauber war. Er langte mit der Hand unter den vorderen Kotflügel und kratzte mit dem Fingernagel an der Innenseite. Als er die Hand herauszog, war sie mit weißem Sand gepudert.

»Rühren Sie sich nicht.«

Der Akzent stammte aus dem Südwesten. Dave sah Cowboystiefel, an den Spitzen abgestoßen, die Absätze niedergetreten, und unten klebte getrockneter Pferdemist und Stroh. Ein Paar kurzer O-Beine in verwaschenen Jeans. Ein ausgebleichtes, blaues Arbeitshemd, unter den Armen dunkel von Schweiß. Ein ledrig braunes Gesicht, glatt rasiert, mit breiten Wangenknochen. Ein wettergegerbter Stetson, in den Nacken geschoben, auf glattem, schwarzem Indianerhaar. Schmale Augen, die wie Basalt funkelten. Und ein Revolver in einer schwieligen Hand.

»Stehen Sie auf und sagen Sie, was Sie hier zu suchen haben.«

»Ich bin Ermittler bei einer Lebensversicherung.« Dave stand auf und strich sich den Sand von den Händen. »Medallion. Wenn Sie gestatten, zeige ich Ihnen meinen Ausweis.«

»Ihr Ausweis interessiert mich nicht. Ich will wissen, was Sie hier suchen.«

»Ich möchte Mr. Cochran sprechen.«

»Der ist nicht hier.«

»Sein Wagen ist hier.« Dave berührte den gelben Lack.

»Er ist nicht mit dem Wagen unterwegs. Sondern mit dem Pferd.«

»Wann erwarten Sie ihn zurück?«

»Weiß ich nicht, und dann werden Sie nicht mehr hier sein. Entweder Sie steigen jetzt wieder in Ihren Wagen und machen, dass Sie verschwinden, oder der Sheriff transportiert Sie in seinem Wagen ab. Wenn Sie Mr. Cochran dann immer noch einen Besuch abstatten möchten, rufen Sie das nächste Mal vorher an und machen einen Termin. Und wenn Sie dann hierher kommen, gehen Sie direkt zur Tür, klar? Schleichen Sie nicht herum und lassen Sie die Finger von seinem Wagen. Also los.« Der Lauf des Revolvers bewegte sich. »Verschwinden Sie.«

»Ich glaube, es wäre besser, wenn ich mit Mrs. Cochran spreche.«

»Mrs. Cochran ist eine kranke, blinde alte Frau. Sie kann keine Kraft auf Fremde verschwenden.«

»Ich bin kein Fremder. Ich war vor ein paar Tagen hier. Sie haben mich gesehen. Ich war oben auf der Veranda, mit dem roten Setter. Als Sie durch das Tor geritten kamen.«

»Einem Hund die Ohren kraulen und an Mr. Cochrans Wagen herumfummeln sind zwei Paar Stiefel.«

»Na schön.« Dave steckte die Hände in die Hosentaschen und lehnte sich gegen den Lotus. »Rufen Sie den Sheriff an. Ich brauche ihn dringender als Sie. Wenn Sie ihn anrufen, spare ich mir einen Groschen.«

Der Mann kniff die Augen zusammen. »Wozu brauchen Sie ihn denn?«

»Ich untersuche einen Mordfall«, sagte Dave. »Und jetzt bedroht man mich mit einer Schusswaffe. Ich trage keine Waffe bei mir. Der Sheriff schon. Oder vielleicht möchten Sie nicht, dass er von einer Untersuchung erfährt, die auf Wade Cochrans Ranch stattfindet. Vielleicht könnte er der Versuchung nicht widerstehen, sich in den Abendnachrichten zu sehen.«

Der Mann verzog das Gesicht und leckte sich hinter den fest zusammengepressten Lippen über die Zähne. Er holte tief Luft. »Also schön. Gehen Sie auf die Veranda.« Er wedelte wieder mit dem Revolver. »Und drücken Sie auf die Klingel.«

Auch diesmal trug Katy wieder ein gestärktes Hemdblusenkleid, dieses Mal jedoch in Blau. Es veränderte die Farben ihrer Augen, doch sonst war alles wie gehabt. Ihr rotes Haar war immer noch nach hinten zurückgebunden und im Knoten steckte immer noch ein gelber Bleistift. Sie schaute den Revolver an, dann Dave und den braunen Mann.

»Was ist los, Hank?«

»Dieser Mann hier hat am Lotus rumgefummelt.«

»Was?« Es war die kräftige Stimme der alten Frau, die nirgends zu sehen war. »Was?«

Katy warf einen Blick über die Schulter. »Es ist alles in Ordnung, Mutter Cochran. Ich kümmere mich darum.« Sie betrachtete Dave. »Medallion verkauft nur Lebensversicherungen, Mr. Brandstetter. Und Sie untersuchen Todesfälle – steht das nicht auf Ihrer Visitenkarte? Todesfälle – nicht Autos.«

»Ich untersuche einen Todesfall«, sagte Dave. »Einen Tod durch Ertrinken, unter Anwendung von Gewalt. Der Todesfall ereignete sich an einem Ort, der Arena Blanca heißt. Das ist Spanisch für weißer Sand. An jenem Abend hat es geregnet. Unter den Kotflügeln von Mr. Cochrans Wagen klebt weißer Sand. Lässt er manchmal jemand anders damit fahren?«

»Fahren!« Hank schnaubte. »Teufel auch, niemand darf den Wagen auch nur anfassen. Mich eingeschlossen. Und ich bin für diese Ranch verantwortlich. Er wäscht ihn sogar selbst.«

»Nicht besonders sorgfältig«, sagte Dave. »Schießen Sie nicht gleich, ich hole nur ein Foto aus der Tasche.«

»Hank?« Die Stimme der alten Frau klang ungeduldig. »Fuchtelst du schon wieder mit der Knarre herum?«

»Dies ist ein Ernstfall, Madam«, rief Hank hinein. Er schaute Dave finster an. »Na schön, holen Sie es raus, aber langsam.«

»Ich möchte, dass Sie beide einen Blick darauf werfen«, sagte Dave. »Haben Sie diesen jungen Mann schon einmal gesehen? War er jemals hier auf der Ranch?«

Katy griff nach dem Foto, schaute es stirnrunzelnd an, schüttelte den Kopf und gab es Hank weiter. Hank hielt den Revolver auf Daves Magen gerichtet und trat drei Schritte zurück. Er senkte die Augen kurz auf das abgegriffene kleine Viereck aus Papier. Dann richtete er sie wieder auf Dave, kam zurückgestiefelt und streckte ihm das Foto hin. »Nein. Nie gesehen.«

Verchromte Radspeichen funkelten hinter der Tür, die Katy halb offen hielt. Die alte Frau sagte: »Worum geht es hier eigentlich?« Gichtige Finger fassten nach der Tür und zogen sie weiter auf. Ihre Knochen schienen kräftig, aber das Fleisch darüber wirkte abgezehrt. Sie war kleiner, als Dave gedacht hatte. Ihren faltigen Hals schmückte eine schöne, alte Silberbrosche. Eine helle Angoradecke bedeckte ihre Knie. Auf ihrem Schoß lag ein großes Buch in Blindenschrift, die steifen Seiten sandfarben. Sie wandte ein Gesicht zu ihnen empor, das von der Sonne und dem Präriewind gegerbt war. Die Frage kam scharf von den faltigen Lippen, die durch ein teures Gebiss in Form gehalten wurden. »Sie behaupten, jemand hat den Wagen meines Sohnes benützt?«

»Hank meint, dass das unmöglich ist«, sagte Dave.

»Ich hab gehört, was er sagt. Meine Ohren sind völlig in Ordnung. Und dieses Arena Blanca – meinen Sie, es gibt sonst nirgends weißen Sand?«

»Soviel ich weiß, wurde John Oats nur dort getötet. Und der Tag, an dem er getötet wurde, war der einzige Tag, an dem es in den vergangenen Monaten geregnet hat. Außerdem hat er an diesem Tag hier angerufen.« Dave schaute Katy an und nannte Datum und Uhrzeit. »Das Gespräch steht auf seiner Telefonrechnung. Führen Sie Buch über die Anrufe, die Sie bekommen?«

»Ja, aber ich glaube wirklich, Mr. Cochran sollte –«

»Sieh nach, Katy«, sagte die alte Frau.

Und Katy ging, steif und sittsam, über den Bretterboden und

durch die Doppeltür mit den farnverzierten Milchglasscheiben. Sie ließ die Türen offen. Dahinter flimmerte die Sonne auf dem blauen Wasser des Swimmingpools. Am diesseitigen Rand des Beckens waren zwei junge Japaner in weißen Arbeitskitteln damit beschäftigt, die Video-Anlage auseinander zu nehmen. Auf der Stirnseite des Pools tippte ein junger Mann mit Hakennase und in einem zartrosa gestreiften Hemd auf einer elektrischen Schreibmaschine, während sich ein Mann mit grauem Kinnbart über seine Stuhllehne beugte und versuchte, den getippten Text zu lesen.

Die alte Frau richtete die flachen schwarzen Spiegelgläser ihrer Brille auf Dave. »Ich weiß nicht, was Sie vorhaben, aber ich glaube, Sie bluffen. Ich habe noch nie etwas von einem John Oats gehört, und mein Sohn erzählt mir alles. Seit eh und je.«

»Der Anruf muss nicht für Ihren Sohn gewesen sein«, sagte Dave. »Vielleicht galt er Peter Oats. Ihr Sohn hat Ihnen doch von Peter Oats erzählt, oder? Er ist fast zwei Wochen lang jeden Abend nach El Molino gefahren, um Peter Oats dort in einem Theaterstück spielen zu sehen. Fast jede Nacht haben sie danach gemeinsam zu Abend gegessen. Und die Nacht nach der letzten Aufführung haben beide gemeinsam in einem Motel verbracht. Dann ist Peter zu Hause ausgezogen. Auf einem Zettel, den ich im Schreibtisch seines Vaters fand, stand der Name des Jungen. Und die Telefonnummer dieser Ranch.«

»Hank«, sagte die alte Frau, »hol Wade.«

»Aber er ist in der Hütte«, protestierte Hank. »Sie wissen, dass er dort von niemandem gestört werden will. Wenn ich dort auftauche, gerbt er mir das Fell.«

»Er soll hierher kommen, zu mir«, fuhr sie ihn an. »Er ist mir eine ausführliche Erklärung schuldig. Los, geh schon.«

»Ma'am, ich möchte Sie nicht schutzlos hier zurücklassen.«

»Red nicht dümmer, als du bist. Draußen am Pool sind vier Männer. Außerdem arbeiten noch drei weitere ums Haus herum. Ich kann immer noch schreien, wenn es darauf ankommt.«

»Ja, Ma'am.« Hank funkelte Dave an. »Also gut.« Er drehte sich um und stapfte o-beinig davon. Der Revolver baumelte an seiner Hand wie etwas, das er wegwerfen wollte. Er verschwand um die Ecke des Hauses.

»Warum schicken Sie ihn hin?«, fragte Dave. »Warum rufen Sie nicht an?«

»Es gibt in der Hütte kein Telefon. Und keinen elektrischen Strom. Das Wasser kommt aus einer Quelle mit einer Benzinpumpe. Hat ein Vermögen gekostet. Aber sonst gibt es da nichts. Es ist Wades Versteck. Ein Mann, der so bekannt ist wie er – Sie können sich nicht vorstellen, wie das ist. Und er ist ein sehr spiritueller Mensch. Er muss einfach zwischendurch die Möglichkeit haben, allein zu sein. Allein mit seinem Schöpfer. Dafür hat er sich eigentlich diese Ranch gebaut, um aus Hollywood rauszukommen. Aber es hat nichts genützt, nicht lange. Bald hatte er hier mehr zu tun als in der Stadt. Seine Autoren sind gerade da. Er wollte gegen Mittag hier sein und mit ihnen am Nachmittag den neuen Film besprechen. Und diese Maschine ausprobieren, bevor die Mechaniker wieder verschwinden.« Sie zog die Stirn in Falten. »Sonderbar. Eigentlich ist es nicht seine Art –« Die Doppeltür mit den Glasfenstern fiel klappernd zu. Die alte Frau wandte sich um. »Katy, bist du das?«

»Ja.« Sie kam zurück, zwischen den Pferdeledersesseln, den Marmortischen, den roten Petroleumlampen hindurch, und sagte steif zu Dave: »John Oats hat angerufen. An dem Tag und zu der Zeit, die Sie genannt haben.«

»Und wen –« Sein Mund war trocken. Er schluckte. »Und wen wollte er sprechen?«

»Wie meinen Sie das?« Eine Falte erschien zwischen ihren rötlichen Augenbrauen. »Mr. Cochran, natürlich.«

»So natürlich ist das nicht«, sagte Dave. »Er hätte auch seinen Sohn verlangen können. Peter Oats. Der Junge auf dem Foto, das ich Ihnen gezeigt habe. Wurde aufgeschrieben, dass er Mr. Cochran sprechen wollte?«

»Ja. Aber selbst wenn das nicht der Fall wäre, warum hätte er jemanden verlangen sollen, der gar nicht hier war? Ich habe Ihnen bereits gesagt –«

»Ich weiß, was Sie mir gesagt haben. Und ich weiß auch, dass

Ihnen Mr. Cochran nicht erlaubt zu lügen. Gibt es noch weitere Eintragungen zu diesem Anruf?«

»Nein, aber als ich in das Notizbuch geschaut habe, ist mir etwas eingefallen. Das hier ist eine Geheimnummer, die nur schwer herauszubekommen ist« – sie schenkte ihm ein kleines, verkniffenes Lächeln –, »wie Sie wissen. Der Name des Anrufers sagte mir nichts. Das habe ich ihm auch erklärt. Er meinte, wenn ich ihn Mr. Cochran sage, würde er mit ihm sprechen. Ich habe ihn in die Warteschleife gelegt und Mr. Cochran Bescheid gesagt. Er hat den Anruf entgegengenommen. In seinem Schlafzimmer. Danach ist er weggefahren.«

»Richtig.« Dave war übel. Er bückte sich und berührte die knotige Hand der alten Frau. »Danke, Mrs. Cochran. Ich muss jetzt gehen.«

»Nein.« Sie packte ihn am Handgelenk. Ihr Griff war schmerzhaft kräftig. »Sie wollten Wade sprechen.«

»Hank ist gerade auf einem Pferd weggeritten«, sagte Dave. »Er hat mir gesagt, Ihr Sohn sei auch mit dem Pferd unterwegs.«

»Mit dem Auto kommt man nicht zur Hütte.«

»Und wie weit ist das von hier? Wie lange wird es dauern?«

»Eine Stunde hin, eine zurück. Aber Sie werden warten. Sie müssen sich Wades Erklärungen anhören.«

»Ich glaube nicht, dass sie etwas erklären werden«, sagte Dave.

»Wade Cochran hat in seinem ganzen Leben noch nichts Unrechtes getan!«, schrie die alte Frau. »Sie kennen ihn nicht. Aber ich kenne ihn.«

»Es heißt nicht unbedingt, dass man jemanden kennt, wenn man ihn liebt.«

»Dann sagen Sie mir, was Sie wissen«, erklärte sie entschieden. »Katy, lass uns allein. Ich möchte mit diesem Mann unter vier Augen sprechen.«

Katy machte den Mund auf, um zu widersprechen, schloss ihn dann wieder und ging. Als die Farntüren zugefallen waren, ließ die alte Frau Daves Handgelenk los. »Sie kommen jetzt hier rein, schließen alle Türen und sagen mir, warum Sie glauben, mein Sohn hätte diesen Oats umgebracht.«

»Das möchten Sie nicht hören«, sagte Dave.

»Sie denken, ich bin schwach«, sagte sie. »Sie täuschen sich. Ich bin ein Krüppel, und ich bin blind. Das ist der Wille unseres Herrn, doch er hat mich auf viele andere Arten gesegnet, und ich beklage mich nicht. Aber ich bin nicht schwach. Ich bin stark.« Sie schloss den Mund, der wie eine Falle zuschnappte, die Knochen splittern würde. »Wenn ich nicht stark wäre, würde Wade heute nicht da stehen, wo er ist. Jetzt sagen Sie mir, was Sie wissen, und verschweigen Sie nichts! Wer war dieser John Oats?«

Dave schloss die Tür. »Ich hätte gern einen Drink«, sagte er dann.

»Wenn Sie damit Whiskey meinen, den gibt es nicht bei uns. Fahren Sie mich neben einen Sessel, damit Sie sich setzen können.«

Er tat wie geheißen. Ihr faltiges Gesicht wandte sich ihm mit stoischem Ausdruck zu. Er berichtete ihr, wer John Oats war, erzählte von den Verbrennungen, vom Morphium, von Dwight Ingalls und Sam Wald. »An dem Tag, als er ums Leben kam, hat er erst diese beiden Männer angerufen. Sie haben ihm beide gesagt, dass sie nicht kommen würden. Später haben sie die Nerven verloren und sind doch noch zu ihm gefahren. Aber das konnte er nicht wissen. Und er brauchte das Geld. Also hat er Ihren Sohn angerufen. Vermutlich hat ihn das einige Überwindung gekostet, denn er hat seinen Sohn sehr geliebt. Jeder sagt, sie hätten sich sehr nahe gestanden. Doch im fortgeschrittenen Stadium sind Drogen stärker als jeglicher Anstand.«

»Aber –« Sie war sehr blass. »Er hat diese anderen Männer erpresst. Wie konnte er Wade erpressen? Warum glaubte er, dass Wade ihm Geld geben würde?«

Dave atmete tief ein und aus. »Mrs. Cochran – Peter Oats ist homosexuell. Wissen Sie, was das bedeutet?«

Sie rümpfte die Nase und verzog den Mund. »Ich habe ein langes Leben hinter mir, Mister. Ich habe so ziemlich alles gesehen und gehört, was eine Frau in meinem Alter erwarten kann, obendrein ein bisschen mehr als die meisten anderen. Ich weiß, wovon Sie sprechen.« Sie wandte sich ab. »Was hat das mit meinem Sohn zu tun?«

»Vielleicht gar nichts«, sagte Dave. »Ich könnte mich irren. Aber das glaube ich nicht. Ihr Sohn ist Mitte dreißig. Er war nie verheiratet. Alle Zeitungen und Zeitschriften schreiben über ihn. Noch nie wurde irgendwo eine Frau erwähnt. Keine Frau außer Ihnen.«

»Er hängt an mir«, entgegnete sie zornig. »Er würde mir nie wehtun und mit Frauen seine Zeit vergeuden. Welche andere Frau hätte das aus ihm machen können, was ich aus ihm gemacht habe? Er hat alles, was ein Mann sich auf dieser Welt wünschen kann. Und tut Gutes damit. Im Dienste unseres Herrn Jesus Christus. Nicht so wie all die anderen, mit ihrem Alkohol, ihren Nachtclubs und ihren Scheidungen.«

»Einverstanden«, sagte Dave. »Aber als John Oats anrief, ist er zu ihm gefahren. Arena Blanca ist fünfzig Meilen von hier entfernt, und es war eine regnerische Nacht. Aber er ist in seinen gelben Lotus gestiegen und hingefahren. Dafür muss es einen Grund gegeben haben.«

»Er hatte keine Angst. Wade hat vor niemandem Angst. Er hatte auch keinen Grund dazu.« Ihre verdrehten Finger klammerten sich um das Buch in ihrem Schoß. »Er hat diesen Peter im Theater gesehen, sagten Sie. Sie haben miteinander zu Abend gegessen. Vermutlich, um über geschäftliche Dinge zu reden. Der Junge ist Schauspieler.«

»Aber nicht der Junge hat hier angerufen. Und Ihr Sohn hat mir neulich gesagt, er sei nicht an Peter als Schauspieler interessiert gewesen. Er tat so, als ob er sich kaum an ihn erinnern könnte. Er sagte, sie hätten miteinander zu Abend gegessen – ein Mal. Das war eine Lüge. Soll ich Ihnen sagen, was ich für die Wahrheit halte?«

Sie sagte nicht ja, wartete aber darauf, dass er fortfuhr.

»Ich glaube, Ihr Sohn hat sich in Peter Oats verliebt. Peter ist ein schöner und sanfter junger Mann. Ich glaube, auch Peter hat sich in ihn verliebt. Ich glaube, dass sie in diesem Motel miteinander geschlafen haben. Und ich glaube, dass sie auch weiterhin miteinander schlafen wollten. Hier war das nicht möglich. Aber oben in der Hütte, wo außer ihm niemand hinkommt.«

Sie bewegte die trockenen Lippen, aber kein Wort kam heraus.

»Der Junge ist nach Hause gegangen und hat seine Sachen gepackt. So viel steht fest. Er hat mit seinem Vater gesprochen. Worüber, weiß ich nicht. Sein Vater hat sich geweigert, mit dem Mädchen darüber zu sprechen, in deren Haus er und Peter wohnten. Aber es hat ihn schrecklich aufgeregt. Ich kann mir denken, um was es dabei ging. Peter war seinem Vater gegenüber stets aufrichtig gewesen, die beiden waren gute Freunde. Ich glaube, er hat ihm gesagt, dass er homosexuell ist, dass er einen Mann gefunden hat, den er liebt, und dass er zu diesem Mann ziehen wird. Er hat seinem Vater Ihre Telefonnummer hier gegeben. Offenbar hat er ihm auch den Namen des Mannes genannt – den Namen Ihres Sohnes.«

»Wusste er, dass sein Vater rauschgiftsüchtig war?« Sie zitterte. Ihre Stimme kratzte wie eine alte Schallplatte. »Wenn er es wusste, dann war das eine böse Tat von ihm. Ungeheuerlich. Er hat meinen Sohn zerstört.«

»Ich glaube, er war wie Sie«, sagte Dave. »Wenn er aufgepasst hätte, hätte er die Veränderungen wahrgenommen, die mit seinem Vater vor sich gingen. Aber er liebte seinen Vater und war blind dafür – entschuldigen Sie. Er sah nichts, weil er nichts sehen wollte. Nein, ich glaube nicht, dass er wusste, dass sein Vater süchtig war.«

Aber sie hörte ihm nicht mehr zu, sondern stieß leise Worte aus. »Meinen Sohn zerstört. Meinen wunderbaren Sohn. Zerstört.« Sie riss den Kopf hoch und war wieder wütend. »Dieser junge Mann kann kein hübscher, netter Mensch sein. Sie lügen. Er hat mit seinem Vater einen Plan ausgeheckt, um Wade zu erpressen.« Sie schob das Kinn vor, und ihre Nasenlöcher weiteten sich. »Und wenn Wade diesen Mann getötet hat –«

»Wenn er es getan hat, dann hat er dem Jungen nichts davon gesagt. Er ahnte nichts von einem Plan. Wade wollte Peter bei sich behalten. Peter würde wahrscheinlich nichts vom Tod seines Vaters erfahren. Nicht dort oben in der Hütte. Und wenn, dann würde er hören, dass es ein Unglücksfall war, dass sein Vater ertrunken war. Wade hatte dafür gesorgt, dass es so aussah. Nur ich habe nicht daran geglaubt. Und tauchte hier mit der Behauptung auf, Peter habe seinen Vater wegen der Lebensversicherung getötet. Dass meine Firma das Urteil der Voruntersuchung, Tod durch Unglücksfall, nicht akzeptieren würde. Wade konnte nicht gleich zur Hütte reiten, weil Sie für ihn eine Verabredung mit diesem Prediger getroffen hatten. Und Sie kamen bei Wade immer an erster Stelle. Aber am nächsten Morgen ist er hinaufgeritten. Was dort oben geschehen ist, weiß ich nicht. Aber ich weiß, dass Peter ein paar Stunden später bei der Polizeistation in El Molino aufgetaucht ist und sich selbst des Mordes an seinem Vater bezichtigt hat.«

Er stand auf und schaute auf das schöne weiße Haar hinunter. »Es gibt einen Bibelspruch, Mrs. Cochran. Ich bin sicher, Sie kennen ihn besser als ich. *Es ist keine größere Liebe unter den Menschen …*«

Sie hob nicht den Kopf, sprach nur tonlos zu Ende: »*… als wenn einer sein Leben für den Freund hingibt.*«

»Soll ich Katy rufen?«

Sie schüttelte den Kopf. »Ich möchte beten.«

So ließ er sie zurück, allein inmitten des schönen Scheins ihres Hauses, und wusste, dass die Kulissen ihres Lebens eingestürzt waren.

21

»Das bringt doch alles nichts.« Zum zehnten Mal schob C. Clinton Hackett, Sheriff von Maricopa County, einen Hemdärmel zurück und schaute auf seine Armbanduhr, ein dickes Stahlgehäuse an einem dicken Stahlarmband um ein dickes Handgelenk. Er schaukelte in einem knarrenden Drehsessel hinter einem gelben Schreibtisch und kaute auf einem Streichholz, schob es vom einen Mundwinkel in den anderen. Seine Augen waren klein, blass und ruhelos. Er wollte offenbar längst woanders sein. »Ein Anruf von einem Mann, der zufällig am selben Abend ertrunken ist, und etwas weißer Sand unter einem Kotflügel. Das reicht nicht.«

»Er war rauschgiftsüchtig«, sagte Dave. »Und er hat Leute erpresst. Dafür habe ich Zeugen.«

»Aber Sie haben keinen Zeugen für das, was bei dem Anruf gesprochen wurde.« Der Sheriff drehte den Sessel um neunzig Grad und starrte auf ein vergittertes Fenster, hinter dem eine braune Jalousie auf Halbmast hing. Draußen kreischten die Vögel und kämpften um ihre Schlafplätze in den dunklen, alten Akazien, die den Parkplatz der Amtsgebäude von Maricopa County einrahmten. Der Parkplatz war leer bis auf einen fünf Jahre alten Cadillac und drei braune Streifenwagen. »Es gibt keinen Zeugen dafür, dass der junge Oats jemals auf Cochrans Ranch gewesen ist.«

»Durchsuchen Sie seine Hütte. Dort werden Sie die Kleidungsstücke des Jungen finden.«

Der Sheriff seufzte und wandte sich wieder Dave zu. »Früher war ich mal recht gut zu Pferde. Ich hatte einen großen braunen Wallach. Einen Sattel mit viel mexikanischem Silber. War immer bei dem langen Ritt dabei, zur Zeit der Fiesta von Santa Barbara. Ich bin immer bis runter nach Pasadena zur Rosenparade geritten. Dann habe ich mir den Rücken verletzt. Mein Rückgrat ist nur noch ein Scherbenhaufen. Wenn ich mich je wieder auf ein Pferd schwinge, liege ich hinterher drei Monate im Krankenhaus.«

»Dann schicken Sie jemanden hin«, sagte Dave.

Hackett bewegte seinen breiten Kiefer. »Ich bekomm keinen Durchsuchungsbefehl. Sie glauben doch nicht etwa, dass ein Richter in dieser Gegend einen Durchsuchungsbefehl gegen Cochran ausstellen würde! Ja, sicher« – ein dünnes Lächeln entblößte seine Hasenzähne –, »wenn wir ihn bis zum Hintern im Wasser erwischen würden, wie er diesen Oats nach unten drückt, bis keine Blasen mehr kommen. Aber wegen dem, was Sie sich da zusammengereimt haben, wird niemand in dieser verlassenen Gegend so einem großen, berühmten Mann auf die Pelle rücken. Noch dazu bei einem Mordfall, in dem bereits ein Geständnis vorliegt.« Er schnaubte. »Und es wird erst recht niemand zu ihm raufspazieren und ihn eine Schwuchtel nennen.«

Hackett richtete sich zu seinen vollen einsfünfundneunzig auf. »Ich muss jetzt weg. Abendessen. Und baden.« Ein Knopf seines gestärkten Uniformhemds stand offen. Er gewährte freien Blick auf ein weißes Baumwollunterhemd, das sich über seinen wuchtigen Bierbauch spannte. »Im Vergnügungspark gibt es heute eine Show mit Crashfahrern. Die fahren für ne Viertelmillion Blech aus Detroit kaputt. Rammen sich, überschlagen sich, fackeln alles ab.« Er nahm seine Jacke von der Lehne des Drehsessels und zog sie an. Früher mochte sie ihm einmal gut gepasst haben, aber jetzt war sie ihm unter den Armen zu eng, außerdem konnte er sie nicht mehr zuknöpfen. An der Brusttasche war ein sechszackiger Silberstern befestigt. Er kicherte zufrieden. »Ein einziges Chaos. Und ich bin der Zeremonienmeister.«

Dave war ebenfalls aufgestanden. »Wo ist das Büro des Staatsanwalts?«

»Dort, den Korridor entlang.« Hackett grunzte und bückte sich nach einem braunen Stetson, der auf einem gelben Stuhl auf einem Stapel leerer Aktendeckel lag. »Aber der ist nicht mehr da. Es ist nach fünf.« Er setzte sich den Hut auf den schmalen Kopf, zupfte an der Krempe und öffnete die Tür, auf deren Milchglasscheibe sein Name stand. »Nach fünf sind hier nur noch Häftlinge und

Wächter. Wundert Sie das?« Er verzog seine rot geäderte Nase. »Mögen Sie den Geruch hier?«

»Jetzt, wo Sie es sagen«, erwiderte Dave, »nein.«

In der Mitte des abendlichen Innenhofs schien das Licht wässrig aus den Springbrunnen heraus. Es ließ den heiligen Franziskus und seine Tauben gespenstisch grün leuchten. Die Fenster der geschlossenen Geschäfte schimmerten mild durch das Blattwerk der Olivenbäume. Dave ging über das rote Pflaster zur Tür von *Oats & Norwood,* öffnete sie und trat ein. Die Weltkugel des großen Globus hatte sich nicht weitergedreht; still stand sie im trüben Lampenlicht, wie von einer sterbenden Sonne erhellt. Dave erkannte seine eigenen Fingerabdrücke darauf.

Heute Abend gab es Kunden im Geschäft. Collegestudenten. Ein Junge und ein Mädchen, er in Jeans, sie in einem bodenlangen Paisley-Kleid. Und ein Junge in einer Jacke wie die eines Logenschließers im Theater, scharlachrot mit goldenen Epauletten, viel zu groß für ihn. Sein Haar war sehr lang, und er schob es sich immer wieder aus dem Gesicht, während er las. Charles Norwood, in seiner Jacke mit den ledernen Flecken auf den Ärmeln, stand neben ihm und zog die Stirn in Falten, als versuche er sich an irgendetwas zu erinnern. Eva Oats kam von einer Leiter herunter und brachte dem Jungen und dem Mädchen drei Bücher. Als sie sich umdrehte und Dave erblickte, verschwand ihr routiniertes Lächeln. Sie kam auf ihn zu.

»Sie haben den Fall doch sicherlich zu Ihrer Zufriedenheit abgeschlossen?« Ihre Stimme war arktisch.

»Falsch«, sagte Dave. »Peter hat seinen Vater nicht umgebracht. Er will den Mann schützen, der es getan hat.«

Norwood drehte sich rasch herum. »Was soll das heißen?«

»Bitte, Charles.« Sie sagte es, ohne ihn anzusehen und ohne Betonung. Dabei betrachtete sie Dave nachdenklich. »Sie sind ein außergewöhnlicher Mann. Wovon reden Sie? Haben Sie Beweise?«

»Beweis ist ein zu einfaches Wort für das, was ich habe«, erklärte Dave. »Ich hätte gern den Namen des Anwalts, den Sie engagiert haben. Er wird etwas damit anfangen können. Ich habe versucht, Captain Campos anzurufen, um ihm die Informationen durchzugeben, aber er ist nicht zu erreichen. Ebenso wenig wie der Staatsanwalt. Danach habe ich versucht, Sie anzurufen, aber es war ständig besetzt.«

»Tut mir Leid. Mir fallen immer wieder Sachen ein, die ich dem Anwalt noch sagen könnte. Peter redet kein Wort mit ihm.«

»Wie heißt er?«, fragte Dave.

Sie schüttelte den Kopf. »Ich bezahle den Mann, also will ich zuerst wissen, was Sie ihm zu sagen haben. Ich muss es wissen.« Ihre Stimme zitterte, und das missfiel ihr. Sie wurde sarkastisch. »Vielleicht verstehen Sie das nicht, aber ich mache mir ein klein wenig Sorgen.« Das junge Paar ging zur Kasse und legte die Bücher neben die alte Registrierkasse. Eva lächelte ihnen zu. Sie sagte zu Dave: »Sie können es sich im Hinterzimmer gemütlich machen. Ich werde versuchen, Sie nicht warten zu lassen.«

Der Raum war dunkel. Er bückte sich und zog an der Kette der Tiffany-Lampe. Sie warf ein harlekinbuntes Licht an die Decke, aber die Ecken des Raums blieben dunkel. Auf dem niedrigen, runden Tisch standen Martinigläser, in denen Oliven im geschmolzenen Eiswasser ertranken. Die Bücher und die Papiere waren seit dem letzten Mal nicht angerührt worden. Er ließ sich in einen der roten Ledersessel fallen, zündete sich eine Zigarette an, dann sah er den Brief, der ihm schon letztes Mal aufgefallen war. Er nahm ihn in die Hand.

Durch die Lesebrille musterte er skeptisch den ausgefallenen Londoner Briefkopf. *Gaylord & Steen*. Dann wanderte sein Blick über das Blatt. Eine Liste von Erstausgaben der Werke von Sinclair Lewis, handsigniert, in einwandfreiem Zustand, mit Schutzumschlägen. Von *Unser Herr Wrenn* bis hin zu *Wie ist die Welt so weit*. Die Absender waren sicher, dass Mr. Oats an dieser großartigen Kollektion eines führenden amerikanischen Schriftstellers und Nobelpreisträgers interessiert sei. Sie räumten *Oats & Norwood* das Vorkaufsrecht ein. Die Bücher würden dreißig Tage lang für sie zurückgehalten. Der Preis war ordentlich.

Draußen in der Buchhandlung klingelte die Registrierkasse.

Stimmen bedankten sich und wünschten einander eine gute Nacht. Schritte wurden lauter. Die Tür ging auf, fiel ins Schloss. Norwoods etwas weibischer Bariton sagte, es tue ihm Leid. Die Tür ging noch einmal auf, fiel noch einmal ins Schloss. Und diesmal hörte Dave, wie ein Riegel vorgeschoben wurde. Er schaute auf seine Armbanduhr. Noch nicht sieben, und draußen an der Tür stand, das Geschäft sei bis neun geöffnet. Er legte die Buchliste weg, klappte die Lesebrille zusammen, und beide kamen herein.

Eva nahm die Gläser und reichte sie Norwood, der mit ihnen zu dem im Halbdunkel liegenden Schreibtisch ging. Flaschen klirrten. Sie setzte sich Dave gegenüber auf die Stuhlkante und verschränkte die Arme vor der Brust. Ihre Stimme klang gepresst. »Was ist das nun mit Peter? Er opfert sich für jemand anders? Für wen? Und warum? Warum, um alles in der Welt? Nicht, dass es so untypisch für ihn wäre. Für seinen Vater hätte er sich geopfert. Aber ihre Liebe –«

»Das haben Sie mir schon erzählt«, sagte Dave. »Nun lassen Sie mich mal erzählen.« Er war es leid, die Sache immer wieder durchzugehen. Aber er ging sie noch einmal durch, ließ kein Detail aus. Bei einigen zuckte sie zusammen. Als Norwood einen Martini vor sie auf den Tisch stellte, griff sie gierig danach. Das Glas war gedrungen und stabil. Das musste es auch sein. Sie umfasste das Glas so fest, dass ihre Knöchel weiß wurden. Auch um ihren Mund war sie weiß geworden. Dave berichtete ihr von dem Anruf bei Cochran und kam dann zum Schluss.

»Es ist ein schönes Anwesen, fünf Meilen hinter der Küstenstraße, in den Bergen. Ein wenig nördlich von Las Cruces. Ein kleines Tal für sich. Sein Wagen stand auf dem Hof. Den kann man nicht verwechseln. Ein Lotus, hellgelb.« Norwood stand auf und ging wieder ins Dunkel. Dave sagte: »Er wird regelmäßig gewaschen, aber nur von Hand und nicht unter den Kotflügeln.« Eine Schreibtischschublade wurde aufgezogen und wieder geschlossen. »Ich habe unter den Kotflügeln nachgesehen. Sie sind voller verkrustetem, weißem Sand.« Norwood ging in den Verkaufsraum hinaus. Dave sagte: »Dieser Wagen war in der Nacht, als John Oats ertränkt wurde, in Arena Blanca.« Die Tür der Buchhandlung wurde geöffnet und wieder geschlossen. »Es war ein regnerischer Abend. Der einzige regnerische Abend seither. Und Wade Cochran ist ein starker Mann und ein guter Schwimmer.« In der Seitenstraße unter dem Fenster wurde eine Wagentür zugeschlagen, ein Motor sprang an. Dave drückte seine Zigarette aus. »Also – wie erreiche ich diesen Anwalt?«

Er war ein feiner, silberhaariger Mann um die siebzig in einem teuren Seidenanzug und einem maßgeschneiderten Hemd aus irischem Leinen. An den Manschetten glänzten kleine, silberne Hämmer. Die sorgfältig manikürten Hände, die aus den Manschetten ragten, waren auf dem Stahltisch gefaltet, dem beigefarbenen Stahltisch im beigefarbenen Verhörraum der Polizeistation von El Molino. Neben den Händen lagen ein weicher schwarzer Hut und ein leichter schwarzer Staubmantel über einem schwarzen ledernen Aktenkoffer. Der Mann hieß Irving Blau. Seine Stimme raschelte wie trockenes Laub.

»Sie waren also nicht dort?«

Peter Oats sagte: »Nein. Er hat nichts damit zu tun. Ja, er hat mich in *Lorenzaccio* gesehen. Ja, wir sind zusammen essen gegangen. Ja, wir waren in diesem Motel.« Die braunen Augen blickten den Anwalt flehend an. »Um zu reden. Nur, um zu reden. Er produziert einen Film. Es ist alles noch geheim. Nicht das, was er sonst dreht. Kein Western. Etwas Religiöses. Über das Leben des heiligen Paulus. Er dachte, ich könnte die Rolle spielen. Aber das war nichts Persönliches. Es war rein geschäftlich. Er hat nichts mit dem hier zu tun.«

»Das ist doch die Handschrift Ihres Vaters, oder?« Dave schob die gelbe Karte über den Tisch. »Warum hat er Ihren Namen aufgeschrieben, mit Wade Cochrans Telefonnummer?«

»Weil – weil – ich dachte, dass ich zu ihm fahren würde. Das heißt, Wade, Mr. Cochran, sprach darüber, dass ich zu ihm hochfahren sollte. Aber er hat seine Pläne geändert. Ich bin nie hingefahren.«

»Wo waren Sie dann?«, fragte Blau. »Das kann doch jetzt kein so großes Geheimnis mehr sein, oder?«

»Ich möchte niemanden in Schwierigkeiten bringen.«

»Das haben Sie bereits getan«, sagte Dave.

»Ich möchte nicht darüber sprechen. Lassen Sie nur Wade in Ruhe. Lassen Sie ihn in Ruhe. Er hat nichts getan. Ich hab es getan.« Der Junge ballte die Fäuste auf den Knien. »Wie oft muss ich das noch sagen? Ich bin es gewesen. Lassen Sie ihn aus dem Spiel.«

»Er wurde von Ihrem Vater angerufen, als der verzweifelt Geld brauchte, um illegal Morphium zu kaufen. Er hat die Ranch gleich nach dem Anruf verlassen. Der Sand unter den Kotflügeln beweist, dass er nach Arena Blanca gefahren ist. Das hätte er nur getan, wenn Ihr Vater in der Lage gewesen wäre, ihm mit irgendetwas zu drohen. Ich habe bereits gesagt, was das meines Erachtens war. Der Vorwurf der Homosexualität kann den meisten Schauspielern nicht mehr viel anhaben. Heutzutage nicht mehr. Aber Wade Cochran hätte dieser Vorwurf sicher geschadet – um es einmal harmlos auszudrücken.«

»Sie haben eine krankhafte Phantasie!«, brüllte Peter Oats.

Die Tür ging auf. Johnson, der bullige junge Beamte mit dem kurz geschnittenen Haar, schaute herein. »Alles in Ordnung?«

»Entschuldigen Sie uns«, sagte Blau.

Johnson schaute den Jungen scharf an. »Immer schön ruhig bleiben, Oats.« Er zog den Kopf zurück und schloss die Tür wieder.

»Bob Whittington hat Ihnen Avancen gemacht«, sagte Dave. »Sie haben ihn abgewiesen. Aus anderen Gründen, nicht etwa weil Sie heterosexuell sind. Er hat Sie danach gefragt, und Sie haben es ihm gesagt – Sie sind nicht heterosexuell. Ich könnte mir vorstellen, dass die jungen Männer am Theater mir das bestätigen würden. Was meinen Sie?«

Peter stand auf, drehte sich um und legte die Hände auf das Fensterbrett. »Das hat überhaupt nichts mit Wade zu tun.«

»Aber er dachte, es hätte etwas mit ihm zu tun«, sagte Blau mit seiner sanften Altherrenstimme. »Er ist nicht nach Arena Blanca gefahren und hat einen Menschen getötet, weil es nichts mit ihm zu tun hat.«

»Sie haben Ihrem Vater erzählt, dass Sie homosexuell sind«, sagte Dave. »Stimmt das etwa nicht? Deshalb sind Sie im Streit auseinander gegangen, deshalb hat sich Ihr Vater an jenem Abend betrunken, deshalb wollte er April nicht sagen, warum Sie ausgezogen sind.«

»Er hasste die Schwulen, wie er sie nannte«, sagte Peter mit tonloser Stimme. »Er machte sich immer lustig über sie. Abfällig, verletzend. Ich habe lange nicht gewusst, warum. Aber als ich älter wurde, merkte ich, dass er damit Charles treffen wollte. Für Charles war das immer sehr peinlich. Ich glaube, Charles war in meinen Vater verliebt. Das hat ihm nicht viel Gutes beschert.«

»Norwood«, erklärte Dave dem Anwalt. »Der Geschäftspartner.«

Peters Stimme klang traurig. »Ich habe auch lange gebraucht, um zu merken, was mit mir los war. Es ist erst passiert – ja, wann eigentlich? – vor einem Jahr, vor vierzehn Monaten. Ich hatte mir gerade überlegt, wie ich es ihm beibringen sollte, als er den Unfall hatte, und danach war sein ganzes Leben kaputt. Das konnte ich ihm nicht auch noch antun, schließlich wusste ich, was er davon hielt. Aber dann war auf einmal April da, die ihn liebte und die er lieben konnte.«

»Also konnten Sie ihn verlassen, um mit Cochran zusammenzuleben.«

»Nein!« Der Junge wirbelte herum, beugte sich nach vorn, krallte die Hände in seine Oberschenkel und verzog den Mund. »Nein. Wade ist nicht so. Das müssen Sie mir glauben. Bitte, tun Sie ihm das nicht an. Oh, mein Gott, können Sie das denn nicht verstehen? Wenn er wirklich nach Arena Blanca gefahren ist, dann hat er ihn auf keinen Fall umgebracht. Ich habe ihn umgebracht. Genau aus dem Grund, den Sie genannt haben. Ich habe ihn besucht, und er hat mir erzählt, dass er seine Lebensversicherung ändern würde.«

Dave schüttelte den Kopf. »Davon haben Sie erst erfahren, nachdem ich Cochran besucht hatte. Er hat Ihnen die Geschichte genauso berichtet, wie ich sie ihm geschildert habe.«

»Nein. Ich war nicht dort.« Peter kam zum Tisch und lehnte

sich dagegen. An seinen Schläfen und am Hals traten die Adern hervor. »Bitte. Versprechen Sie mir, dass Sie Wade aus dieser Sache raushalten. Vergessen Sie ihn. Bitte! Warum soll er unschuldig leiden?« Er schaute Dave an. »Sie haben es selbst gesagt. Er wäre erledigt, er könnte alles verlieren. Warum? Er hat nichts Böses getan. Er kann gar nichts Böses tun. Sie kennen ihn nicht.«

»Sie reden wie seine Mutter«, sagte Dave. »Peter – er hatte ein sehr starkes Motiv. Er hat Ihren Vater umgebracht. Er brauchte fünfundvierzig bis fünfzig Minuten, um von der Rauch nach Arena Blanca zu fahren. Also konnte er frühestens um sechs Uhr dort sein. Da war es bereits eine halbe Stunde dunkel. Vielleicht auch schon länger, weil es regnete. Warum, weiß ich nicht, aber er hat mit Ihrem Vater zu Abend gegessen. Zwei Männer – ein Whiskeyglas. Er trinkt nicht. Er behält immer einen klaren Kopf. Er war sogar so aufmerksam, Ihre Gitarre mitzunehmen, wo er schon einmal dort war. Ein wahrer Freund.«

»Er hat es nicht getan!« Peter schmetterte eine Faust auf den Tisch. »Ich habe nie –« Er biss sich auf die Lippen.

»Was haben Sie nie?«, fragte Blau sanft. »Sie haben die Gitarre nie bekommen? Nun« – er stand auf und schob den Stuhl zurück –, »sie wird schon auftauchen. Irgendwo auf der Ranch. Die Männer des Sheriffs werden sie finden.«

»Nein«, flehte der Junge. »Schicken Sie diese Leute nicht dorthin. Machen Sie ihm nicht sein ganzes Leben kaputt. Ich habe es getan.« Tränen liefen ihm übers Gesicht. Er streckte ihnen zitternde Hände entgegen. Seine Stimme versagte fast. »Bitte! Ich habe es getan.«

»Dann wissen Sie auch, wo die Gitarre ist«, entgegnete Blau mit einem stillen Lächeln. »Wo ist sie, Peter?«

Der Junge starrte ihn wortlos an.

22

Er bog vom Western Boulevard auf den Yucca Boulevard ab. Die Bäume warfen schwarze Schatten. Autos schliefen an den Straßenrändern oder in den Einfahrten der alten Holzhäuser, aus denen nur schwaches Licht und das Flackern der Fernsehgeräte drang. Eine Katze trottete auf weißen Pfoten über die Straße und verschwand in einer Hecke. Eine lahme alte Frau mit einem Schal um den Kopf zog ihren Einkaufswagen mit quietschenden Rädern den Gehsteig entlang – von einem in der Nähe gelegenen Supermarkt, der rund um die Uhr geöffnet hatte. Ein Stück weiter führte ein Mann, der sich eine Jacke um die Schultern gehängt hatte, einen Dackel an der Leine, der den geteerten Fuß eines Telefonmastes beschnupperte.

Dave hielt vor dem roten Blechschild an der Harvard Street und lächelte. Es war kein sehr breites Lächeln, aber es kam von Herzen. Zu Hause. Blau würde den Rest erledigen, und er würde es richtig machen. Dave konnte alles vergessen. Und schlafen. In der vergangenen Nacht, in Madges weißem Gästezimmer, während die Brandung unter den Fenstern leise rauschte, hatte er weniger Schlaf bekommen als Sex. Es war wieder schön gewesen, leicht und liebevoll, nachdem es einige Wochen lang weniger schön gewesen war. Aber es hatte Dave auch noch müder gemacht. Doug war bei Madge geblieben, aber heute Abend hatte sie das Haus voller Gäste, und Dave hatte keine Lust auf viele Menschen. Er gab langsam Gas und bog links ab. Er würde Doug anrufen, sobald er zu Hause war. Dann würde er sich in dieses verwünschte Bett legen und –

Er trat auf die Bremse, würgte den Motor ab, starrte geradeaus. Ein Stück weiter die Straße hinunter standen schwarzweiße Streifenwagen kreuz und quer auf dem Gehsteig. Die roten Blinklichter blitzten, blitzten, blitzten. Im blutig roten Licht bewegten sich dunkle Uniformen. Auf der anderen Straßenseite standen Kinder, Frauen mit Lockenwicklern und Männer in Hemdsärmeln und gafften. Dave ließ den Motor wieder an, parkte den Wagen vor einem brachliegenden, von Gestrüpp überwucherten Baugelände und stieg hastig aus. Der nächste Polizeibeamte sah aus wie sechzehn, sehr blond. Er beugte sich in einen der Streifenwagen hinein, aus dessen Funkgerät eine laute, gleichgültige Frauenstimme drang. Dann hängte er das Mikrofon zurück an den Haken.

Dave fragte ihn: »Was geht hier vor?«

Der junge Beamte schaute ihn nicht an, machte lediglich eine Handbewegung. »Bitte, gehen Sie auf die andere Straßenseite.« Dann wollte er weggehen.

»Das ist mein Haus«, sagte Dave.

Der Beamte drehte sich um und schaute ihn skeptisch an. »Zeigen Sie mir Ihren Ausweis.« Dave zog seine Brieftasche heraus, entnahm ihr den Führerschein und reichte ihn dem jungen Polizisten. Der hielt ihn so, dass das grünliche Licht einer Straßenlampe darauf fiel, gab ihn dann zurück und schaute grimmig. »Wo waren Sie?«

»Außerhalb der Stadt. Können Sie mir jetzt sagen –«

Einer der Streifenwagen bewegte sich, und der junge Beamte zog Dave am Ärmel beiseite. Zwei schwarze Polizisten saßen darin, der Fahrer setzte den Wagen mit schleifender Kupplung zurück. Als der Wagen weg war, sah Dave den gelben Lotus. Er parkte direkt vor seinem Haus. Die Tür auf der Gehsteigseite stand offen, und daneben hockte ein muskulöser, grauhaariger Mann mit gebrochener Nase. Er sprach mit jemandem, der sich im Wagen befand. Dave konnte nicht erkennen, wer es war. Die Nackenstützen der Sitze waren zu hoch. Aber er kannte den Mann.

»Ken Barker«, sagte er. »Leitet er die Untersuchung?«

»Er wird mit Ihnen sprechen wollen. Lieutenant?«

Barker kniff die Augen zusammen, als er in das rote, flackernde Licht schaute. Er richtete sich auf, sprach noch ein paar Worte in den Wagen hinein und trat dann zurück auf die Straße. »Dave.« Er schüttelte ihm die Hand, lächelte aber nicht. »Was wollte Wade Cochran von Ihnen?«

»Ich könnte nur raten. Das ist sein Wagen. Sitzt er nicht drin? Fragen Sie ihn doch.«

»Er sitzt nicht drin. Er liegt vor Ihrer Haustür. Tot.«

Dave hatte das Gefühl, als würde ihm jemand einen Schlag in die Magengrube versetzen. Er fuhr herum und starrte zum Haus hinüber. Scheinwerfer beleuchteten die Stelle jenseits der großen Zeder, ließen das Blattwerk grellgrün aufleuchten, erhellten das neue Schild ZU VERKAUFEN auf dem Stahlpfosten und warfen den Schatten eines Polizeibeamten, der mit gesenktem Kopf dastand, mit voller Wucht gegen die Tür. Zu seinen Füßen lag etwas mit einer Wildlederjacke und einem dunkelrot glänzenden Gesicht.

»Erschossen. Drei Treffer«, sagte Barker. »Die Waffe war kleinkalibrig, aber die Schüsse kamen aus unmittelbarer Nähe. Warum, Dave?«

Dave lächelte ihn schwach an. »Für unsere Sünden, Ken.« Er schaute zum Lotus hinüber. »Er hat seine Mutter mitgebracht, nicht wahr?«

Barker nickte. »Aber sie kann uns nichts sagen. Sie ist blind. Cochran ist aus dem Auto gestiegen. Sie hat gehört, wie er zur Tür gegangen ist. Er hat Cowboystiefel an. Das hier ist eine stille Straße. Sie hat Ihre Türklingel gehört. Dann kam ein zweites Auto, die Tür wurde zugeschlagen, rasche Schritte hallten auf dem Gehsteig. Cochran sagte ›Nein‹, nur ein Mal. Dann krachten drei Schüsse. Der Mörder rannte zu seinem Auto zurück und fuhr weg. Die alte Lady hat auf die Hupe gedrückt. Ein paar Nachbarn haben es gehört. Sie haben uns verständigt.« Barker schaute auf seine Uhr. »Vor zwanzig Minuten. Sie hätte schon längst von hier weg sein können, aber sie wollte sich nicht von der Stelle rühren. Sie möchte mit Ihnen sprechen. Sie hat gesagt, sie würde wenn nötig, die ganze Nacht warten.«

Sie saß steif und aufrecht im Wagen, stoisch, an Schmerz gewöhnt und stärker als der Schmerz. Sie hätte in einer Kutsche sitzen sollen. Ihre unverfälschte Würde ließ die Autopolster aus Leder, die glänzenden Armaturen und die geschwungene Windschutzscheibe lächerlich erscheinen. Dave beugte sich zu ihr hinein, berührte sie am Arm, sagte ihr, wer er war.

Sie wandte sich ihm zu. »Sie sind gekommen.«

»Zu spät«, sagte er. »Es tut mir Leid.«

»Nicht Ihre Schuld. Er wollte vorher anrufen. Ich habe es ihm verboten. Am Telefon hört heutzutage immer jemand mit. Wir werden von Angesicht zu Angesicht mit ihm sprechen.« Jetzt hob sie den Kopf. »Barker, sind Sie noch da?«

»Ja, Ma'am.« Er stand hinter Dave.

»Dann gehen Sie jetzt. Suchen Sie den Mörder meines Sohnes.«

»Jeder sucht nach ihm«, erwiderte Barker. »Ich muss erfahren, was Sie Mr. Brandstetter zu sagen haben.«

»Das Einzige, was Sie erfahren müssen, ist der Name des Mörders, und den kenne ich nicht.« Ihre gichtige Hand ergriff die Hand von Dave. »Setzen Sie sich zu mir ins Auto.«

Dave richtete sich auf und schaute Barker an. Im Gesicht des Lieutenants zuckte ein Muskel, aber er sprach kein Wort, sondern schaute Dave nur mit steinerner Miene an. Seine kalten, harten Augen sagten: *Das werden Sie mir später berichten.* Dave nickte nicht. Er hielt Barkers Blick stand, während er langsam bis drei zählte. Barker konnte daraus schließen, was er wollte. Dann ging Dave um den Wagen herum und setzte sich hinters Lenkrad des Lotus. Die Tür fiel ins Schloss. Er langte über Mrs. Cochran hinweg und schloss auch die andere Tür.

»Das lässt sich nicht vertuschen«, sagte er. »In fünf Minuten sind die Reporter hier.«

»Aber was ich zu sagen habe, muss unter uns bleiben«, sagte sie.

»Vielleicht. Ich muss wohl nicht fragen, warum er hierher kam. Er kam, weil Sie ihn dazu gezwungen haben. Was wollte er mir sagen?«

»Dass der Junge seinen Vater nicht umgebracht hat.« Sie starrte geradeaus ins Leere. Die Blinklichter wurden von ihren Brillengläsern reflektiert. »Er war oben in der Hütte.«

»Aber Wade war nicht dort. Er ist nach Arena Blanca gefahren.«

»Er war bereit zu zahlen«, sagte sie. »Vor dem Haus ist eine Treppe. Er ging hinauf. Es war kalt und regnerisch, aber die Tür stand offen. Er schaute hinein. Drinnen brannte Licht. Teller auf dem Tisch, ein gerade beendetes Abendessen. Der Kaffee in den Tassen dampfte noch. Im Aschenbecher qualmte eine Zigarette. Aber niemand war da. Er rief, aber nichts rührte sich. Nun, ich habe ihm beigebracht, dass man ein leeres Haus nicht betreten darf. Er ging die Treppe hinunter und wartete im Auto. Aber nicht lange. Er befürchtete, gesehen zu werden. Daher fuhr er zurück zur Ranch.

Und danach ist er zur Hütte hinaufgeritten. Der Junge war noch da, aber Wade erzählte ihm nicht, wo er gewesen war und warum. Es war zwischen ihnen genau so, wie Sie es beschrieben haben. Liebe haben Sie es genannt. Ich kann das nicht akzeptieren. Die Bibel akzeptiert es nicht, und ich auch nicht. Ich habe mein ganzes Leben nach dem Wort Gottes gelebt. Habe Wade danach erzogen. Er wusste es genau, wusste, dass er Unrecht tat – sonst hätte er mit mir darüber gesprochen. Aber das ist jetzt nicht mehr wichtig.

Wichtig dagegen ist, dass dieser John Oats gesagt hat, sein Sohn habe ihm erklärt, er wolle bei Wade wohnen und warum – genau wie Sie vermutet haben. Er drohte damit, es publik zu machen. Es sei denn, Wade würde ihm Geld bringen. Wade war sicher, dass der Junge von der Sucht seines Vaters keine Ahnung hatte.« Sie stieß ein trockenes Lachen aus, das verzweifelt klang. »Genau das, was Sie über mich gesagt haben. Die Liebe duldet keinen Zweifel. *Glaubt alles, hofft alles.* Erster Korinther, dreizehn, Vers sieben.«

»Ich glaube, er hatte Recht. Der Junge wusste nichts davon.«

»Kann sein.« Sie sprach es wie ein Wort aus, ganz kurz. »Ich kann ihn trotzdem nicht leiden. Das können Sie nicht von mir erwarten. Mein Sohn war glücklich, bevor er aufgetaucht ist. Es ging ihm gut, wirklich gut. Alle Welt war dieser Meinung.« Ihre Stimme zitterte und wurde zur dünnen Stimme einer alten Frau. »Und nun schauen Sie, was daraus geworden ist. Schauen Sie, was mit ihm passiert ist.«

»Der Junge hat versucht, ihn zu retten«, sagte Dave.

»Weil es seine Schuld war, und das wusste er. Er dachte, Wade hätte seinen Vater umgebracht. Oh ja.« Sie lächelte schief, triumphierend. »Wenn es wirklich Liebe war, dann war sie damit zu Ende. An dem Tag, als Sie das erste Mal auf der Ranch auftauchten. Wade hat Sie richtig eingeschätzt. Er wusste, dass Sie keine Ruhe geben würden, bis Sie den Jungen gefunden hatten. Und dabei würden Sie dahinter kommen, wo sie miteinander gegessen hatten, und das Motel ausfindig machen, wo sie miteinander Unzucht getrieben hatten. Sie haben damals nichts von Rauschgift oder Erpressung gesagt, aber Sie würden auch das herausfinden. Und wiederkommen.«

»Er hätte den Sand unter den Kotflügeln abwaschen sollen.«

Sie schüttelte den Kopf. »Das hätte Sie nicht aufgehalten. Nicht, nachdem Sie von John Oats' Telefonanruf erfahren hatten. Wade wusste nicht, an wen er sich wenden sollte. Wenn er bisher in seinem Leben Probleme hatte, konnte er sich mit seiner Mutter aussprechen. Aber darüber konnte er nicht mit mir sprechen. Er hatte niemanden außer diesem Jungen. Und der Junge glaubte, dass er es getan hatte.« Ihr Lächeln war bitter. »Aber er wollte nicht zulassen, dass Wade die Schuld auf sich nahm. Schließlich war er selbst an allem schuld. Also beschloss er, selbst die Schuld auf sich zu nehmen. Sein Leben hatte ohnehin keinen Sinn mehr.«

»Und Wade hätte es zugelassen«, sagte Dave. »Wenn Sie nicht gewesen wären, hätte Wade ihn geradewegs in die Gaskammer gehen lassen.«

»Aber der Junge irrte sich!« Ihr Schrei war rau wie der einer Krähe. »Wade hat es nicht getan. Das wissen Sie jetzt. Es war ein anderer. Derselbe, der Wade erschossen hat.«

»Klar doch.« Dave tastete nach dem Türgriff, öffnete die Wagentür. »Derselbe.«

Mit leisem Sirenengeheul bahnte sich ein großer brauner Krankenwagen einen Weg durch die schwarzweißen Streifenwagen. Auf seinem Dach rotierte ein matt orangerotes Licht in einer Plastikhalbkugel. Schwankend rollte er die Auffahrt zum Haus hinauf, gefolgt von einem neutralen Wagen mit langer Peitschenantenne. Männer in Weiß sprangen aus dem Krankentransporter, öffneten die Hecktüren und zogen im Scheinwerferlicht des zweiten Wagens eine Bahre und ein graues Plastikpaket heraus – den Totensack. Sie gingen damit auf die Haustür zu. Dem neutralen Wagen entstieg ein Mann mit einer kleinen schwarzen Tasche und ging hinter ihnen drein – Grace, vom Büro des Coroners. Aus demselben Wagen kletterten zwei weitere Männer, folgten ihm und zertrampelten mit ihren Kameras, Blitzlichtern und chromblitzenden Stativen das Gras.

Dave stieg aus dem Lotus, drehte sich um, bückte sich noch einmal und sagte: »Er hatte Angst davor, gesehen zu werden, haben Sie gesagt. In jener Regennacht in Arena Blanca.«

»Es hat ihn niemand gesehen«, erwiderte sie. »Das hat er mir gesagt.«

»Es hat ihn jemand gesehen«, sagte Dave. »Soll ich Katy anrufen und sie herbitten?«

Sie biss die Zähne zusammen. »Ich bleibe hier bei meinem Sohn.«

Doch das würde sie nicht. Als Dave sich aufrichtete, sah er eine kräftige, junge Frau, die eine eng geschnittene Uniform trug, aus einem Streifenwagen steigen. Mit freundlicher Entschlossenheit schritt sie auf den Lotus zu. Dave schloss die Tür und sah sich nach Barker um. Die Blitze der Fotografen erhellten seine Gestalt wie ein Stroboskop. Er stand in der Nähe des Toten und beobachtete den Arzt, der sich hinuntergebeugt hatte. Dave ging auf ihn zu, blieb dann aber stehen. Zum Teufel mit ihm. Er hatte keine Amtsgewalt in El Molino. Er konnte warten. Dave ging zu seinem Auto zurück.

Ein untersetzter Mann kam ihm aufgeregt entgegengelaufen. An seiner Hose hing eine Klette, die er sich beim Überqueren des Baugeländes eingefangen hatte. Sein Auto stand ein Stück weiter um die Ecke, weiß, mit den Buchstaben des Radiosenders. DIE NEUESTEN NACHRICHTEN RUND UM DIE UHR. Ein Aufnahmegerät baumelte an einem breiten Ledergurt an seiner Hüfte. Er wedelte mit einem glänzenden Mikrofon.

»Entschuldigen Sie – unsere Redaktion hat gehört, dass Wade Cochran erschossen worden ist. Der Fernsehstar. Wissen Sie etwas darüber? Wem gehört dieses Haus?«

»Der Großmutter.« Dave blieb nicht stehen. »Aber im Bett saß der böse Wolf.«

Er warf sich in seinen Wagen, ließ den Motor an und legte den Rückwärtsgang ein. Er drückte das Gaspedal durch, die Reifen quietschten, fassten und beförderten den Wagen rückwärts bis zur nächsten Ecke, wo er das Lenkrad herumriss und die Reifen noch einmal quietschen ließ. Und ein drittes Mal, als er den Vorwärtsgang einlegte und seinen Wagen wieder auf den Yucca Boulevard jagte. Ein Blick über die Schulter zeigte ihm, dass niemand in dem rot beleuchteten Alptraum etwas bemerkte hatte. Nicht einmal der Reporter. Er stritt sich mit dem blonden Jüngling in Uniform.

23

Es lag im Dunkeln, das vierte auf der linken Seite in einer Reihe ebenerdiger Einfamilienhäuser. Scharfkantiger, bleicher Beton, ordentlich und unauffällig. Saubere, flache Betonstufen, die zu einer Fliegengittertür aus Aluminium hinaufführten. Dahinter weiß lackierte Türen mit schrägen Leisten. Vor den Fenstern weiße Jalousien. Aber kein Licht dahinter. Nicht in Nummer vier. Nur ein Telefon, das stur klingelte, klingelte, klingelte.

Dave trat wieder hinaus auf die Straße. Ein schmaler Plattenweg führte zur Rückseite des Hauses. Die Fliegengittertür auf der Rückseite von Nummer vier war nicht verriegelt, aber die Tür dahinter war versperrt. Während seine Hand auf dem Türknopf lag, hörte das Telefon auf zu klingeln. Er ging ein paar Schritte in eine schmale Gasse, die hinter den Häusern verlief. Hier war es finster bis auf das blasse Licht der Geschäftsstraße zwei Blocks weiter, das vom bedeckten Himmel reflektiert wurde. Es reichte aus, um eine Reihe von Wagenstellplätzen auszumachen, überdachte, dunkle Bretterverschläge.

Er legte eine Hand auf die Motorhaube eines Galaxy, einer Chevelle, auf die hintere Haube eines Volkswagens. Kalt. Dann hörte er leise Geräusche. Zwei Wagen weiter. Ein kleiner, alter Sunbeam mit abgewetztem Faltdach. *Tick. Ping.* Die Motorhaube war warm. Er öffnete die kleine verrostete Tür, zündete ein Streichholz an und beugte sich hinein, um die Zulassungskarte in der vergilbten Zelluloidhülle an der Lenksäule zu überprüfen. Ja. Er blies das Streichholz aus.

Er schloss die Tür, ging einen Schritt, duckte sich, langte unter einen Kotflügel, kratzte mit dem Fingernagel, stand wieder auf und trat einen Schritt zurück in die Gasse. Hielt sich die Hand dicht vor die Augen. Glitzernde weiße Sandkörner. Er wischte sich die Hand ab, bückte sich dann und versuchte, den Kofferraumdeckel des Sunbeams zu öffnen. Der verrostete Griff ließ sich drehen, wenn auch nur mit Mühe. Er hob die Haube hoch. Nichts darin außer dem Reservereifen und Werkzeug.

An der hinteren Begrenzung der Abstellplätze, so hoch angebracht, dass die Motorhauben der Autos noch darunter passten, hing ein roher Holzverschlag. Mit einem Vorhängeschloss gesichert. Er holte sich den Radmutternschlüssel aus dem Sunbeam, schob sich zwischen den kleinen Wagen und den daneben stehenden Mustang und zwängte den Schlüssel unter den einfachen Schließhaken. Das Holz war weich. Das Blech löste sich, das Schloss klapperte, die Schräubchen fielen auf den Beton zu seinen Füßen. Dave öffnete die Tür.

Das Streichholzlicht flackerte gelblich auf alte Bücher, die mit Stricken zusammengebunden waren. Pappkartons, von Alter und Feuchtigkeit gezeichnet. Ein staubiger grüner Tirolerhut mit einer einstmals flotten roten Feder. Ein Paar Autohandschuhe – trockenes Leder, offene Fingerspitzen – krümmte sich, als würden immer noch Hände darin ein Lenkrad umgreifen. Dosen mit Lack, Politur, Verdünner. Eine Konservendose, in der gebrauchte Pinsel steckten. Ein zerbeulter roter Reservekanister.

Und eine Gitarre.

Das Telefon klingelte, als er wieder an die Hintertür trat. Das Schnappschloss ließ sich mit dem Türknopf öffnen. Dave benützte das Brecheisen aus dem Wagen und löste damit vorsichtig die Holzleiste auf der rechten Seite des Türrahmens. Nur einen Spalt. Das Telefon hörte auf zu klingeln. Er nahm einen Plastikkalender aus seiner Brieftasche, der auf der Rückseite mit einer Whiskyreklame bedruckt war, steckte ihn in den Schlitz hinter der abgesprengten Leiste und schob damit den Türschnapper zurück. Dann öffnete er die Tür. Eine lose Metallleiste am unteren Türrand schrillte wie ein billiger Wecker.

»Wer ist da?« Rechts von ihm ging ein Licht an.

Er ging rasch darauf zu, vorbei an den Silhouetten eines Herdes, eines Kühlschranks, einer Esstheke. Ein Raumteiler, furniert mit Bourbonenlilien und mit Goldbronze gestrichen, trennte eine Essecke mit einem Glastisch, über dem eine Blumenampel mit einem großen Farn hing, vom Wohnraum, dessen Sitzmöbel mit gelbem Plüsch bezogen waren. Neben der Trennwand war ein Durchgang. Dort stand Charles Norwood. Ohne Jacke, ohne Schuhe, ohne Brille, das Haar wild zerzaust. Und in der Hand eine kurzläufige 22er Pistole. Seine Stimme klang erstickt.

»Was, zum Teufel, soll das bedeuten?«

»Es bedeutet, dass Sie gedacht haben, Wade Cochran hätte Sie gesehen, in jener Nacht, als Sie John Oats ertränkt haben. Er hat Sie nicht gesehen. Er hat niemanden gesehen. Sie haben ihn umsonst umgebracht.«

»Aber er hat die Scheinwerfer eingeschaltet, gerade als ich um die Hausecke gekommen bin. Nackt, tropfnass. Ich bin direkt ins Licht gelaufen. Und er ist weggefahren, bevor –«

»Sie sehen konnten, wer es war, oder? Und seitdem fragen Sie sich, wem dieser gelbe Lotus gehört. Ganz krank vor Angst, dass er sich bei der Polizei melden und erzählen würde, dass er Sie in jener Nacht dort gesehen hat. Aber Sie konnten nichts dagegen unternehmen. Bis ich heute Abend ins Antiquariat gekommen bin und Ihnen den Namen des Mannes genannt habe und wo er zu finden sei und dass er von dem Mord an John Oats wusste.

Danach haben Sie keine Zeit mehr vergeudet. Sie haben sich diese Pistole aus dem Schreibtisch genommen, nur einen Meter von mir entfernt, und ich habe nichts gemerkt. So schnell und so unauffällig wie möglich haben Sie den Laden verlassen, sind in Ihr Auto gestiegen und hinaus zur Ranch von Wade Cochran gefahren. Voller Angst, er könnte, sobald er selbst von der Polizei in die Zange genommen wurde, aussagen, dass er Sie dort gesehen hat, wie Sie vom Strand kamen, genau zur Tatzeit. Warum haben Sie ihn nicht draußen auf der Ranch erschossen?«

»Woher wissen Sie denn, wo ich ihn erschossen habe?«

»Ach, das kam schon in den Nachrichten«, sagte Dave. »Aber ich brauchte nicht erst die Nachrichten zu hören. Es geschah vor meinem Haus. Er wollte mich sprechen. Aber nicht, um mir von Ihnen zu berichten. Er wollte mir nur sagen, dass Peter es nicht gewesen ist, dass Peter bei ihm war, als sein Vater getötet wurde. Ich bin zwanzig Minuten zu spät nach Hause gekommen. Zwanzig Minuten, nachdem Sie mit Ihrer kleinen Pistole wieder weggefahren waren.«

»Sie ist groß genug«, sagte Norwood. »Wie Sie gleich feststellen werden. Aber erst müssen wir noch miteinander reden. Sie haben sich in dieser Sache unglaublich dumm verhalten. Ich will Ihnen beweisen, wie dumm. Und dann erschieße ich Sie, weil Sie versucht haben, in mein Haus einzubrechen.«

»Nicht mit dieser Pistole«, sagte Dave. »Sie sollten sie so schnell wie möglich loswerden. Sie wollen doch nicht, dass die Polizei die Kugeln in mir mit denen in Wade Cochran vergleicht und dann alles mit Ihrem Spielzeug in Verbindung bringt. Das würden sie tun. Die Polizei von El Molino und die von Los Angeles wissen, dass ich mitten in diesem Fall stecke. Sie hätten die Pistole auf der Fahrt hierher wegwerfen sollen. Und Sie hätten die Gitarre von Peter loswerden müssen.«

»Ja. Ja, Sie haben Recht.« Das Licht befand sich hinter ihm. Sein Gesicht lag im Schatten. Aber Dave sah Zähne blitzen. Die Stimme wurde ölig sanft. »Danke. Das war ein sehr guter Rat. Sehr aufmerksam von Ihnen.« Dann scharf: »Keine Bewegung. Bleiben Sie stehen, wo Sie sind.«

»Ich möchte mir eine Zigarette anzünden«, sagte Dave.

»Vielleicht später. Am Strand unten, bevor Sie schwimmen gehen. Genau wie John Oats. Aber mit Gitarrenbegleitung.«

»Sehr komisch« sagte Dave. »Und wie kommen wir zum Strand?«

»Sie werden fahren, und ich setze mich hinten ins Auto. In Ihr Auto, natürlich. Das Ding hier« – Licht blitzte orangefarben auf dem schwarzen Pistolenlauf, als er ihn bewegte – »in Ihrem Genick. Und obwohl es unklug von mir wäre, Sie zu erschießen, wie Sie mir eben klargemacht haben, kann Sie das, was danach mit mir geschieht, eigentlich wenig interessieren. Ihr Hauptinteresse dürfte darin bestehen, so lange wie möglich am Leben zu bleiben. Habe ich Recht?«

»Sie sind also nicht zur Ranch gefahren«, sagte Dave.

»Nein. Ich habe den Wagen auf der Autobahn gesehen, zehn, fünfzehn Meilen vor Las Cruces. Er fuhr in Richtung Süden. Ich bin die nächste Ausfahrt rausgefahren und habe gewendet. Danach hab ich sämtliche Geschwindigkeitsbeschränkungen übertreten, um ihn wieder einzuholen, und dann war es nicht mehr so schwer, an ihm dranzubleiben, obwohl mein Wagen alt und asthmatisch ist und seiner 120 Meilen macht. Er hat sich an die Verkehrsregeln gehalten. Wissen Sie, ich sehe nicht fern. Ich höre lieber gute Musik. Vielleicht habe ich deshalb die Gitarre nicht zerstört – ich würde es nicht über mich bringen, etwas zu zerstören, das wahre Schönheit hervorbringen kann. Jedenfalls habe ich gehört, dass er immer die Rolle eines untadeligen Helden spielt. Und dass er versucht, auch so zu leben. Versucht hat.«

»Er hätte zumindest auf dieser Fahrt nicht riskiert, einen Strafzettel zu bekommen.«

»Es war eine lange Fahrt«, beklagte sich Norwood. »Bis nach Los Angeles hinein. Über hundert Meilen, ist Ihnen das klar? Ich dachte schon, er hält überhaupt nicht mehr an. Hat er dann aber doch. Endlich.«

»Für immer«, sagte Dave. »Genau wie John Oats. Mal sehen, ob ich wirklich so dumm bin, wie Sie glauben. Sie haben ihn wegen der Versicherungssumme umgebracht. Um eine Sammlung Erstausgaben von Sinclair Lewis zu kaufen, für den neuen Katalog von *Oats & Norwood*. Ihr Antiquariat ging einer Pleite entgegen. Sie brauchten etwas Besonderes, um die ehemaligen Kunden zurückzugewinnen, diejenigen, die das Interesse verloren hatten, nachdem John Oats ausgestiegen war.

Der Brief aus London, in dem diese Bücher angeboten wurden, lag auf dem Tisch in Ihrem Hinterzimmer. Ich habe einige Zeit gebraucht, bis mir einfiel, wo ich das Signet schon einmal gesehen hatte. Auf einem Briefumschlag, der neben den Tellern von John Oats' letztem Abendmahl lag, auf dem Couchtisch in April Stannards Haus. Ich sah ihn, als ich das erste Mal dort war. Und heute Nachmittag habe ich eine Aufstellung von Beträgen auf seinem Schreibtisch entdeckt, in britischer Währung. Er hat die Preise der Bücher addiert, während Sie mit ihm zu Abend speisten und sich darauf vorbereiteten, ihn zu töten. Sie dachten, Eva würde das Geld der Lebensversicherung bekommen. Und Sie wussten, dass sie es in das Geschäft investieren würde.«

»Das hat Ihnen Eva gesagt«, erklärte Norwood. »Aber sie hat sich geirrt.« Es klang selbstgefällig. »Ich wusste schon am Morgen des Tages, an dem ich – seines Todestages, dass er Peter als Begünstigten eingesetzt hatte, nachdem Eva die Scheidung eingereicht hatte. Er hat es mir selbst gesagt. Ich hatte ihn wegen dieses Briefs von *Gaylord & Steen* angerufen. Es war eine große Investition. Ich hätte ein Darlehen bei der Bank aufnehmen müssen. Und ich wollte seinen Rat, wollte wissen, ob sich die Investition rentierte. Er fragte nach den Preisen und rechnete sie zusammen, während wir telefonierten. Das ist die Notiz, die Sie gefunden haben. Er hat mir den Rat gegeben, die Bücher zu kaufen.

Und er hat sich gefreut, von mir zu hören. Wir hatten seit fast einem Jahr nicht mehr miteinander gesprochen. Er wollte reden, und er redete. Es ging um Peter. Er war deprimiert, wütend und verletzt. Peter hatte ihn verlassen. Das war an sich schon eine Überraschung. Ich hätte das nie für möglich gehalten. Die beiden haben sich so sehr geliebt. Dann sagte er mir, warum. Dass Peter homosexuell sei – John hat es anders ausgedrückt, und ich möchte das Wort nicht wiederholen – und dass er sich entschlossen habe, bei einem Mann zu wohnen. Natürlich musste es so etwas sein, sonst hätte er der geliebten April sein Herz ausgeschüttet. Aber ein Mann wie John redet mit seiner Frau nicht über solche Dinge. Jedenfalls hatte er sich entschlossen, Peters Namen aus der Police zu streichen und ihr das Geld zu hinterlassen. Er hatte bereits bei Ihrer Firma angerufen und die nötigen Formulare angefordert. Er dachte nicht ans Sterben, aber für diesen Fall sollte April alles erhalten, was er noch auf dieser Welt besaß. Sie war die Einzige, die es noch verdiente.«

»Aber Sie waren anderer Meinung. Sie mögen April nicht.«

»Wer hat Ihnen das gesagt? Warum sollte ich sie nicht mögen?«

»Sie selbst hat es mir gesagt. Sie sagte, dass Sie eifersüchtig auf sie seien. Ich war nicht ganz sicher, was sie damit meinte. Bis Peter es mir erklärt hat. Sie sind selbst homosexuell, und Sie waren seit jeher in John Oats verliebt. Sie hatten gehofft, dass Sie zum

Zug kommen würden, nachdem Eva ihn verlassen hatte. Oh, Sie kannten seine Vorurteile, aber sie wollten nicht glauben, dass für Sie keine Chance bestand. Obwohl er sogar geschmacklose Witze riss, um Sie zu ärgern.«

»Das hat er nur in Gegenwart anderer getan«, sagte Norwood wütend. »Er war mein Freund, ein lieber, treuer Freund. Als Peter geboren wurde, erhielt er sogar meinen Vornamen. Er hätte nie absichtlich etwas getan, um mich zu verletzen. Diese Witze dienten nur dazu, seine Männlichkeit zu unterstreichen, das war alles. So wollte er jeglichen Verdacht ausräumen und allen beweisen, dass zwischen uns nichts war.«

»Und es war auch nichts, oder?«, sagte Dave. »Er war so hetero wie es nur geht. Sie hatten nie die geringste Chance. Es war alles nur ein Traum – fünfundzwanzig Jahre der Hoffnung, der vergeblichen Hoffnung. Sie gründete sich darauf, dass Eva eine Hexe war, er sie irgendwann überhaben und sich nach all den Jahren einem Menschen zuwenden würde, der ihn wirklich liebte. Und damit hatten Sie Recht. Nur, dass dieser Mensch April war, nicht Sie. Und von da an war es Ihnen völlig gleichgültig, was mit ihm geschah. Wenn er noch hätte arbeiten können, wenn er Ihr Partner geblieben wäre, dann hätten Sie wenigstens noch so viel von ihm gehabt wie bisher auch. Aber selbst damit war es nun vorbei. Er war Ihnen zu nichts mehr nütze.«

»Lebend nicht.« Norwoods Stimme war kalt. »Aber tot war er zwanzigtausend Dollar wert. Daran musste ich denken, als die Bank mir das Darlehen nicht bewilligt hat. So viel hätte ich für die Bücher von Sinclair Lewis gar nicht gebraucht. Aber jetzt ging es um alles oder nichts. Und ich musste rasch handeln, solange Peter noch der Begünstigte war. Ich habe in meinen jungen Jahren selbst Versicherungen verkauft. Ich weiß, was passiert, wenn ein Begünstigter tötet, um das Geld aus einer Police zu bekommen. Die Versicherung kann per Gerichtsbeschluss erreichen, dass das Geld nicht ausgezahlt wird. Andererseits muss sie den Betrag an irgendjemanden auszahlen. In Peters Fall wäre das logischerweise seine Mutter gewesen.«

»Falls Peter seinen Vater getötet hätte.«

»Richtig. Und die Gelegenheit war günstig. Damals habe ich Sie noch nicht gekannt. Aber ich wusste, wenn John unter verdächtigen Umständen ertrinken würde, nachdem er sich von der Versicherung die Formulare für eine Änderung hatte schicken lassen, würde ein kompetenter Ermittler auf der Bildfläche erscheinen. Und ich wusste auch, wen dieser Ermittler für den Mord verantwortlich machen würde. Es wäre offensichtlich. Peter, wen sonst? Peter, der befürchten musste, das einzige Erbe zu verlieren, das ihm sein Vater hinterlassen konnte. Und Sie« – Norwoods Stimme triefte vor Verachtung – »sind darauf hereingefallen.«

»Die fehlende Gitarre hat geholfen«, sagte Dave.

»Ja, das war eine gute Idee, das muss ich zugeben. Aber noch besser war wohl das einzelne Whiskeyglas. Peter trank keinen Alkohol, während ich bekanntermaßen noch nie einen guten Schluck abgelehnt habe. Ich habe einfach mein Glas ausgewaschen und an seinen Platz zurückgestellt. Es war ein schreckliches Essen, irgendetwas aus der Dose. Mit Ketchup, ausgerechnet. Sie lebten praktisch von nichts. John kann dieses Leben nicht gefallen haben. Tot ist er besser dran, in vieler –«

Schlüssel klapperten. Die Haustür ging auf. Eva Oats kam herein. »Charles, du bist ja doch hier! Warum gehst du nicht ans Telefon? Weißt du, was passiert ist?«

Norwood hatte sich umgedreht. Dave trat einen Schritt vor und schlug auf sein rechtes Handgelenk. Die Pistole fiel herunter. Dave stellte einen Fuß darauf. Norwood wandte sich um und hieb mit der Linken auf Dave ein. Doch Dave wich dem Schlag aus und versenkte seine Faust im weichen Wanst des Buchhändlers. Norwood kippte nach vorn und fiel die Hände auf den Bauch gepresst zu Boden. Dave hob die 22er auf.

Eva Oats fragte: »Was, um Himmels willen?«

»Rufen Sie die Polizei«, sagte Dave.

Editorische Notiz

Nach *Fadeout* erscheint mit *Totengeld* der zweite Band in der neuen Edition von Joseph Hansens Kriminalromanen. In chronologischer Folge bringen wir alle Dave Brandstetter-Krimis neu heraus, wobei die acht Bände, die früher schon auf Deutsch erschienen sind, liebevoll und gründlich überarbeitet und die fehlenden Romane übersetzt werden. Ermöglicht hat diese Edition im Grunde unser innig verehrter Autor Michael Nava, der seinem Freund Joseph Hansen nahe legte, zu Pink Plot zu kommen.

Die Rechte für dieses Projekt zu erhalten war ein fast berauschendes Gefühl. So würde sich wohl ein feines, aber kleines unabhängiges Plattenlabel fühlen, wenn es die Ehre hätte, das Gesamtwerk David Bowies herauszubringen, nachdem dies jahrelang vergriffen war. Denn Joseph Hansen ist *der* Vorreiter der schwulen Kriminalliteratur (und Vorbild etlicher hart gesottener Heteros). Seine grandiose Eleganz, das zeitlos hohe Niveau der Romane und seine eigenwillige, prägnante Kultiviertheit wirft leichthändig kriminalliterarische Schlaglichter auf Epochen einer Zeit, in der es gegenkulturelle Krimis nicht gab.

Die Fälle des distinguierten, illusionslosen, ja deprimierten, doch immer würdevollen Versicherungsdetektivs führen uns in den ersten Brandstetter-Krimis durch die Vor- und Frühgeschichte heutiger schwuler Identität. »Besprechungen der Brandstetter-Krimis neigen dazu, potentiellen Lesern zu versichern, dass die Homosexualität weder aufdringlich noch irgendwie wesentlich für die Handlung sei. Diese Sorte Meinung sagt mehr über den jeweiligen Kritiker als über die Bücher; sie entspringt wahrscheinlich dem Wunsch sicherzustellen, dass Homosexualität nicht thematisiert oder zumindest ›geschmackvoll‹ präsentiert werde. Aber die Unterstellung, Homosexualität sei nicht wesentlich für den Plot und die Handlung jedes einzelnen Buches, ist Unsinn.

Homosexualität ist ein zentraler Beweggrund, dass sie geschrieben wurden. Indem er die Form des Krimis mit seiner konservativen Botschaft wählt, dass Gut über Böse und Ordnung über Chaos triumphiert, gelingt es Hansen, dem Thema das Ungewohnte zu nehmen, das auf starke Ablehnung stoßen würde, wenn es weniger feinsinnig präsentiert würde«, so Baker und Nietzel 1985 in *101 Knights: A Survey of American Private Eye Fiction.*

Joseph Hansen, Autor von knapp dreißig Romanen, Dutzenden Storys und zahllosen Gedichten, wurde 1923 geboren. Er gestand sich als Teenager ein, dass er Männer liebte, heiratete mit zwanzig Jane Bancroft, die bis heute seine Gefährtin ist, und wurde im selben Jahr Vater und erstmals verlegt. Seiner Autobiografie zufolge prägten ihn schon als Kind die Schriftsteller Carl Sandburg, Mark Twain und später Walt Whitman. In den 40ern und 50ern schlug sich Hansen als Buchhändler, Maler, Folkmusiker, Lexikonvertreter und Sekretär durch, in den 60ern steckte er in Vorreiterprojekten selbstbewusst schwuler Presse, verfasste Gedichte und konnte unter dem Pseudonym James Colton erste Romane lancieren.

1967 schrieb er mit *Fadeout* den ersten Dave Brandstetter-Krimi. *Fadeout* wurde 1970 beim großen Verlagshaus Harper publiziert, was Hansen den Durchbruch als Schriftsteller brachte. Kaum einem Genre-Autor gelang der Durchbruch zum Prädikat zeitlos gute Literatur. Joseph Hansen schaffte ihn – und das mit einem offen schwulen Seriendetektiv. Dieser so unwahrscheinliche doppelte Erfolg lässt sich aus heutiger Sicht besser würdigen, da die »Nische« Literatur um homosexuelle Themen nicht mehr ganz so zersplittert zwischen den Extremen marginal-genialer Dichtung à la James Baldwin und anrüchiger Heftchenkultur für Andersartige festsitzt. Es sind Schriftsteller wie Hansen und Nava, die den Mainstream gelehrt haben, schwule Belletristik nicht pauschal als Randgruppenlektüre abzutun. Nicht zufällig erschienen acht von Hansens Brandstetter-Krimis in den 80er Jahren in einer der größten deutschen Mainstream-Krimireihen. Allerdings scheint es, als habe dabei ein wenig der Respekt vor dem Literaten Joseph Hansen gefehlt, denn in den alten Ausgaben fehlen etliche Sätze und ganze Szenen – über weite Strecken ist der Text mehr freie Nacherzählung als Übertragung von einer Sprache in die andere. Robert Schekulin gleicht für die Pink Plot-Edition Satz für Satz mit dem Originaltext ab und fördert wie bei einer Ausgrabung die Kriminalromane zu Tage, die Joseph Hansen tatsächlich schrieb.

Joseph Hansen zu verlegen fühlt sich an wie der Beweis, dass der schwule Krimi erwachsen geworden ist. »Erwachsen« in dem Sinn, dass eine offen schwule Suspense-Literatur nun auf eine eigene, große Tradition verweisen kann. »Erwachsen« auch, weil in unserer Pink Plot-Edition mit ihm nun mehrere Generationen von schwulen Schriftstellern nebeneinander stehen. Und »erwachsen«, weil es Joseph Hansen schon in den 70er Jahren gelungen ist, in die Spitzenriege der Kriminalliteratur vorzustoßen – zu einer Zeit, als die Trennung zwischen »Genre« und »echter Literatur« von Päpsten und ihren Soldaten noch eisern überwacht wurde. Lediglich einigen wenigen Auserwählten (wie Dashiel Hammett oder Raymond Chandler) wurde zugebilligt, diese Grenze überschritten zu haben.

Tjark Kunstreich und Else Laudan

Die Dave Brandstetter-Serie im Original

Fadeout (erstmals erschienen 1970)
Death Claims (1973)
Troublemaker (1975)
The Man Everybody Was Afraid Of (1978)
Skinflick (1979)
Gravedigger (1982)
Nightwork (1984)
The Little Dog Laughed (1986)
Early Graves (1987)
Obedience (1988)
The Boy Who Was Buried This Morning (1990)
A Country Of Old Men: The Last Dave Brandstetter Mystery (1991)

Michael Nava bei Ariadne

Der kleine Tod

Pink Plot 2001 - ISBN 3-88619-901-0

Anwalt Henry Rios gerät im Auftrag eines Mandanten in die Welt einer der großen Kapitaldynastien der USA, die mit der Eisenbahn ihr Vermögen gemacht und mit einer Stiftung ihr Gewissen beruhigt hat. Wie kann ein Schwuler es wagen, den Namen alten Geldes zu beschmutzen?

Goldjunge

Pink Plot 2003 - ISBN 3-88619-903-7

Jim Pears wurde mit der Tatwaffe in der Faust bewußtlos neben einem Ermordeten gefunden. Doch angeklagt, bekommt Pears unerwartet Rückendeckung: Der schwule Jet-Set persönlich setzt sich für ihn ein, was Anwalt Henry Rios Unbehagen bereitet ...

In einer Stadt so nett

Pink Plot 2011 - ISBN 3-88619-911-8

Öffentliche Meinung und Gerichtsbarkeit sind sich längst einig: Paul Windsor, ein stadtbekannter Kinderschänder, hat die Moral eines Schuldigen. Doch Henry Rios bezweifelt die Ordentlichkeit der Ermittlungen ...

Das innere Gesetz

Pink Plot 2018 - ISBN 3-88619-918-5

Senator Peña ist betrunken, als er den alten Mann in Sacramento totfährt. Sein Traum, als erster Chicano Oberbürgermeister von Los Angeles zu werden, scheint ausgeträumt. Es sei denn, die Inszenierung stimmt ...

Todes Nähe

Pink Plot 2030 - ISBN 3-88619-930-4

Ein ehemaliger Kommilitone und Freund von Strafverteidiger Henry Rios hat es bis zum Richter gebracht. Als er ermordet wird, steht für die Polizei der Tatverdächtige schon fest: ein ehemaliger Stricher, der behauptet, mit dem Toten ein Verhältnis gehabt zu haben ...

Verbrannte Erde

Pink Plot 2056 - ISBN 3-88619-956-8

Ein Mordfall, bei dem man Henry Rios Motiv, Mittel und Gelegenheit nachweisen kann, reißt den Anwalt aus seiner Trauer – doch das ist erst der Anfang einer infernalischen Achterbahnfahrt im Schatten der mächtigen Traumfabrik Hollywood.

Pink Plot *ariadne*

www.pinkplot.de